AF304375

Die gebürtige Westfälin **Dorothea Stiller** entdeckte schon früh ihre Liebe zum geschriebenen Wort und zur Sprache. Nach dem Studium der Anglistik und Germanistik arbeitete sie zunächst fünfzehn Jahre als Lehrerin, bis sie ihre große Leidenschaft zum Beruf machte und seither als freiberufliche Autorin, Lektorin und Übersetzerin sowie Dozentin für Kreatives Schreiben und Literatur ihre Brötchen verdient. Die zweifache Mutter lebt mit ihrer Familie und Katze »Schnappi« am Rande des Ruhrgebiets und fühlt sich in verschiedenen Genres – ob Liebesroman, Historisches, Krimi oder Jugendbuch – zu Hause.

Dorothea
Stiller

Das aufrechte Herz der Lady

Roman

Überarbeitete Neuausgabe April 2021

© 2021 dp Verlag, ein Imprint der dp DIGITAL PUBLISHERS
GmbH

Made in Stuttgart with ♥
Alle Rechte vorbehalten

Das aufrechte Herz der Lady

ISBN 978-3-96817-691-8
E-Book-ISBN 978-3-96817-641-3

Copyright © 2018, dp Verlag, ein Imprint der dp DIGITAL PUBLIS-
HERS GmbH
Dies ist eine überarbeitete Neuausgabe des bereits 2018 bei dp Ver-
lag, ein Imprint der dp DIGITAL PUBLISHERS GmbH erschienenen
Titels Lehrstunden des Herzens (ISBN: 978-3-96087-332-7).
Covergestaltung: ARTC.ore Design
Umschlaggestaltung: ARTC.ore Design
Unter Verwendung von Abbildungen von
shutterstock.com: © Eli Yeung, © Sofiaworld, © KathySG,
© Aurelien1
Lektorat: Daniela Pusch
Satz: dp DIGITAL PUBLISHERS GmbH
Druck und Bindung: Books on Demand GmbH, Norderstedt

Vorwort

Liebe Leserin, lieber Leser!
Seit ich vor langer Zeit im Studium den ersten Roman von Jane Austen gelesen habe, hat mich die Epoche der Regency (England im späten 18. und frühen 19. Jahrhundert) fasziniert, und ich habe viel über diese Ära, die Gepflogenheiten, die Mode, politischen und geistesgeschichtlichen Entwicklungen gelesen und recherchiert.
Soweit es mir möglich war, habe ich mich darum bemüht, historisch korrekt zu bleiben. Allerdings habe ich mir einige Freiheiten erlaubt, um den Lesefluss zu verbessern. Dazu gehört zum Beispiel, dass sich die Charaktere weit häufiger mit dem Vornamen anreden, als es in der Realität der Fall war, und auch im Erzähltext verwende ich der Lesbarkeit wegen nicht immer die formellen Titel und Anreden. Ich bitte um Nachsicht, sollte das eine oder andere Detail nicht dem Anspruch historischer Korrektheit gerecht werden.
Ich hoffe, dass Sie es genießen, gemeinsam mit mir in eine andere Zeit abzutauchen, und dass Sie meine Figuren ins Herz schließen und mit Ihnen mitfiebern werden.
Herzlichst,
Dorothea Stiller

zwei Mädchen in ihren dunklen Kleidern und Hauben deplatziert wirkten wie zwei Krähen in einer Voliere voller bunter Ziervögel.

»Es ist wunderschön hier, findest du nicht?«, fragte Evelyn.

»Wie in einer Kathedrale«, stimmte Clara zu. »Ich finde es tröstlich. Wir sollten Mama ein Sträußchen pflücken. Vielleicht können die Blumen sie ein wenig aufheitern.«

Evelyn hatte sich gebückt und eine der blauen Blumen gepflückt. »Sie duften so herrlich. Sicher wird es Mama fröhlicher stimmen.«

Die Sträuße in den Händen, liefen die Mädchen einige Zeit später den Weg über den Hügel hinab, der an dem kleinen Fachwerkhäuschen des Verwalters vorbei in Richtung Oakham führte. Schon schimmerte das Rot der Ziegel durch die Bäume, und hinter der nächsten Biegung sahen sie das Anwesen vor sich. Sie erreichten den von hohen Hecken umgebenen Garten, traten durch das seitliche Tor und folgten dem Kiesweg zum Wohnhaus mit seinen hübschen Erkern und den weißen Fensterrahmen, die in der Sonne leuchteten.

Als Betty den Mädchen an der Tür die Garderobe abnahm, ließ sie die Schwestern wissen, Mrs Dallaway erwarte sie im privaten Salon.

Mit kerzengeradem Rücken saß die Mutter in ihrem Sessel und blickte den Mädchen entgegen. Kummervoll und still sah sie aus, um Jahre gealtert. In dem schwarzen Seidenkleid und der schwarzen Haube, nur ein schlichtes dunkles Emaillekreuz an einem Samtband um den Hals und das Taschentuch in ihrer Hand als einziger heller Tupfen, erschien sie Clara beinahe wie eine Nonne. Ihre ernste Erscheinung wirkte fehl am Platze zwischen den hellen, verspielten Möbeln, hübschen Spitzendeckchen, dem Zierrat und dem floralen Muster der Tapete und bestickten Kissen. Auch Mrs Dallaways Miene verhieß nichts Gutes.

»Euer Vater und ich sind beunruhigt, was euer beider Zukunft angeht«, begann sie ohne Umschweife. »Vielleicht wisst ihr, dass Oakham an ein Erblehen gebunden ist. Gibt es keine männlichen Nachkommen, geht der Besitz mit Vaters Tod an den nächsten männlichen Verwandten über.«

Evelyn runzelte die Stirn und sah zu Clara hinüber. Sie schien nicht zu verstehen, was die Mutter damit sagen wollte. Clara wusste, was das für die drei Damen des Hauses zu bedeuten hatte. Als ob Philip ihr nicht täglich in allem, was sie tat, fehlte. Aber nun wurde ihr bewusst, dass er auch der Sicherheitsanker für ihre Zukunft in Oakham gewesen war.

»Wenn Vater stirbt, werden Oakham House und alles, was dazugehört, Onkel Ambrose zufallen«, erklärte Clara.

Evelyns Augen weiteten sich. »Mutter, ist das wahr?«

Mrs Dallaway nickte.

»Onkel Ambrose? Aber, was hat er mit Oakham zu schaffen?«, rief Evelyn zornig.

»Onkel Ambrose ist nun einmal Vaters Bruder und sein nächster männlicher Verwandter. Das macht ihn nach Philips Tod zu seinem rechtmäßigen Erben.« Mrs Dallaway lehnte sich vor und ergriff die Hände ihrer Töchter.

»Über Oakham hinaus hat Vater so gut wie kein Vermögen. Ich selbst habe nicht viel mit in die Ehe gebracht, und mein Versorgungsteil ist gering. Sollte Vater etwas zustoßen, wären wir einzig auf das Wohlwollen eures Onkels angewiesen, und ihr wisst beide so gut wie ich, dass wir darauf nicht bauen sollten. Euer Vater hat ihm geschrieben, aber ich habe wenig Hoffnung, dass die Antwort meine Sorge zerstreuen wird.«

Clara musste ihrer Mutter zustimmen. Onkel Ambrose war beinahe der genaue Gegensatz zu ihrem gewissenhaften und besonnenen Vater. Er hatte eine reiche Frau geheiratet und gab das Vermögen, das sie in die Ehe gebracht hatte, gedankenlos aus. Ambrose war häufiger Gast in den Clubs der St. James´s Street in London und weder dem Kartenspiel noch dem Alkohol abgeneigt. Ob er im Erbfalle seine Schwägerin und die Misses Dallaway mit den nötigen Mitteln für einen angemessenen Unterhalt ausstatten würde, durfte als zweifelhaft gelten.

»Wir könnten wesentlich ruhiger in die Zukunft sehen, wenn wir euch gut versorgt wüssten«, fuhr Mrs Dallaway fort. »Solange Vater noch lebt, kann er über seinen Besitz verfügen und könnte euch wenigstens noch mit einer bescheidenen Mitgift ausstatten. Es ist also zwingend geboten, euch schnell zu verheiraten.«

»Wie sollte ich jetzt ans Heiraten denken?«, fuhr Clara auf. Sie hatte sich vorgenommen, ihrer Mutter zuliebe besonnen zu sein, doch jetzt gelang es ihr nicht, ihre Gefühle zu verbergen.

»Glaubst du, mir ist nicht schwer ums Herz, Clara?« Im Blick ihrer Mutter lag Verständnis. »Doch Empfindungen dürfen nicht Lenker unseres Geschickes sein.

Kaum etwas lag Philip mehr am Herzen als seine Schwestern. Er hätte alles getan, um euch und auch mir, eine würdige Existenz zu sichern. So erschüttert wir über diesen Schicksalsschlag sind, wäre es dennoch leichtsinnig, sich nicht gegen weitere zu wappnen. Mr Dallaway und ich sehen uns in der Pflicht, dafür zu sorgen, dass ihr auch in der Zukunft ein angemessenes Leben führen könnt. Es widerspräche der Vernunft, die Suche nach passenden Verbindungen aufzuschieben.«

Auch wenn ihr die Notwendigkeiten durchaus einleuchteten, zweifelte Clara, dass sie schon bereit sein könne, sie klaglos zu akzeptieren. Doch sollte sie ihrer jüngeren Schwester nicht ein Vorbild sein? Sie würde sich nie verzeihen, wenn Evelyn ihretwegen eine unkluge Entscheidung träfe, die sie in die Mittellosigkeit stürzen könnte.

»Ihr erinnert euch sicher an meine Cousine Lady Beresford?«, wollte Mrs Dallaway wissen.

»Dotty?« Evelyns Gesichtszüge erhellten sich. »Wie könnten wir sie vergessen haben.«

»Ihr solltet sie nicht mehr mit diesem kindlichen Namen belegen«, ermahnte die Mutter und setzte sich aufrechter. »Immerhin ist sie eine Marchioness, und wir sollten ihr mit dem gebührenden Respekt begegnen. Ich habe ihr euretwegen geschrieben, und sie hat versprochen, euch zu helfen. Denn wer wäre besser geeignet, euch mit Junggesellen guter Herkunft bekanntzumachen?«

Die Dallaway-Kinder hatten die Cousine ihrer Mutter stets besonders gerngehabt. Obwohl oder gerade weil ihre Manieren – wie die weitere Verwandtschaft gerne anmerkte – viel zu wünschen übrig ließen. Weiblicher Tugenden wie Bescheidenheit und Zurückhaltung hatte sich Dotty schon vor ihrer Heirat mit dem Marquess nicht rühmen können. Auch danach war Lady Beresford stets so frei und offen geblieben, wie sie es immer gewesen war, und gerade das machte sie Clara besonders angenehm.

»Wird Dotty ... ich meine, wird Lady Beresford herkommen?«, wollte Clara wissen. Mrs Dallaway nickte.

»Wir werden bis Mai warten, um eine angemessene Trauerzeit zu wahren. Danach werden wir euch möglichst schnell in die Gesellschaft einführen. Eine kleine Feier muss uns genügen und ihr werdet mich dann bei meinen morgendlichen Besuchen begleiten. Es wäre in dieser Zeit unbotmäßig, einen Ball auszurichten, ebenso wie ein großes Debüt, für das uns auch die Zeit fehlt. Dotty hat angeboten, euch als Anstandsdame zu einer Reihe gesellschaftlicher Anlässe zu begleiten. Ihre guten Kontakte dürfen wir in unserer Lage nicht ungenutzt lassen.«

»Aber Mutter!«, rief Evelyn und entzog Mrs Dallaway ihre Hand. »Haben wir in all dem auch noch ein Wort mitzureden? Ich bin doch erst sechzehn und habe noch Zeit, einen Mann zu finden. Einen, den ich auch liebe und der mir gefällt. Noch gehört Oakham uns und nicht Onkel Ambrose.«

»Aber Kind, versteh doch. Vater ist schwer krank und wir ... wir dürfen leider nicht darauf hoffen, dass ihm noch ein langes Leben beschieden ist. Mr. Hammond ist nicht besonders zuversichtlich, was seinen Zustand angeht.«

Evelyn sprang auf und begann, im Zimmer auf und ab zu laufen.

»Ich werde mich sicher nicht jedem reichen Junggesellen im Umkreis zu Füßen werfen. Das könnt ihr nicht von mir verlangen!«

Am liebsten hätte Clara es ihrer Schwester gleichgetan. Der Gedanke, zu lächeln, Unbeschwertheit zu heucheln, sich einem Mann angenehm zu machen, während Philip ihr in jedem noch so alltäglichen Handgriff fehlte und ihre Gedanken ständig um ihn kreisten, erschien ihr unmöglich. Doch sie war die Älteste und ihr fiel es zu, die Stimme der Räson zu sein.

»Aber Evelyn«, versuchte sie, ihre Schwester zu beruhigen, »ich verstehe, dass du es ablehnst, zu heiraten, nur um finanziell abgesichert zu sein. Ich hatte mir meine Zukunft auch anders vorgestellt. Auch ich würde lieber warten, bis ich den Einen finde. Doch ich fürchte, in unserer Situation können wir uns den Luxus nicht erlauben, wählerisch zu sein.«

»Wie kannst du so kaltblütig sein, Clara? Macht es dir gar nichts aus, wie eine Kuh mit dem Strick um den Hals zum Marktplatz geführt zu werden?«

Evelyns Vorwurf traf Clara. Sie hatte ja recht. Es war kaltblütig. Und doch das einzig Vernünftige.

»Schluss jetzt, Evelyn!«, fuhr Mrs Dallaway dazwischen. »Ich verbitte mir diesen Ton. Geh auf dein Zimmer.«

»Bitte, wie du meinst ...«

Evelyn warf ihrer Mutter und Clara noch einen empörten Blick zu, wandte sich um und stürmte aus dem Zimmer.

»Evelyn! Es gehört sich nicht, dass du ...«

Mrs Dallaway war aufgesprungen, um ihr nachzulaufen, doch Clara hielt die Mutter am Arm zurück.

»Sieh es ihr nach, Mama. Sie ist noch so jung. Ich werde mit ihr sprechen.«

Clara fand ihre Schwester auf dem Bett liegend. Sie hatte den Kopf auf die Unterarme gebettet und weinte in die Kissen. Schweigend setzte sich Clara zu ihr.

»Ich werde mich nicht entschuldigen!«, schluchzte Evelyn.

»Ich verstehe doch, warum du so aufgebracht bist. Mir geht es nicht anders. Es ist einfach nicht gerecht. Weder dass Philip so früh von uns gehen musste, noch dass Oakham gerade Ambrose zufallen wird.« Clara strich Evelyn sachte über das Haar. »Doch was hilft es? Unser Schicksal werden wir nicht ändern.«

»Das weiß ich doch«, schniefte Evelyn und setzte sich auf. »Ich kann nur nicht anders. Ich verstehe nicht, wie du so gelassen bleiben kannst.«

»Gelassen bin ich nicht, Evelyn. Doch ich möchte es Mutter nicht schwerer machen, als es ohnehin ist. Du weißt, dass sie nur unser Bestes im Sinn hat. Wir Frauen haben unsere Geschicke nicht selbst in der Hand. Daran werden wir nichts ändern. Was nützt uns der Wunsch, aus Liebe zu heiraten, wenn er uns am Ende in die Armut führt? Wir beide können uns kaum ausmalen, wie es ist, mittellos zu sein. Wir haben es immer gut gehabt.«

Evelyn wischte sich mit dem Handrücken über die Augen. »Dennoch, bei dem Gedanken, mit irgendeinem abscheulichen alten Mann Tisch und ... und Bett teilen zu müssen, nur um ein Auskommen zu haben, graust es mich, Clara. Ich habe schreckliche Angst!«

Clara nahm die Hand ihrer Schwester.

»Versuche bitte, die Welt in nicht gar so düsteren Farben zu malen. Niemand wird dich zwingen, einen Mann zu heiraten, der dir zuwider ist. Doch vielleicht einen, der annehmbar ist, mit dem du gut leben könntest.«

»Annehmbar!«, spottete Evelyn. »Du würdest nicht einmal eine Haube kaufen, wenn du sie nur *annehmbar* fändest.«

Clara seufzte. Wie gern hätte sie Evelyn recht gegeben. Doch sie konnte nicht riskieren, ihre kleine Schwester zu ermutigen, die Pläne ihrer Mutter abzulehnen. Das wäre unvernünftig.

»Denk nur an Papa und Mama. Großvater hat die Verbindung geknüpft, weil es vernünftig erschien. Und doch lieben sie sich von ganzem Herzen. Ist es so unmöglich, dass auch wir so jemanden finden?«

»Glaubst du das wirklich?« Evelyn sah sie mit geröteten Augen an.

»Wenn Dotty die Dinge in die Hand nimmt, dürfen wir uns Hoffnung machen, möchte ich meinen.« Clara lächelte. Schließlich hatte Dotty es selbst nicht schlecht getroffen. Aus einer wenig betuchten Familie des niederen ländlichen Adels stammend, hatte sie es immerhin zur Marchioness gebracht. Ihr Gatte war kein besonders schöner Mann, aber freundlich und lebenserfahren und überaus vernarrt in seine Dorothy. Er war ihrem temperamentvollen Wesen ebenso erlegen wie ihren äußeren Reizen, mit denen die Natur sie reichlich gesegnet hatte. Der Marquess konnte seiner Ehefrau keinen Wunsch abschlagen, was Lady Beresford mehr gesellschaftlichen Einfluss verlieh, als ihren Kritikern lieb war.

Evelyns Gesicht spiegelte aufkeimende Hoffnung. Auch ihr schien der Gedanke tröstlich, dass es die gutherzige Dorothy in der Hand hatte, für sie mögliche Kandidaten auszuwählen.

»Nun, ich denke, es kann vielleicht nicht schaden, wenn wir uns die Herren einmal ansehen. Wer weiß, am Ende finden wir doch noch die große Liebe. Oder es gelingt Vater, Onkel Ambrose das Versprechen abzuringen, dass er für uns sorgen wird, wenn ihm etwas zustößt und wir müssen uns keine Gedanken mehr darum machen.«

»Es wird gewiss alles gut werden, Evelyn. Du wirst sehen.« Clara klang überzeugter, als sie es im Innern war.

In dieser Nacht lag sie noch lange wach und dachte darüber nach, ob sie selbst ernsthaft bereit war, sich in die Notwendigkeit einer Ehe zu fügen.

2

Cousine Dotty

»Komm schnell, Mutter! Das musst du sehen! Dottys Kutsche ist gerade vorgefahren. Vierspännig!« Mit geröteten Wangen kam Evelyn in den Salon gestürzt und erntete einen missbilligenden Blick von Mrs Dallaway, der offenbar nicht allein ihrer undamenhaften Eile galt.

»Ich habe euch bereits gesagt, ihr sollt sie nicht mehr so nennen. Es ist weder deinem Alter noch ihrer Position angemessen. Wir sollten uns daran gewöhnen, dass Sie für uns nun Lady Beresford ist.«

Die mütterliche Ermahnung stellte sich sehr bald als unnötig heraus, denn als Annesley Lady Beresford ankündigte, rauschte diese auch bereits an der verdatterten Hausdame vorbei in den Salon.

Sie machte eine elegante Figur in ihrem Kleid aus champagnerfarbener Wildseide mit Spitzenbesatz am Ausschnitt, der ihre weiblichen Vorzüge gerade so weit enthüllte, dass es nicht obszön aussah. Auf ihrem kunstvoll aufgetürmten blonden Haar thronte ein enormer Hut mit zwei weißen Straußenfedern. Ihr besticktes hauchzartes Schultertuch glitt zu Boden, als sie die Arme ausbreitete und sich auf Mrs Dallaway stürzte. Es wurde rasch von Annesley aufgehoben.

»Maria! Liebe Cousine!«

Die Angesprochene hielt verdattert in ihrem Knicks inne, denn sie wurde bei den Schultern gefasst und auf beide Wangen geküsst. Ebenso erging es Evelyn und Clara.

»Wagt es nicht, mir mit diesem Lady Beresford-Unsinn zu kommen, Mädchen. Ich bestehe darauf, dass ihr mich mit Dotty anredet.«

Evelyn schoss ihrer Mutter einen triumphierenden Blick zu. Mrs Dallaway schüttelte kaum merklich den Kopf. Ihrem Gesicht war deutlich anzusehen, wie wenig ihr der formlose Umgang ihrer Cousine zusagte.

Diese betrachtete die Schwestern mit einem Lächeln.

»Gut seht ihr aus, Mädchen. Richtige Schönheiten seid ihr geworden. Diese wundervollen dunklen Locken. Die habt ihr von eurer Mama geerbt und die zarte Figur. Ich wünschte, ich wäre noch einmal so jung und zart. Wunderhübsch! Und doch jede mit ihrem ganz eigenen Charme. Sieht unsere Clara nicht aus wie ein Engel, mit ihrer Alabasterhaut und den leuchtend blauen Augen? Und du, Evelyn – mit deinen dunklen Augen und der gebräunten Haut, siehst aus wie eine feurige Spanierin. Da wird es uns nicht schwerfallen, einen passenden Ehemann für jede von euch zu finden, nicht wahr, Maria?«

Plötzlich wurde ihr Gesicht ernst und sie ergriff die Hände ihrer Cousine.

»Aber da plappere ich fröhlich daher wie ein Gänschen, und ihr trauert doch noch so sehr um euren lieben Philip. Bitte verzeiht. Es tut mir so sehr leid. Seit mich die Nachricht erreicht hat, wart ihr immer in meinen Gedanken.«

»Danke, Dotty.« Mrs Dallaway lächelte. Der tadelnde Ausdruck in ihrem Gesicht war gewichen. Dottys direkte und offene Art war zwar etwas, das ihr oft Missbilligung und Spott eintrug, doch Clara fand gerade diesen Zug an ihr liebenswert.

»Umso dankbarer war ich, deinen Brief zu erhalten, Maria. Wenn ich auf diese Weise ein wenig helfen kann, will ich mir die größte Mühe geben.«

»Das ist sehr lieb von dir, Dotty. Ich hoffe, du hattest eine angenehme Reise. Annesley wird uns Tee bringen, aber vielleicht möchtest du dich zunächst umziehen und von den Strapazen der Fahrt erholen. Ich habe dir das Zimmer richten lassen, das zum Garten rausgeht.«

»Ach, keine Umstände, Maria, ich bin robust, das weißt du doch.« Dotty lachte laut und die blonden Locken, die sich aus ihrer lose aufgetürmten Frisur gelöst hatten, tanzten dabei munter um ihr Gesicht. »Aber wenn du erlaubst, werde ich mich setzen.«

Dotty war humorvoll und kannte keine Zurückhaltung. Nicht selten bekam sie regelrechte Lachanfälle, wenn sie eine Bemerkung oder eine Situation komisch fand. Mr Dallaway hatte ihr Lachen einmal mit dem Husten eines Esels verglichen, was in Claras Augen einer maßlosen Übertreibung gleichkam.

Lady Beresford brauchte nicht lange, um Oakham mit der ihr eigenen Vitalität zu erfüllen, was Clara freute. Die Trauer hatte über dem Haus und seinen Bewohnern gelegen wie die Linnen, welche man in lange ungenutzten Räumen zum Schutz der Möbel ausbreitete. Nun hatte jemand die Läden aufgestoßen, ließ Licht und Luft hinein, zog mit energischer Fröhlichkeit die Tücher herunter. Dotty war ein angenehmer Gast, der die Dallaways großzügig mit Klatsch und Tratsch aus der besseren Gesellschaft versorgte, wobei sie allerdings nie boshaft oder missgünstig über ihre Mitmenschen urteilte, auch wenn sie dazu Grund gehabt hätte. Schließlich hatte ihr gesellschaftlicher Aufstieg Dotty nicht nur Glück gebracht. Er bescherte ihr auch den Neid derer, die sie auf der sozialen Leiter einige Sprossen unter sich gelassen hatte, sowie den Argwohn derjenigen, in deren distinguierte Kreise sie sich einzufügen bemühte.

So kurzweilig es auch mit Dotty im Haus wurde, war der Zweck ihres Besuchs den Schwestern doch stets im Bewusstsein und sie blickten ihrer Einführung in die Gesellschaft mit Unbehagen entgegen.

Die Gelegenheit für Lady Beresford, ihr Geschick als Eheanbahnerin unter Beweis zu stellen, kam schneller, als den Mädchen lieb war. Die Familie saß gerade beim Lunch, als Annesley die Post brachte, je einen Brief für Mr Dallaway und Lady Beresford.

Mr Dallaway brach das Siegel und überflog den Text des Schreibens mit zusammengezogenen Augenbrauen. Sein Ausdruck verfinsterte sich während des Lesens stetig mehr.

»Der Brief ist von Ambrose«, verkündete er schließlich. Clara und Evelyn warfen einander bange Blicke zu.

Lieber Francis!

In dieser Stunde des Verlusts seid ihr selbstverständlich in meinen Gedanken. Es steht außer Frage, dass ich für meine geliebte Schwägerin und meine Nichten großzügig sorgen werde. Um dir und deinen Lieben etwas Zuversicht zu schenken, habe ich meinen Notar gebeten, ein Schreiben aufzusetzen. Zwar wünschte ich wohl, dir möge noch ein langes Leben in Gesundheit beschieden sein. Doch sollte eintreten, was ihr fürchtet, so verpflichtet mich jenes Dokument, auf die Einnahmen aus dem zukünftigen Besitz an Oakham anfallende Zinsen deiner lieben Frau und meinen Nichten in Gänze zur Verfügung zu stellen. Ich denke, das sollte ausreichen, um ihnen ein Leben zu ermöglichen, das

…

Mrs Dallaway ließ klirrend ihr Besteck fallen.

»Er demütigt uns und erwartet noch, dass wir ihm dankbar sind. Oakham wirft kaum genug ab, um einer von uns eine würdige Existenz zu sichern, geschweige denn uns allen dreien.«

»So eine Impertinenz! Es ist wirklich schwer zu ertragen, dass ihr auf diesen Menschen angewiesen seid.« Dotty schüttelte den Kopf. »Womöglich ist es euch ein Trost zu hören, dass ich gute Neuigkeiten habe. Dieser Brief ist von Lady Harding. Sie hat von meinem Aufenthalt hier in Surrey gehört und teilt mir mit, dass ihr Sohn, Sir Nicholas Harding, hier in der Nähe ein Anwesen — Woodcote Park — erworben hat. Und wie der Zufall es so will, gibt er aus diesem Anlass eine Gesellschaft, zu der er mich und die Misses Dallaway herzlich einlädt.«

Sie machte eine bedeutungsvolle Pause und blickte erwartungsfroh in die Runde.

»Und Sir Nicholas ist noch alleinstehend?«, wollte Mrs Dallaway gleich wissen.

»Du hast es erfasst, Maria. Er ist es wieder. Sir Nicholas ist ein ganz reizender Gentleman. Höflich, zurückhaltend und warmherzig, und die Familie ist äußerst vermögend. Bedauernswert, dass ihm das Schicksal seine Frau so früh entrissen hat. Eine liebevolle Ehefrau und Stiefmutter für seine entzückenden Kinder wäre ihm sehr zu wünschen. Was unsere Lage angeht, ist es allerdings eine glückliche Fügung, denn die Mutter des Baronets hat erst kürzlich in London mir gegenüber die Ansicht geäußert, nach nunmehr fünfzehn Monaten sei es für Nicholas an der Zeit, sich wieder zu vermählen. Und wie Lady Harding mir mitteilt, wird auch ihr jüngerer Sohn, Captain Laurence Harding, eine Weile auf dem Landgut Woodcote Park zu Gast sein. Sein Regiment ist ganz in der Nähe stationiert.«

Evelyns Gesicht war ihre Skepsis deutlich anzusehen. Ein Witwer mit Kindern war gewiss nicht das, was sich eine Sechzehnjährige erhoffte. Der Nachsatz über Captain Harding schien jedoch ihr Interesse geweckt zu haben, denn nun hörte sie doch aufmerksam zu. Clara hätte Dotty selbst gern mit Fragen gelöchert, doch in Gegenwart ihrer Mutter hielt sie sich zurück. Sie hätte sich für zu viel undamenhafte Neugier nur einen Rüffel eingefangen. Sir Nicholas und sein Bruder waren vermögend, angesehen, von gutem Charakter und alleinstehend. Für ihre Mutter war das alles Wichtige, was es über die Herren zu sagen gab. Belanglosigkeiten, wie die äußere Erscheinung, ob sie sich etwa für Kunst oder

Literatur begeisterten, oder ob man mit ihnen eine angeregte und intelligente Konversation führen konnte, waren für ein erhofftes Arrangement nicht von vorrangigem Interesse. Doch Clara konnte sich schwerlich vorstellen, einen Mann zu heiraten, von dem sie kaum mehr wusste, als wie groß sein Landbesitz war und wie viele Bedienstete er sich leisten konnte. Ungeduldig warteten die Mädchen darauf, dass die Tafel endlich aufgehoben würde, und sie Dotty bei einem Spaziergang mit all ihren Fragen würden bestürmen können.

3

Abendgesellschaft auf Woodcote Park

»Nun sag schon, Dotty. Sind sie von angenehmer Erscheinung, Captain Harding und sein Bruder?«, drängte Evelyn, als sie das Gartentor hinter sich gelassen hatten und in den Feldweg einbogen. Sie waren nach dem Lunch ohne die Mutter auf einen Spaziergang aufgebrochen, und Evelyn schien nur auf diese Gelegenheit gewartet zu haben.

In ihrem eleganten bordeauxroten Promenadenkostüm mit dem bestickten Spenzer und dem mit Blumen verzierten Strohhut, hätte Dotty eher nach London, Bath oder Brighton gepasst als in diese pastorale Szenerie. Evelyn hatte sich bei Dotty untergehakt, um sie auszupressen wie eine reife Zitrone. Clara schmunzelte. Ihr war nicht die Reihenfolge entgangen, in der ihre Schwester die Herren genannt hatte. Sie hatte also richtig vermutet. Ein junger Milizionär verfehlte allem Anschein nach auch bei Evelyn seine Wirkung nicht.

»Kind, was interessiert bei einem Mannsbild die Erscheinung?« Dorothy Beresford lachte ihr berüchtigtes Eselslachen und kniff Evelyn liebevoll in die Wange. »Du wirst nicht viel Zeit damit verbringen, ihn anzusehen. Für eine gute Ehe sind andere Dinge von größerer Bedeutung.«

»Vermögen?«, mutmaßte Clara, die sich auf dem schmalen Sandweg einen Schritt hinter den beiden gehalten hatte. Der Mai hatte die Bäume, Sträucher und Felder um sie herum in sattes Grün gekleidet, und die Sonne strahlte bereits kräftig vom mit weißen Schönwetterwölkchen betupften Blau des Himmels.

Lady Beresford blieb stehen, betrachtete den Himmel und atmete tief durch.

»Ich muss zugeben, dass ich meinen Aufenthalt hier genieße, auch wenn es an Zerstreuung mangelt. Aber wenn im Mai alles sprießt und blüht, ist es auf dem Lande einfach wundervoll!« Sie ließ Clara Gelegenheit, aufzuschließen, und hakte sie ebenfalls unter.

»Um deine Bemerkung aufzugreifen, Clara. Nein, Vermögen allein ist auch kein Garant für eine glückliche Ehe. Obwohl es weder Sir Nicholas noch seinem Bruder daran mangelt. Sicher ist es wichtig, dass man ein Auskommen hat, doch darüber hinaus sind Vermögen und Einfluss unerheblich. Ein gutes Herz muss er haben und Verstand.« Dorothy lächelte. In Evelyns Gesicht war die Enttäuschung über diese ausweichende Antwort nur allzu deutlich abzulesen. Sie hätte offensichtlich gern mehr Details zur äußeren Erscheinung des Captains erfahren. Lady Beresford blieb erneut kurz stehen und senkte beinahe verschwörerisch die Stimme.

»Keine Sorge, meine Liebe. Auch ich war einmal jung und weiß um die Dringlichkeit deiner Frage. Ich werde euch alles verraten, was ich über Sir Nicholas Harding und seinen Bruder Laurence weiß. Sir Nicholas ist wirklich ganz reizend. So ein herzlicher, höflicher Mann. Und auch die Kinder sind ganz entzückend. Es ist wirklich ein Jammer, dass er so früh verwitwet ist. Es wäre ihm sehr zu gönnen, eine hübsche und liebenswerte Ehefrau zu finden.«

Evelyn hatte die Brauen zusammengezogen. Sie wartete auf interessante Details zu Captain Harding.

Dorothy lächelte.

»Evelyn, du bist noch so jung. Dich kann man lesen wie ein offenes Buch. Du fürchtest, Sir Nicholas sei zu alt, nicht wahr? In der Tat ist er im Alter bereits etwas fortgeschritten, doch er zählt noch keine fünfunddreißig Jahre. Ehrlich gesagt, hatte ich bei ihm eher an deine Schwester gedacht.«

Clara kam sich vor, als habe jemand ein Glas über sie gestülpt. Das Gespräch drang seltsam gedämpft in ihr Bewusstsein und sie spürte einen leichten Schwindel. Ihre Situation kam ihr noch immer irreal vor. Der klare Teil ihres Verstandes sagte ihr, dass Dinge besprochen wurden, die möglicherweise ihr ganzes weiteres Leben betreffen würden, und doch konnte sie kein echtes Interesse an den Details aufbringen, die Dotty über die Hardings enthüllte, während sie die Mädchen über deren Vermögen, Besitz und Dienerschaft in Kenntnis setzte. Ihr war es einerlei, wie der Mann aussah, ob er Vermögen hatte oder Kinder. In ihrem wunden Herzen gab es noch immer keinen Platz für einen Fremden, und sie konnte sich nicht für einen möglichen

Heiratskandidaten interessieren. Zumal sie auch erst neunzehn Jahre alt war und bisher in dem Glauben gelebt hatte, keine Eile zu haben, um einen Ehemann zu finden. Und doch wusste sie, dass ihre Umstände es nicht zuließen, auf ihre Empfindungen Rücksicht zu nehmen.

»Und Captain Harding? Er ist der Jüngere von beiden, nicht wahr?«, fuhr Evelyn in ihrem Verhör fort.

»Leider kenne ich den Captain nur flüchtig«, entgegnete Dotty, »doch er ist eine durchaus elegante Erscheinung. Hochgewachsen, blond und, wie ich hörte, ein geschickter Reiter und Schütze. Er schien mir ein lebhaftes Temperament zu besitzen, denn er nahm rege an den Unterhaltungen teil. Leider habe ich mich selbst noch nicht näher mit ihm unterhalten können und kenne ihn nur vom Ansehen.«

Clara stellte fest, dass ihre Schwester nun zufriedener aussah. Womöglich war es ihrer Jugend und Unbeschwertheit zu verdanken, dass sie sich mit dem Gedanken, so bald wie möglich einen Ehemann finden zu müssen, bei allem Protest nun doch weit schneller abgefunden hatte als sie selbst. Dorothys Beschreibung von Captain Hardings Vorzügen hatte sie offensichtlich beruhigt, und sie schien der Gesellschaft nun optimistischer entgegenzublicken. Clara seufzte tief und zupfte ihren Ärmel zurecht.

»Ist es taktlos, wenn ich sage, dass ich mich darauf freue, die Trauerkleider wieder zu verbannen? Wenn es draußen allerorten in den schönsten Farben blüht, mag man langsam nicht mehr in Grau und Lavendel gehen, nicht wahr?«

»O nein, Evelyn. Wer möchte einem hübschen jungen
Geschöpf wie dir übelnehmen, dass es sich gerne wie-
der etwas farbenfroher kleiden möchte?«, entgegnete
Dotty.

»Es ist an der Zeit, die Trauergarderobe gegen etwas
Freundlicheres und Ansehnlicheres zu tauschen.«
Wer wäre besser geeignet gewesen als die elegante
Dotty, die Mädchen bei der Wahl ihrer Garderobe zu
beraten? Und so war die Zeit bis zur Einladung auf
Woodcote Park voll Betriebsamkeit. Journale wurden
gesichtet, Täschchen geknüpft, Bänder, Spitze und Bor-
ten ausgesucht und Kleider dem Anlass entsprechend
umgearbeitet. Die Eheanbahnung sollte doch nicht
etwa an mangelnder Vorbereitung scheitern. Clara war
es ganz recht, dass auf diese Weise nicht so viel Zeit
zum Nachdenken blieb und sie etwas hatte, auf das sie
sich konzentrieren konnte.«

»Das Anwesen sieht größer aus als Oakham«, stellte
Evelyn fest, als sie in Lady Beresfords Vierspänner die
von Kastanien gesäumte Allee entlangfuhren, an deren
Ende das aus dem vorigen Jahrhundert stammende
Wohngebäude aus hellem Naturstein zu erkennen war.
»Gut dreitausend Morgen Land, und das Hauptge-
bäude hat Sir Nicholas umfassend modernisieren lassen. Lady Harding konnte gar nicht aufhören, davon zu
schwärmen.« Dotty stieß einen gespielten Seufzer aus
und fuhr in einer näselnden Stimme und gezierten Gesten fort. »Die östliche Fassade hat abgeschrägte Erker-
fenster und ein Portal im toskanischen Stil bekommen.
Und Sie müssen die Stuckarbeiten sehen!«

Clara lachte. Sie hatte dem Tag der Einladung mit einigem Unbehagen entgegengesehen. Doch nun, da sie kurz davorstand, den Mann kennenzulernen, mit dem sie nach Möglichkeit den Rest ihres Lebens verbringen sollte, überkam sie eine seltsame Ruhe. Sie war grimmig entschlossen, ihr Schicksal anzunehmen und den Eltern keinen Kummer zu bereiten. Die Vernunft zeichnete einen klaren Weg für sie vor, und sie würde ihn klaglos beschreiten, auch wenn es nicht das war, was ihr Herz sich wünschte.

Kurze Zeit später wurden sie in den Salon geführt und ihrem Gastgeber vorgestellt. »Lady Beresford. Miss Dallaway, Miss Evelyn. Es ist mir eine außerordentliche Freude, Sie in Woodcote begrüßen zu dürfen.«

Das Lächeln, das nur kurz über Sir Nicholas' Lippen flog, wirkte beinahe schüchtern. Überhaupt verriet seine gesamte Haltung ein zurückhaltendes Wesen. Das treffendste Adjektiv, das Clara in den Sinn kam, um sein Äußeres zu beschreiben, war *unaufdringlich*. Sein altmodischer Cut und die zweireihige gestreifte Weste mit dem breiten Revers waren elegant, aber konservativ und entbehrten jeder Extravaganz. Er war mittelgroß, hatte hellbraunes Haar und braune Augen, die offen und freundlich dreinblickten, aber nicht besonders auffielen. Seine Gesichtszüge waren weich und angenehm, doch nicht dazu angetan, aus der Masse herauszustechen. An ihm gab es einfach überhaupt nichts Auffälliges. Sein Äußeres entsprach dem Gefühl der Neutralität, das sich mit ihrem Entschluss in Claras Herzen breitmachte. Aber neutral war doch gut, oder?

Immerhin regte sich kein Widerwille, keine heftige Abneigung in ihr.

Obwohl das Gebäude mit seinem grauen Stein von außen wuchtig und behäbig gewirkt hatte, war das Interieur des Salons erstaunlich modern und hell. Mit seinen aufwändigen, zum Teil mit Goldfarbe verzierten Stuckarbeiten, dem eleganten Kristallleuchter und den hellen, gerafften Vorhängen wirkte es freundlich und einladend, und die letzten Strahlen der Abendsonne, die durch die großen Fenster einfielen, badeten den Raum in warmen Goldtönen. Die Abendgesellschaft war überschaubar und bestand in großen Teilen aus Nachbarn, mit denen die Dallaways bekannt waren. Lady Pinkney mit ihren Töchtern Beatrice und Cecilia, letztere in Begleitung ihres Gatten Lord Markham, Mr Rutley, der Pfarrer von Woodcote mit seiner Gattin, sowie Sir Henry Stickland. Clara stellte fest, dass Evelyn sich bei der Begrüßung der anderen Gäste recht eintönig und spröde gab. Sie gab sich wenig Mühe zu verbergen, dass sie auf eine ganz bestimmte Person wartete.

»Auf meinen Bruder, Captain Harding, müssen die Damen leider noch eine Weile verzichten«, erläuterte Sir Nicholas prompt. »Dienstliche Verpflichtungen bei seinem Regiment halten ihn auf. Er wird etwas später zu uns stoßen.«

Evelyn wurde sofort von Miss Beatrice in Beschlag genommen, die darauf brannte, ihrer Nachbarin haarklein die Details ihrer kürzlich erfolgten Verlobung darzulegen, während sich Clara zu Lord und Lady Markham gesellte. Cecilia Markham war kaum älter als Clara, und sie kannten einander aus Kindertagen. Ihre Hochzeit mit Lord Markham lag noch nicht lange zurück, doch das entsprechende Arrangement war schon früh stillschweigend zwischen den Familien vereinbart worden. Die Freundin kam Clara gereifter vor, distinguierter. Vielleicht lag es an dem gediegenen Abendkleid und der vornehmen, mit Federn verzierten Toque aus Satin und Tüll, die auf ihrem kunstvoll aufgesteckten kastanienbraunen Haar saß. Oder es war der direkte Kontrast mit ihrer quirligen Schwester, die mit ihren goldblonden Locken, den Sommersprossen und dem lebhaften Wesen noch wesentlich kindlicher wirkte. Aufmerksam beobachtete Clara den Umgang und die Gesichter der beiden frisch Vermählten. Lord Markham war gut zehn Jahre älter als Cecilia, doch unterhaltsam und witzig und eine recht mondäne Erscheinung mit seinem glänzend schwarzen Haar, den langen Koteletten und dem marineblauen Frack mit den Goldknöpfen. Den Damen gegenüber war er äußerst zuvorkommend, und er bedachte seine junge Ehefrau mit liebevollen Blicken und aufmerksamen Gesten. Als er lachte, bemerkte Clara, dass seine Vorderzähne ein wenig zu groß geraten waren. Doch wer war schon frei von jedem Makel? Cecilia jedenfalls wirkte nicht unglücklich, auch wenn sie ihren Ehemann nicht selbst gewählt hatte. Im Gegenteil. Sie erschien fröhlicher und ausgeglichener als früher. Clara ließ ihren Blick zu Sir Nicholas schweifen. Der lehnte am Kaminsims und unterhielt sich angeregt mit Sir Henry. Wie sie ihn näher betrachtete, fand sie, eine Frau hätte es sicherlich schlechter treffen können.

Die gefühlvoll romantischen Fantasien aus den Romanen, die sich in ihrem Mädchenherzen verwurzelt hatten, erschienen Clara mit einem Mal albern und kindisch. Endeten die großen Liebesgeschichten nicht letztlich nicht immer tragisch? Wenn man sich in der Welt umschaute, so war es doch weit häufiger, dass man zum gegenseitigen Nutzen heiratete als aus unsterblicher Liebe. Vermutlich war es illusorisch zu glauben, dass Liebe aus purer Leidenschaft entstehen musste. Viel realistischer war es doch, dass sie aus freundlicher Zuneigung und gutem Willen langsam erwachsen sollte.

Clara wurde aus ihren Gedanken gerissen, als Sir Nicholas die Gäste zur Tafel bat, die mit kostbar aussehendem Porzellan und Silber eingedeckt war. Die Sonne war inzwischen untergegangen, und Kerzen in schlanken, langarmigen Haltern spiegelten sich in Kristall und Silber und verliehen dem Tisch einen festlichen Glanz. Sir Nicholas führte Lady Beresford an ihren Platz zu seiner Rechten am oberen Ende des Tisches und die übrigen Gäste folgten paarweise. Clara wurde von Sir Henry zu Tisch begleitet. Einzig Evelyn musste auf Geleit verzichten, da Captain Harding nach wie vor auf sich warten ließ.

Erst als sie bereits mit Suppe und Fisch begonnen hatten, waren energische Schritte vom Salon zu hören und kurz darauf erschien Captain Harding in der Tür zum Speisezimmer. Sir Nicholas erhob sich, um ihn mit den Gästen bekannt zu machen. Dotty hatte nicht übertrieben. Sir Nicholas' jüngerer Bruder war in der Tat eine imponierende Erscheinung. Groß und schlank, machte er in der roten Uniform der Miliz mit den weißen Reithosen und schwarzen Stiefeln eine ausgezeichnete Figur. Sein blondes Haar trug Laurence Harding nach Art der Soldaten im Nacken zusammengebunden. Doch ein paar vorwitzige Strähnen hatten sich gelöst und fielen ihm keck ins Gesicht, was ihm einen leicht verwegenen Ausdruck verlieh. Sein auffälligstes Merkmal jedoch waren die ungewöhnlich hellen, graublauen Augen, welche eine Strahlkraft besaßen, der sich auch Clara schwerlich entziehen konnte. Wenn man sie so nebeneinander sah, war es schwer zu glauben, dass Captain Harding und Sir Nicholas Brüder waren.

Leicht amüsiert stellte Clara fest, dass selbst Lady Pinkney den jungen Mann mit so etwas wie ehrfürchtigem Erstaunen ansah, um dann jedoch sogleich mit dem verlegenen Ausdruck eines Kindes, das man beim Naschen erwischt hatte, nach ihrer Serviette zu greifen. Hüstelnd betupfte sie ihre Lippen.

»Lassen Sie sich bitte nicht stören. Ich habe mich zu entschuldigen, doch ich konnte mich nicht eher von meinen dienstlichen Pflichten losreißen.«

Er umrundete den Tisch und erreichte den ihm zugedachten Platz. Evelyn erhob sich so rasch, dass sie beinahe ihr Weinglas umgestoßen hätte. Clara konnte es gerade noch festhalten. Röte schoss in die Wangen ihrer kleinen Schwester, als sie den Captain begrüßte und er sie bat, wieder Platz zu nehmen.

Mit übertriebener Konzentration widmete Evelyn sich wieder ihrer Suppe, doch es war ihr deutlich anzumerken, wie sehr ihr Tischnachbar sie aus der Ruhe brachte.

Als der erste Gang abgeräumt und das zweite Gedeck für den Hauptgang aufgelegt worden war, erhob Sir Nicholas sein Glas.

»Ich möchte die Gelegenheit nutzen, noch einmal meine Freude auszudrücken, Sie heute hier als meine neuen Nachbarn begrüßen zu dürfen. Besonders freue ich mich darüber, dass auch Lady Beresford gerade in der Gegend weilt und meiner Einladung nachkommen konnte. Erheben wir die Gläser und trinken auf die Gesundheit unserer werten Lady Beresford!«

»Auf Lady Beresford«, echote Sir Henry und die anderen Gäste folgten dem Beispiel.

Clara sah aus dem Augenwinkel, wie Captain Harding sich zu Evelyn herüberbeugte.

»Eine fürchterlich steife Angelegenheit, so eine Dinnerparty, finden Sie nicht, Miss Evelyn? Meinem Bruder mangelt es leider ein wenig an Esprit. Er macht sich nicht so viel aus Festivitäten, wissen Sie? Man könnte meinen, einem Begräbnis beizuwohnen.«

Evelyn lachte leise, sodass alle Gäste zu ihnen hinübersahen. Schell fing sie sich und griff peinlich berührt zu ihrem Glas.

Der sonst eher ruhig und gesammelt wirkende Sir Nicholas ließ sich hinreißen, seinem Bruder einen missbilligenden Blick zuzuwerfen. Darüber hinaus würdigte er den Kommentar aber keiner Replik, sondern wandte sich Lady Beresford zu, um ihr noch etwas Wein nachzuschenken.

Laurence Harding erhob sich nun ebenfalls.

»Mein Bruder tut natürlich recht daran, Höflichkeit und Anstand zu wahren, und auf die Gesundheit unseres Ehrengastes zu trinken. Doch ich möchte entgegenhalten, dass wir zu viel auf die Gesundheit und viel zu wenig auf die Schönheit unserer verehrten Damen trinken.« Er ließ den Blick durch die Runde schweifen. »Ein Frevel bei so viel versammelter Schönheit in diesem Raum. Da werden die anwesenden Herren mir hoffentlich recht geben. Nicht wahr, Lord Markham? Sir Henry?«

Die Angesprochenen schauten etwas irritiert, stimmten dem Captain dann aber zu und erhoben ebenfalls die Gläser.

»Trinken wir auf die Schönheit und das große Glück, sie genießen zu dürfen.«

Laurence Harding wandte sich zu seiner Tischnachbarin und nickte ihr zu, was Evelyn dazu brachte, ihren Wein so hastig zu trinken, dass sie sich verschluckte und husten musste.

Clara stieß sie unter dem Tisch sachte mit dem Fuß am Knöchel an und schüttelte kaum merklich den Kopf. Sie hätte ihrer Schwester gern zu etwas mehr Zurückhaltung geraten. Es war nicht gut, wenn man einem Herrn allzu deutlich sein Interesse bekundete. Doch der verstohlene Tritt brachte ihr lediglich einen zornigen Seitenblick ein.

Als schließlich die Tafel aufgehoben wurde, gingen die Damen in den Salon voraus, während die Herren im Speisezimmer verblieben. Clara nahm Evelyn sanft am Ellenbogen. Deren Schritte wirkten ein wenig unsicher. Aus Verlegenheit hatte sie nämlich ihr Glas schneller als üblich geleert, und Captain Harding hatte keine Gelegenheit ausgelassen, ihr großzügig nachzuschenken.

»Du solltest dich wirklich etwas zurücknehmen«, wisperte sie. »Es muss schließlich nicht gleich ganz Surrey wissen, dass du ein Auge auf den Captain geworfen hast.«

Evelyn atmete hörbar aus.

»Captain Harding hat vollkommen recht. Wie schrecklich gezwungen diese Gesellschaften sind. Man sollte sich doch ein wenig amüsieren dürfen, oder etwa nicht?«

»Du hättest nicht so viel trinken sollen, sonst würdest du nicht so reden«, zischte Clara.

»Und du glaubst, wir fallen den Gentlemen eher ins Auge, wenn wir die langweiligen Landpomeranzen geben?« Evelyn verdrehte die Augen.

»Evelyn! Still!«, mahnte Clara. Doch die schüttelte nur den Kopf, dass ihre dunklen Locken munter um den Kopf hüpften.

Lady Beresford, Mrs Rutley und Cecilia zogen sich in die Ecke beim Kamin zurück, wo sie sich Handarbeiten und dem Austausch von Klatsch und Tratsch aus der Nachbarschaft hingaben.

Lady Pinkney ihrerseits hatte mit ihrer Tochter Beatrice am Tisch Platz genommen und begonnen, ein Päckchen Karten zu mischen, das sie nun halbmondförmig auf dem Tisch ausbreitete.

»Kommen Sie, Miss Dallaway, Miss Evelyn. Wagen wir ein Spielchen Whist, solange die Herren ihrer Leidenschaft für Port und Politik nachgehen.«

Nachdem die Plätze vergeben waren und das Spiel begonnen hatte, bemerkte Lady Pinkney: »Ich fürchte, ich habe heute nicht viel Glück mit meinem Vis-à-vis. Miss Evelyn scheint mir doch nicht recht bei der Sache.« Sie senkte die Stimme und beugte sich mit Verschwörermiene zu ihr herüber.

»Womöglich liegt es daran, dass Sie den Beginn der Abendunterhaltung nicht abwarten können, nicht wahr, mein Kind?« Lady Pinkney lachte und zwinkerte Evelyn zu, die heftig errötete.

»Wenn sie weiter so unkonzentriert sind, machen Sie mich noch arm, meine Liebe. Je nun, ich war auch einmal jung und will es Ihnen nachsehen, wenn Sie mich um meinen Einsatz bringen.«

Clara zog die Augenbrauen zusammen. Offenbar hatte sie mit ihren Befürchtungen nicht ganz unrecht. Evelyns offenkundiges Interesse an Laurence Harding war nicht unbemerkt geblieben. Natürlich hatte sie durchaus Verständnis dafür, dass ihre Schwester sich von dem schnittigen Offizier beeindrucken ließ, doch musste sie aufpassen, nicht allzu leichtfertig ihren guten Ruf zu riskieren. Vor allem, solange unklar war, ob ihre eindeutige Zuneigung auch Widerhall fand. Nichts war schließlich peinlicher, als sich einem indifferenten Mann an den Hals zu werfen.

Etwa eine Stunde später gesellten sich auch die Herren wieder zu der Runde, und es wurde Tee serviert.

»Oh, wunderbar!«, rief Lady Pinkney und räumte die Karten zusammen. »Sie sind meine Rettung. Ich habe heute kein glückliches Händchen beim Spiel und nun eine willkommene Ausrede, es für heute aufzugeben. Captain Harding, ich darf Sie beim Wort nehmen, wenn Sie sich soeben bei Tisch über den Mangel an Zerstreuung beklagten. Vielleicht möchten Sie für uns ein Gedicht rezitieren? Ich denke, dass Sie damit insbesondere den jungen Misses Dallaway eine Freude machen könnten.«

Sie blickte dabei mit wissender Miene zu Evelyn hinüber.

Captain Harding, der vor dem Kamin stand und die Handflächen gegen das Feuer streckte, wandte sich um.

»Sie verzeihen, Lady Pinkney. Ich mache mir nicht viel aus Dichtung. Da bevorzuge ich das Schauspiel. Wenn Miss Dallaway mir die Ehre gibt, könnten wir eine Szene mit verteilten Rollen vortragen.«

Clara zuckte zusammen und sah auf.

»Sie blicken so erschrocken drein, dass ich befürchten muss, Sie in irgendeiner Weise beleidigt zu haben, Miss Dallaway«, sein Blick schien in ihrem Gesicht nach einer Reaktion zu suchen.

»Aber nein, Captain Harding. Ich denke nur, dass es sicher begabtere Darsteller in dieser Runde gibt.« Sie senkte den Blick, um Laurence Hardings forschendem Augenpaar zu entgehen.

»Darüber sollten wir das Publikum entscheiden lassen, meine liebe Miss Dallaway. Machen wir daraus doch einen Wettstreit. Was sagen Sie? Wir beide gegen meinen Bruder und Miss Evelyn?«

Clara runzelte die Stirn und sah zu ihrer Schwester hinüber, deren Blick sich merklich verfinstert hatte.

»Ich weiß nicht ...«, begann Clara, doch Cecilia Markham schien Gefallen an der Idee gefunden zu haben.

»Oh, Miss Dallaway! Seien Sie keine Spielverderberin und bringen Sie uns nicht um das Vergnügen. Das wird ein großer Spaß. Lord Markham und ich werden die Szene auswählen und Mr und Mrs Rutley könnten als unvoreingenommene Schiedsrichter fungieren.«

»Dann ist es abgemacht?« Laurence Harding schaute Clara eindringlich an. Abzulehnen wäre unhöflich gewesen.

»Nun. Also gut«, gab Clara schließlich nach.

Nachdem Lord und Lady Markham eine Weile die Köpfe zusammengesteckt hatten, legten sie sich auf eine Szene aus Shakespeares »Ein Sommernachtstraum« fest. Schnell fanden sich in der Bibliothek zwei Ausgaben des Stückes, mit denen sich die Paare auf ihren Vortrag vorbereiten konnten.

»Kommen Sie, Miss Dallaway, wir wollen uns dort hinübersetzen und unsere Rollen studieren«, schlug Captain Harding vor. Er ließ sich auf dem Kanapee nieder und bedeutete Clara, sich neben ihn zu setzen. Dann schlug er das Buch auf und rückte recht nah an sie heran, so dass sie beide hineinschauen konnten.

»Sie lesen also die Titania und ich den Oberon«, verkündete er und deutete auf die Stelle im Text.

»*Vermeßne, halt! Bin ich nicht dein Gemahl?*«, rezitierte er.

Clara räusperte sich.

»*So muß ich wohl dein ... dein Weib sein*«, las Clara stockend. Über den Rand des Buches sah sie zu Evelyn hinüber, die mit Sir Nicholas in der Nische beim Fenster Platz genommen hatte und dabei wenig begeistert dreinblickte. Clara kannte den Ausdruck in Evelyns Gesicht und wusste, dass sie zornig war. Doch sie war sich keiner Schuld bewusst, hatte sie doch Captain Harding keinen Anlass gegeben anzunehmen, sie habe ein besonderes Interesse an ihm. Sie stotterte sich durch den leicht anzüglichen Text, was Laurence Harding dazu veranlasste, noch etwas dichter an sie zu rücken und ihr das Buch näher unter die Nase zu halten.

Er beugte sich zu ihr herüber und senkte die Stimme. Clara konnte seinen Atem an ihrem Nacken fühlen.

»Es ist entzückend, wie Sie erröten, wenn Sie derlei frivole Dinge sagen, Miss Dallaway. Ich wette, hinter Ihrem scheuen Lächeln schlummert heimlich eine Titania. Es macht Sie umso geheimnisvoller, und das reizt mich.«

Clara strich ihren Rock glatt und räusperte sich. Sie wusste nicht, was sie entgegnen sollte, also wandte sie sich wieder dem Text zu, um dem Captain nicht ins Gesicht sehen zu müssen. Noch durch den Stoff ihrer Musselinröcke spürte sie die Wärme, die von seinem Bein ausstrahlte, und der Geruch nach Brandy, Leder und einem Duftwasser mit einer herben Gewürznote war irritierend. Die invasive Nähe dieses Mannes verwirrte sie, war gleichermaßen anziehend wie bedrohlich, und sie lehnte den Oberkörper zur anderen Seite, so weit es die gemeinsame Lektüre zuließ.

Schließlich erlöste Cecilia Markham sie, indem sie Clara und den Captain aufforderte, den Wettstreit zu beginnen. Laurence Harding bot Clara die Hand, um ihr beim Aufstehen zu helfen, und führte sie galant in die Raummitte, so als ob er sie zum Tanz geleitete. Sie spürte die neugierigen Augen der Anwesenden auf sich ruhen und bemerkte das aufmunternde Zwinkern in Dottys Auge. Gewiss, sie war schließlich mit dem Ansinnen hergekommen, einen passenden Ehemann zu angeln, und es schien, als habe bereits einer angebissen. Doch Clara fühlte sich dabei, als sei sie in ein Spinnennetz geraten, dessen Fäden an ihr klebten und sie immer weiter in eine missliche Lage verstrickten, aus der sie sich gern befreit hätte. Doch wenn sie keine Szene verursachen wollte, blieb ihr nur übrig, gute

Miene zu machen und mitzuspielen. Sie räusperte sich und begann, leise und zaghaft, ihren Text zu lesen. Captain Harding legte — ob dem Alkohol geschuldet oder der Begeisterung für das Stück und seine Partnerin — weit mehr Verve an den Tag und unterstrich seinen feurigen Beitrag mit ausladenden Gesten. Die begeisterte Zuhörerschaft ermutigte ihn mit »Bravo!«-Rufen und heiterem Gelächter. Claras Wangen brannten und ihre Zunge klebte am Gaumen wie ein Stück altbackener Brotkanten. Endlich hatten sie das Ende der Szene erreicht, und Lady Markham erklärte damit Claras Martyrium offiziell für beendet. Sie verbeugten sich und traten unter dem Applaus der Anwesenden ab, um Sir Nicholas und Evelyn ihren Platz zu überlassen.

Evelyn stand der Zorn über die Wendung der Ereignisse noch immer deutlich ins Gesicht geschrieben, und in ihrer Wut gab sie eine weit überzeugendere und leidenschaftlichere Titania ab als ihre Schwester. Sir Nicholas hatte Mühe, mit ihrem schwungvollen Vortrag mitzuhalten. Er bot einen bedauernswerten Oberon, der dem hitzigen Gezänk der Elfenkönigin kaum etwas entgegenzusetzen hatte. Auch dieser Vortrag wurde von den Zuschauern eifrig kommentiert und Sir Nicholas zu mehr Leidenschaft angestachelt, was dem Ärmsten rote Flecke am Hals und einen feinglänzenden Schweißfilm auf der Stirn einbrachte.

»Mein Bruder hat die Leidenschaftlichkeit eines Holzschuhmachers«, wisperte Laurence Harding in Claras Ohr. Sein Atem kitzelte, und sie musste den Impuls unterdrücken, den Captain beiseitezuschieben und sich am Ohr zu kratzen. Stattdessen warf sie ihm lediglich einen indignierten Seitenblick zu, den er jedoch mit einem nonchalanten Lächeln beantwortete.

Schließlich hatten auch Evelyn und Sir Nicholas ihren Vortrag beendet und die Rutleys wurden aufgefordert, ihr unvoreingenommenes Urteil zu fällen. Nach einiger Diskussion kamen sie zu dem Schluss, dass beide Paare eine brillante Vorstellung abgeliefert und das Publikum hervorragend unterhalten hätten, eine abschließende Parteinahme ihnen also gänzlich unmöglich sei.

»Ein Remis also?«, rief Lady Markham sichtlich enttäuscht. Doch die Forderung, mit einer zweiten Runde doch noch den Sieg eines der Paare herbeizuführen, lehnten sowohl Clara als auch Sir Nicholas mit höflichem Nachdruck ab.

Dotty, die inzwischen die angespannte Stimmung erfasst hatte, ergriff die Gelegenheit, die Aufmerksamkeit zu zerstreuen, und bat Clara, doch ein Lied zu Gehör zu bringen. Froh, der verstörenden Nähe des Captains zu entkommen, kam Clara der Bitte sogleich nach und nahm am Pianoforte Platz. Während sie die Noten aufschlug und ihre Finger auf die Tasten legte, bemerkte sie, wie Sir Nicholas sich zu Evelyn setzte und der Captain seinen Sessel näher an das Instrument rückte und sie aufmerksam beobachtete.

Als Clara ihren Vortrag beendet hatte und von den Noten aufsah, fühlte sie Laurence Hardings bohrenden Blick auf sich. Er erhob sich und spendete enthusiastischen Beifall. Clara bedankte sich rasch und zog sich in die Nische beim Fenster zurück. Es dauerte nicht lang und sie bemerkte, dass Captain Harding ebenfalls ans Fenster herangetreten war.

»Sie haben eine imposante Gesangsstimme, Miss Dallaway. So voller Leidenschaft und Gefühl. Zu schade, dass Sie dieses Feuer, das in Ihnen lodert, mit dieser sittsamen und temperamentlosen Fassade zu ersticken suchen.«

Obwohl er leise gesprochen hatte, fürchtete Clara, die anderen könnten seine Worte gehört haben. Sie wandte sich zum Fenster und senkte die Stimme.

»Captain, bei allem Respekt, ich glaube nicht, dass dies ein angemessenes Konversationsthema für diesen Abend ist.«

»Nicht für diesen Abend?« Seine Hand streifte kaum merklich ihren bloßen Arm. »Dann werde ich hoffen, dass wir zu einer anderen Gelegenheit diese Unterhaltung fortsetzen werden und Sie mir erlauben, hinter diese reputable Fassade zu blicken und die wilde Amazone zu entdecken, die dahinter haust.« Damit wandte er sich ab und gesellte sich wieder zu den anderen Gentlemen, die inzwischen am Kamin Platz genommen hatten. Clara fröstelte, und sie war sich nicht sicher, ob es der kühlen Zugluft vom Fenster her geschuldet war.

Als die Gesellschaft sich langsam auflöste, bemerkte Lady Markham, dass sie ihr Retikül mit ihrer Handarbeit eingebüßt hatte.

»Eben hatte ich es noch. Ich fürchte, ich muss es in der Bibliothek vergessen haben, als wir nach den Shakespeare-Ausgaben gesucht haben.«

»Ich gehe es rasch für Sie holen und bringe bei der Gelegenheit die Bücher zurück«, bot sich Clara an, froh der Gesellschaft für einen kurzen Augenblick entfliehen zu können, um ihre Gedanken zu ordnen. Hastig verließ sie den Salon und ließ sich von einem Dienstmädchen den Weg zur Bibliothek zeigen.

Tatsächlich fand sie Lady Markhams Täschchen auf dem Boden vor einem der deckenhohen Regale und hatte so auch schnell die Lücke zwischen den Büchern gefunden, in die sie die Shakespeare-Ausgaben zurückschob. Als sie die verlorene Tasche aufhob, hörte sie eine Stimme von der Tür her.

»Sie können gehen. Wir brauchen Sie nicht mehr.«

Claras Herz schlug bis zum Hals. Captain Harding. Und er hatte soeben das Mädchen weggeschickt. Nervös presste sie das Täschchen an die Brust und wollte sich an ihm vorbeidrängen.

»Vielen Dank, Captain. Ich habe bereits gefunden, wonach ich gesucht habe. Ich werde ...«

Noch ehe sie wusste, wie ihr geschah, hatte Laurence Harding ihre Taille umfasst und zog sie an seinen Körper.

»Sie besitzen offenbar doch mehr Raffinesse, als ich Ihnen zugetraut habe, Miss Dallaway«, wisperte er mit rauer Stimme in ihr Ohr. Clara schauderte. »Ein geschicktes Manöver von Ihnen, das muss ich Ihnen lassen.«

Seine Lippen berührten ihren Hals und seine Arme zogen sie fester gegen seinen Körper. Clara war so überrascht, dass sie nicht einmal die Kraft fand, sich aus seiner Umklammerung zu lösen oder zu protestieren. Schon presste sich sein Mund fordernd auf ihren. Für einen Augenblick wie gelähmt, ließ Clara zu, dass sich seine Zunge zwischen ihre Lippen drängte und nach ihrer tastete. Fest hielten seine Hände ihre Hüften umfasst, während er sie gierig und atemlos küsste. Erst jetzt fand Clara die Kraft, ihn sanft aber bestimmt von sich zu schieben.

»Nein. Nein, ich ... das ist ein Missverständnis. Ich kann nicht, ich möchte nicht ... « Ihr Herz drängelte gegen ihre Rippen, und ihre Lungen sogen verzweifelt Luft ein. »Es tut mir leid, wenn ich Anlass gegeben habe, zu glauben... Ich wollte auf keinen Fall falsche Hoffnungen wecken.«

Laurence Harding schob Clara etwas weiter von sich und betrachtete sie mit zusammengezogenen Brauen. Eine steile Zornesfalte hatte sich über der Nasenwurzel gebildet und seine Augen, die ihr zuvor so strahlend vorgekommen waren, glänzten kalt.

»Sie möchten also Katz und Maus mit mir spielen, Miss Dallaway. Doch bei solchen Spielchen dürfen Sie nicht mit mir rechnen. Wenn Sie sich spröde geben wollen...« Er legte den Kopf schräg und betrachtete sie mit einem überlegenen Lächeln. »Mir schien ihre Schwester weit aufgeschlossener. Womöglich habe ich bei ihr mehr Glück. Was meinen Sie?«

Clara hatte sich aus ihrer Starre gelöst. Eine ungekannte Wut schoss durch ihre Adern und erhitzte ihre Wangen. Mit grimmiger Entschlossenheit trat sie einen Schritt auf Laurence Harding zu und sah ihn erhobenen Hauptes an.

»Ich meine, Sie sollten jetzt besser gehen, Sir.«

Laurence Harding zog die Augenbrauen hoch.

»Wie Sie meinen, Miss Dallaway.«

Dann machte er auf dem Absatz kehrt und verließ mit energischen Schritten die Bibliothek.

4

Eifersucht und Missverständnisse

Kaum hatte sich der Schlag der Kutsche hinter ihnen geschlossen, gab Evelyn ihre Zurückhaltung auf und ließ ihrem Ärger freien Lauf.

»Hätte ich gewusst, dass du so ein falsches Spiel spielst, Clara, so wäre ich zuhause geblieben und hätte mir die Schmach erspart.«

Sie hatte mit dem Gedanken gespielt, Evelyn und Dotty von ihrem Erlebnis in der Bibliothek zu berichten. Doch der unangenehmen Lage glücklich entkommen, schämte sie sich des Vorfalls. Womöglich hatte sie unwissentlich ein falsches Signal gesendet, als sie allein die Gesellschaft verlassen hatte. Entsprechend schwach klang ihre Rechtfertigung.

»Evelyn, ich versichere dir. Ich habe Captain Harding keinerlei Anlass gegeben zu glauben ...«

»Es ist nicht fair, Clara. Es ist einfach nicht fair. Du hast genau gewusst, dass ich meine Hoffnung auf Captain Harding gesetzt habe, und du kannst es nicht lassen, dich dazwischenzudrängen. Deine tadelnden Blicke, die verstohlenen Tritte unter dem Tisch. Du hast mich behandelt wie ein kleines, albernes Kind, um mich vor ihm unmöglich zu machen.« Mit vor der Brust verschränkten Armen ließ Evelyn sich tief in das Rückenpolster sinken und wandte sich zum Fenster, in dem sich ihr zorniges Gesicht spiegelte. Draußen war es bereits dunkel und nur die schmale Mondsichel spendete etwas fahles Licht. Clara fröstelte und zog ihr Cape enger um den Körper. Es war nun doch recht kühl geworden.

»Aber Liebes, du kannst es Clara nicht übelnehmen, dass der Captain offenbar Gefallen an ihr gefunden hat. Ich denke nicht, dass sie ihn wissentlich ermuntert hat«, versuchte Dotty zu schlichten. »Dafür zeigte sich doch Sir Nicholas sehr bemüht um dich, denkst du nicht auch?«

»Sir Nicholas!«, schnaubte Evelyn. »Es könnte euch so passen, dass ich mich mit diesem mausgrauen Langweiler zufriedengebe, der schon mit einem Bein im Grab steht und zudem noch einen Haufen Bälger mitbringt. Das könnt ihr nicht von mir verlangen. Lieber ginge ich ins Armenhaus!«

Dotty lachte, dass ihr üppiger Busen munter auf und ab hüpfte.

»Kind, eigentlich müsste ich dir eine Strafpredigt halten, denn dein Ton ist aufs Äußerste unangebracht. Doch ich kann mich noch zu gut an die Turbulenzen junger Liebe erinnern, als dass ich dir ernsthaft böse sein könnte. Es ist leider wie es ist, Evelyn. Die Liebe fällt hin, wo sie will, und wir können es nicht ändern. Du solltest eine Nacht darüber schlafen und Sir

Nicholas noch eine Chance geben. Er ist wirklich ein ganz reizender und grundanständiger Gentleman, der deiner Zuneigung sicherlich würdig wäre. Bedenke auch, dass euch in eurer Lage leider der Komfort der Wahl nicht beschieden ist.«

Evelyn schob grimmig den Unterkiefer vor und schwieg. Zu gerne hätte Clara ihr gesagt, dass sie den Captain für charakterlos und ungehobelt hielt und ihn selbst ihrer schlimmsten Feindin nicht zum Ehemann gewünscht hätte. Doch sie wusste, dass ihre Warnungen in diesem Augenblick auf taube Ohren stoßen mussten. So verlief die Kutschfahrt in angespannter Stille, und auf Oakham angekommen, zog Evelyn sich sogleich auf ihr Zimmer zurück. Clara blieb es überlassen, die Neugier ihrer Mutter zu befriedigen, die trotz der vorgerückten Stunde aufgeblieben war, und in groben Zügen von der Gesellschaft bei den Hardings zu berichten.

»Ich denke, dann dürfen wir bald mit einem Gegenbesuch rechnen«, sagte Mrs Dallaway zufrieden, ungeachtet des angedeuteten Konflikts. »Evelyn wird sich schon wieder beruhigen, und ich bin sicher, dass es Sir Nicholas gelingen wird, sie von sich zu überzeugen.« Sie räumte, offensichtlich zufrieden, ihr Handarbeitszeug beiseite und kündigte an, sie wolle sich nun ebenfalls zu Bett begeben.

Dotty legte ihre Hand auf Claras Unterarm und lächelte. »Grüble nicht, Kind. Es wird sich schon alles fügen. Warte nur, bis die Sonne morgen aufgeht. Dann sieht die Welt schon wieder anders aus. Nicholas und Laurence Harding sind nicht die einzigen alleinstehenden Männer im heiratsfähigen Alter da draußen. Es wird sich schon etwas Passendes finden lassen.« Damit verabschiedete auch sie sich und ließ Clara nachdenklich im Salon zurück.

Mit den Fingerspitzen betastete Clara ihren Mund, konnte noch immer den Kuss spüren, die drängenden, fordernden Lippen, schmeckte die Mischung aus Brandy und Rauch, spürte die rauen Bartstoppeln an ihrer Wange. War es das, was sie in der Ehe erwartete? Konnte sie solcherlei Zärtlichkeiten mit jemandem tauschen, der ihr gleichgültig — oder schlimmer noch — zuwider war? War es möglich, eine gute Ehe zu führen, wenn man nicht das Verlangen hatte, sich dem Partner auf diese Weise zu nähern? Eines wusste sie mit Bestimmtheit: Sie würde dem Drängen des Captains nicht nachgeben, gleichgültig, wie verzweifelt ihre Lage war. Womöglich war es ratsam, Dotty einzuweihen und ihr zu erzählen, was geschehen war. Doch Clara schämte sich furchtbar. Selbst wenn Dotty ihr glaubte, wie leicht konnte ein solcher Vorfall ihren Ruf ruinieren! Wenn Captain Harding behauptete, sie habe ihn animiert, sich ihr zu nähern, wem würde man glauben? Die Hardings genossen einen guten Ruf, und die Leute waren nur zu schnell bereit, hinter Anschuldigungen dieser Art die Verleumdungen eines verschmähten Mädchens zu vermuten. Nein, lieber würde sie schweigen. Schließlich war nichts Schlimmes geschehen.

In den kommenden Tagen gab Clara sich alle Mühe, den Streit beizulegen und Evelyn davon zu überzeugen, dass sie keinerlei Anspruch auf Captain Harding und seine Aufmerksamkeit erhob. Doch die Stimmung blieb gereizt. Gleichzeitig hätte sie mit ihrer Schwester gern die Bedenken bezüglich seines Charakters geteilt. Offenbar fehlte ihm die geistige und sittliche Reife für eine respektvolle Beziehung zu einer Frau oder er hatte sich einfach nur allzu bereitwillig dem beklagenswert lockeren Umgang mit Moral und Anstand hingegeben, der nicht selten unter den Milizionären grassierte. Doch davon war Clara überzeugt: für seine zukünftige Ehefrau hatte dies nichts Gutes zu bedeuten. Ein solcher Mann würde seiner Frau nicht mit Respekt und Zuneigung begegnen oder auf ihre Gefühle Rücksicht nehmen.

Am Vormittag, zwei Tage nach dem Besuch auf Woodcote Park, saßen die Dallaway-Damen und Dotty im kleinen Salon. Evelyn war mit ihrer Stickerei beschäftigt, Dotty und Mrs Dallaway plauderten über alte Zeiten und Clara hatte es sich auf der Bank in der Fensternische bequem gemacht. Sie nutzte die Mußestunde, um zu lesen und war noch nicht weit gekommen, als Annesley erschien, Mrs Dallaway zwei Visitenkarten reichte und Besuch ankündigte. Mit zufriedener Miene studierte Claras Mutter die Karten und hieß Annesley, den Besuch hineinzuführen.

»Sagte ich es nicht? Die Hardings statten uns einen morgendlichen Besuch ab. Ein äußerst gutes Zeichen. Wir dürfen uns glücklich schätzen.«

Clara konnte die Begeisterung ihrer Mutter selbstverständlich nicht teilen, doch es entging ihr nicht, wie Evelyn sich hastig in die Wangen kniff und die Lippen mit den Zähnen bearbeitete, um ihnen eine rosige Frische zu verleihen. Offenbar hatte sie die Hoffnung

noch nicht aufgegeben, das Interesse des Captains zu
wecken.

»Lady Beresford, Mrs Dallaway, Miss Dallaway, Miss
Evelyn«, begrüßte Sir Nicholas sie mit einer eleganten
Verbeugung. »Wir wollten Ihnen an diesem herrlichen
Morgen unsere Aufwartung machen und uns nach Ih-
rem Befinden erkundigen. Ich hoffe, wir finden die Da-
men bei bester Gesundheit?«

»Selbstverständlich, lieber Sir Nicholas. Captain Harding. Wir freuen uns über Ihren Besuch«, entgegnete
Mrs Dallaway. »Aber bitte, nehmen Sie doch Platz.«

»Auf dem Weg hierher fiel uns auf, wie herrlich doch
das Wetter an diesem Morgen ist und wir haben über-
legt, ob wir die Damen — und womöglich auch Mr
Dallaway — zu einem kleinen Spaziergang überreden
könnten.«

»Eine ganz hervorragende Idee, Captain. Leider kann
ich selbst nicht mitkommen. Ich muss mich um meinen Gatten kümmern, der sich leider seines schwachen
Herzens wegen schonen muss. Aber ich nehme an,
Lady Beresford und meine Töchter würden Sie sehr
gern begleiten, nicht wahr?«

Hoffnungsfroh sah sie zu ihrer Cousine hinüber, welche zustimmend nickte.

»Es tut mir leid, zu hören, dass es schlecht um die Gesundheit Ihres Gatten bestellt ist. Ich wünsche ihm bal-
dige Besserung«, entgegnete Sir Nicholas.

»So ist es denn beschlossene Sache«, rief Captain Harding aus und erhob sich.

Kurz darauf verließ die kleine Gesellschaft Oakham
House, um einen Spaziergang über die Felder zu machen. Captain Harding machte seine Ankündigung

vom Abend der Dinnerparty wahr und zeigte Clara die kalte Schulter, während er Evelyn mit Aufmerksamkeiten überschüttete, die sie dankbar aufsog wie ein trockener Boden einen leichten Sommerregen. Clara betrachtete die Szene mit Misstrauen. Evelyn trug ihr roséfarbenes Musselinkleid mit den kurzen Ärmeln und hatte sich nur ein leichtes Schultertuch übergeworfen, wohl um ihre Figur nicht mit einer langen Pelisse zu verhüllen. Zwar war es mild und sonnig, doch auf dem freien Feld ging ein frischer Wind, der die Röcke der Damen bauschte und Clara trotz des Mantels frösteln ließ.

Clara fragte sich, was der Captain mit der Verlagerung seiner Aufmerksamkeit auf Evelyn bezweckte. Versuchte er, sie eifersüchtig zu machen, und in ihr den Ehrgeiz einer älteren Schwester zu wecken? Dann hatte er die falsche Taktik gewählt. Ein solches Verhalten ließ ihn in ihren Augen nicht sympathischer erscheinen. Ganz im Gegenteil.

Hinter dem Häuschen des Verwalters verließen sie den befestigten Weg verließen und folgten einem Trampelpfad zwischen den Feldern hindurch, der sich hügelan schlängelte und bei dem man über einige Zaunübertritte zu klettern hatte. Der Captain bot Evelyn den Arm, und sie hakte sich bereitwillig unter. Sir Nicholas wollte Lady Beresford behilflich sein, die jedoch lachend abwehrte und meinte, so alt sei sie schließlich auch noch nicht.

Sir Nicholas ließ sie vorausgehen und blieb am Gatter stehen, um auf Clara zu warten und ihr ebenfalls seine Hilfe anzubieten. Lächelnd ergriff Clara die ihr gebotene Hand, um über den hölzernen Übertritt zu steigen.

Als sie nun die Wiese mit den Apfelbäumen passierten, die zum Teil noch ihr zartrosa Blütenkleid trugen, bemerkte Clara, dass Sir Nicholas sich an ihrer Seite hielt. Es machte den Eindruck, als verlangsame er seine Schritte, um die Distanz zu den Vorausgehenden zu vergrößern.

Tatsächlich sollte sich herausstellen, dass Sir Nicholas etwas auf dem Herzen hatte, denn als ihm der Abstand ausreichend erschien, räusperte er sich leise und fing mit gedämpfter Stimme an zu sprechen.

»Miss Dallaway, ich hoffe, Sie werden mir das, was ich Ihnen jetzt sagen möchte, nicht verübeln. Womöglich halten Sie mich für selbstsüchtig — oder schlimmer noch hintertrieben — doch ich versichere Ihnen, dass es nicht allein dem Umstand geschuldet ist, dass ich Zuneigung zu Ihrer Schwester gefasst habe und mir wünschte, sie näher kennenlernen zu dürfen.«

»Sie möchten mit mir über Ihren Bruder sprechen, nehme ich an«, schlussfolgerte Clara.

Sir Nicholas nickte.

»Sie sind offenbar eine verständige junge Dame, der man so leicht nichts vormacht. In der Tat geht es um meinen Bruder. Mir ist nicht entgangen, dass Miss Evelyn ... sagen wir, dass sie ihm offenbar recht zugetan ist.«

Clara nickte.

»Ich hoffe, es ist nicht vermessen, wenn ich sage, dass mir sehr an Miss Evelyns Glück gelegen ist, und ich fürchte, dass mein Bruder ... dass seine Absichten und Gefühle ihr gegenüber womöglich nicht gleichermaßen ernsthafter Natur sind wie die Ihrer Schwester. Sie müssen wissen, bei der Miliz sind die Sitten rau, und mein Bruder hat sich dort einige Unarten angeeignet.«

Für einen Augenblick erwog Clara, Sir Nicholas ins Vertrauen zu ziehen und ihm von dem Zwischenfall in der Bibliothek auf Woodcote Park zu erzählen. Doch sie wollte ihn keinesfalls in einen Gewissenskonflikt stürzen, denn trotz aller gerechtfertigten Bedenken bezüglich seiner charakterlichen Reife, war Laurence Harding schließlich sein Bruder.

»Ich danke Ihnen für Ihr Vertrauen. Doch ich fürchte, ich werde bei meiner Schwester nicht viel ausrichten können. Meiner Warnung wird sie vermutlich keinen Glauben schenken.«

»Versprechen Sie mir, dass Sie es wenigstens versuchen. Ich bitte Sie inständig, Miss Dallaway. Sprechen Sie mit Ihrer Schwester und legen Sie ihr meine Bedenken dar, doch verraten Sie nicht, dass wir darüber gesprochen haben. Sie würde es mir vermutlich nicht verzeihen.«

»Da könnten Sie recht haben. Doch ich bezweifle, dass sie auf mich hören wird.«

»Dennoch werde ich beruhigter schlafen, wenn ich weiß, dass Sie immerhin einen Versuch wagen.«

Clara nickte. »Ich werde mir die größte Mühe geben, Sir Nicholas.«

Am frühen Nachmittag verabschiedeten sich die Herren und traten den Heimweg nach Woodcote an. Lady Beresford entschuldigte sich, um sich eine Weile auf ihrem Zimmer auszuruhen, und die beiden Dallaway-Schwestern blieben im kleinen Salon zurück. Clara beschloss, die günstige Gelegenheit beim Schopfe zu packen.

»Ich stelle fest, dass sich an deiner Zuneigung gegenüber Captain Harding nichts geändert hat?«, fragte sie zaghaft.

»Natürlich nicht!«, entgegnete Evelyn recht gereizt. »Warum sollte sich daran etwas geändert haben?«

»Nun ... ich dachte, du hattest heute Gelegenheit, ihn etwas näher kennenzulernen und ...«, begann Clara und Evelyn fiel ihr schnippisch ins Wort.

»Allerdings. Und ich finde, Laurence Harding ist ein äußerst charmanter und unterhaltsamer Mann — was man von seinem Bruder nicht gerade behaupten kann.«

»Es ist nur so. Ich ... ich finde, du solltest nach Möglichkeit deine Vorliebe für den Captain nicht so offen zur Schau stellen. Es gehört sich nicht, und die Leute werden reden. Womöglich könntest du es später bereuen, dich nicht bedeckter gehalten zu haben.«

»Die Leute! Die Leute! Die können mich gernhaben, die Leute!«, stöhnte Evelyn. »Was schert es mich, wenn ihr eigenes Leben so eintönig ist, dass sie nichts Besseres zu tun haben, als den lieben langen Tag herumzusitzen, Tee zu trinken und sich über andere das Maul zu zerreißen. Ich werde jedenfalls aus meinem Herzen keine Mördergrube machen, nur weil es ein paar alten Schachteln gefällt, Gerüchte in die Welt zu setzen.«

»Aber was, wenn der Captain deine Gewogenheit nicht im selben Maße erwidert? Ich meine ... was, wenn er sein Interesse wieder einer anderen Frau zuwendet? Dann wärst du ...«

»Das könnte dir so passen!«, zischte Evelyn. »Du bist doch nur eifersüchtig, weil er sich mit dir gelangweilt hat und er nun mich vorzieht.«

»Glaube mir, ich habe nicht das geringste Interesse an Laurence Harding. Im Gegenteil, ich halte ihn für charakterlich äußerst defizitär. Er ist arrogant. Dauerhaft wird er dir nicht den nötigen Respekt entgegenbringen.«

Evelyn brauste auf. »Wie kommst du dazu, so etwas Infames zu behaupten? Ich glaube dir kein Wort. Natürlich willst du ihn ganz für dich allein. Es passt dir nicht, dass er sich für mich interessiert.«

»So hör doch! Es ist nicht, wie du denkst. Ich hege Laurence Harding gegenüber keinerlei Ambitionen«, bekräftigte Clara.

»Das sah am Abend auf Woodcote Park aber anders aus. Du warst mit dem Captain recht innig, möchte ich behaupten«, schoss Evelyn zurück.

»Ich habe ihn nicht ermutigt, sich mir zu nähern«, rechtfertigte Clara sich. »Im Gegenteil, ich fand ihn viel zu aufdringlich.«

Evelyn erhob sich, kreuzte die Arme vor der Brust und starrte finster auf Clara hinab.

»Gib dir keine Mühe, Clara. Du kannst ihn mir mit deinem hässlichen Geschwätz nicht madig machen. Und wenn es dir hundertmal nicht passt, dass er nun ein Auge auf mich geworfen hat.«

Damit drehte ihre Schwester sich um und stapfte aus dem Raum. Kurz später waren energische Schritte auf der Treppe und das Zuschlagen ihrer Zimmertür zu hören. Clara seufzte. Wie befürchtet, war sie mit ihrem Vorhaben auf ganzer Linie gescheitert.

5

Falsches Spiel

Zwischen den Misses Dallaway blieb es frostig. Evelyn ging ihrer Schwester aus dem Weg und wich jedem weiteren Gesprächsversuch aus, ein Zustand, der an Clara nagte. Seit Philips Tod waren sie doch mehr denn je aufeinander angewiesen. Captain Harding stattete, mal allein, mal in Begleitung seines Bruders, den Dallaways regelmäßige Besuche ab, bei denen er sich Evelyn gegenüber höflich und charmant gab. Mittlerweile kamen Clara Zweifel, ob es richtig gewesen war, Evelyn zu warnen. Womöglich hatte Laurence Harding nun, da er sie näher kennengelernt hatte, doch ernsthafte Gefühle für ihre Schwester entwickelt. Wenn sie an den Abend in Woodcote zurückdachte, erinnerte sie sich, dass Captain Harding bereits beim Dinner recht beschwingt gewirkt hatte, so als ob er nicht mehr ganz nüchtern gewesen sei. Während des Essens waren zahlreiche Toasts ausgebracht worden und anschließend hatten die Herren vermutlich auch noch reichlich dem Alkohol zugesprochen. Möglicherweise war sein Verhalten an jenem Abend weniger Ausdruck einer generellen Charakterschwäche, sondern mehr dem Übermut geschuldet, der sich nach übermäßigem Alkoholgenuss einstellte. Vielleicht sollte sie nicht so unversöhnlich sein und Captain Harding noch eine Chance geben. Was Sir Nicholas' warnende Worte anging, so hatte er ja selbst zugegeben, in dieser Angelegenheit nicht vollkommen unparteiisch zu sein. Seine Sorge um Evelyn ließ sich von seinen privaten Gefühlen für sie wohl schwerlich trennen. Clara war entschlossen, Evelyn zuliebe zumindest die Möglichkeit in Betracht zu ziehen, dass Laurence Hardings Interesse an ihr aufrichtig war und sein Verhalten bei der Dinnerparty auf Woodcote eine unrühmliche Ausnahme.

Die Gelegenheit für Clara, dies zu überprüfen, ergab sich, als Captain Harding eines Vormittags zu einem seiner regelmäßigen Besuche vorbeischaute, Evelyn jedoch von ihrem Krankenbesuch bei einer benachbarten Familie noch nicht zurückgekehrt war. Lady Beresford hatte sich mit Migräne auf ihr Zimmer zurückgezogen, und so traf Captain Harding nur Mrs Dallaway und Clara an. Um sich die Wartezeit zu vertreiben, schlug Laurence Harding vor, einen kleinen Spaziergang im Garten zu unternehmen. Mrs Dallaway entschuldigte sich, da sie bei ihrem Mann bleiben müsse. Doch Clara ließ sich ihre Haube und das Schultertuch bringen und begleitete ihn hinaus. Sie lenkte ihre Schritte am Küchengarten vorbei in Richtung des kleinen, in diesem Frühjahr besonders üppig von Blauregen überwucherten Pavillons. Er lag im hinteren Teil des Gartens und war auch von der oberen Etage des Hauses aus nur schwer einzusehen. Als sie sich unbeobachtet fühlte, blieb sie stehen und wandte sich Captain Harding zu.

»Ich würde gerne mit Ihnen über eine Angelegenheit sprechen und hoffe, Sie nehmen es mir nicht übel. Sie ist privater Natur.«

Laurence Harding zog eine Augenbraue hoch und lehnte sich mit der Schulter an einen Pfosten der Laube.

»Schießen Sie los, Miss Dallaway. Worüber wollen Sie mit mir sprechen?«

Sie zog das Tuch fester um ihre Schultern und fasste ihren Mut zusammen. Es war besser, ihre Zweifel unverblümt auszusprechen und sich Gewissheit zu verschaffen.

»Nun, es dürfte Ihnen nicht entgangen sein, dass meine Schwester große Zuneigung zu Ihnen gefasst hat«, begann sie. Aufmerksam beobachtete sie sein Gesicht, um in seinem Ausdruck nach Zeichen für Unaufrichtigkeit zu suchen. »Sagen Sie, Captain Harding. Hegen Sie ernsthafte Absichten gegenüber meiner Schwester? Es erscheint mir im Lichte unserer Begegnung auf Woodcote durchaus zweifelhaft.«

Laurence Harding schien diese Frage zu amüsieren, denn er lachte kurz und neigte den Kopf zur Seite, bevor er antwortete.

»Machen wir einander doch nichts vor, Miss Dallaway. Wir wissen beide, auf welche Schwester sich mein Verlangen richtet. Allerdings hat meine Mutter es sich nun einmal in den Kopf gesetzt, dass ich möglichst bald heiraten soll. Und ich werde ihrem Drängen um des lieben Friedens willen früher oder später nachgeben müssen. Natürlich wäre es mir willkommener, das Angenehme mit dem Nützlichen zu verbinden, aber letzten Endes ist doch eine so gut wie die andere, nicht wahr?

Evelyn ist recht ansehnlich. Außerdem ist sie jung und formbar. Vielleicht werde ich sie tatsächlich heiraten. Zur Not würde sie sicher auch eine gute Ehefrau abgeben. Doch wollen Sie wirklich, dass Ihre jüngere Schwester Ihnen den Rang abläuft? Auch ich habe meine Ambitionen höher gesteckt, liebe Clara. Sie haben mich vom ersten Augenblick an verzaubert. Diese Mischung aus vordergründiger Tugendhaftigkeit und darunterliegender Sinnlichkeit ... Ich möchte meinen, Sie sind nur halb so spröde, wie Sie sich geben, habe ich nicht recht?«

Clara war so verdattert, dass sie es nicht einmal fertigbrachte, ihm eine passende Antwort zu geben, und noch ehe sie sich´s versah, hatte er einen Schritt vorwärts gemacht, ihr Gesicht zwischen seine Hände genommen und seine Lippen auf ihre gepresst. Sie spürte seine Hand im Rücken, die sie festhielt und sie daran hinderte, nach hinten zurückzuweichen. Der erste Schrecken legte sich rasch und Clara wurde von maßloser Wut ergriffen. Was bildete sich dieser Kerl ein? Glaubte er tatsächlich, mit ihr und mit Evelyns Gefühlen derart umspringen zu können, nur weil er in den Augen vieler als gute Partie gelten durfte? Und glaubte er wirklich, sie würde dem Druck nachgeben, unbedingt noch vor ihrer jüngeren Schwester heiraten zu müssen? Dann überschätzte er ihre Eitelkeit und die geschwisterliche Rivalität allerdings maßlos.

Energisch entwand sich Clara seinem Griff und stieß mit beiden Händen gegen seine Brust. Er stolperte einen Schritt zurück und sah sie mit zusammengezogenen Augenbrauen an.

»Warum sind Sie bloß so störrisch, Clara?« Er streckte den Arm aus und berührte ihre Wange. »Machen Sie es uns doch nicht so schwer. Ich werde Sie schon noch überzeugen. Es gibt eine Reihe Frauen, die gern an Ihrer Stelle wären. Und wenn ich dem allgemeinen Gerede Glauben schenken darf, können Sie es sich kaum erlauben, wählerisch zu sein.«

Clara hatte das Gefühl, am ganzen Körper zu zittern. Sie konnte die Anspannung bis in die Haarspitzen spüren. Sie streckte den Rücken durch und sah Laurence Harding unverwandt in die Augen.

»Ich habe nicht die Absicht, eine Ehe mit jemandem einzugehen, für den ich keinerlei Zuneigung empfinde.«

»Ihre Arroganz werden Sie noch bitter bereuen. Eine Frau in Ihrer Position kann dankbar sein, einen Mann von Stand und Vermögen zu finden, der sich ihrer erbarmt. Schätzen Sie sich glücklich, dass ich offenbar eine Schwäche für Sie entwickelt habe. Doch Sie sollten meine Geduld nicht überstrapazieren. So attraktiv sind Sie nun auch wieder nicht. Wollen Sie unbedingt als alte Jungfer enden? Ihre Schwester wird weniger widerborstig sein.«

Seine Miene war unbewegt, doch Clara konnte sehen, wie er die Kiefer aufeinanderpresste. Unter der scheinbar ruhigen Oberfläche brodelte der Zorn. Laurence Harding war es offensichtlich nicht gewohnt, auf Ablehnung zu stoßen.

»Wenn Sie sich da nicht irren, Captain!«, presste Clara hervor. »Evelyn wird erfahren, was für ein Mensch Sie sind und dann ...«

Captain Harding lachte. Indem er Clara mit gesenktem Kopf von unten herauf ansah, gab er eine schauspielerische Glanzleistung zum Besten.

»Aber liebste Evelyn! Wie kannst du so etwas glauben? Gerade als Frau solltest du besser durchschauen, was deine Schwester mit ihren Anwürfen bezweckt? Sie erträgt es nicht, dass sich meine Zuneigung dir zugewandt hat. Und jetzt will sie uns auseinanderbringen.«

Resignierte Wut ließ Claras Muskeln zittern. Am liebsten hätte sie ihn angeschrien oder ihm sein siegessicheres Grinsen aus dem Gesicht geschlagen. Doch damit hätte sie es nicht besser gemacht. Und sie wusste, er hatte recht. Evelyn war so vernarrt in den gutaussehenden jungen Milizionär, dass sie den warnenden Worten einer Schwester, die sie als Rivalin ansah, keinen Glauben schenken würde.

»Sie entschuldigen mich sicher, Miss Dallaway. Ich werde nun zum Haus zurückkehren. Denn ich bin sicher, Ihre Schwester ist in der Zwischenzeit von ihrem Besuch zurückgekommen.«

Damit ließ er Clara stehen. Hilflose Tränen drängten sich in ihre Augen. Dieser Schuft! Dieser verachtenswerte Kerl! Wie konnte sie nur Evelyn davon abbringen, sich an dieses Scheusal zu vergeuden? Höchstwahrscheinlich würde er ihr Hoffnung machen, sie dazu bringen, sich vor aller Welt unmöglich zu machen und sie dann fallenlassen. Doch vielleicht brachte er es auch fertig, sie zu heiraten, nur um der Belagerung durch seine Mutter zu entgehen. Und Clara wusste nicht, welche dieser Möglichkeiten sie schlimmer finden sollte.

6

London

»Nach London? Jetzt?«, rief Clara.

»Kind, du erstaunst mich!« Lady Beresford lachte und schüttelte den Kopf. »Da verstehe einer die jungen Dinger von heute. Ich dachte, du freust dich, mich begleiten zu können.«

»Aber ... ich meine, ich kann Evelyn doch jetzt nicht alleinlassen, Dotty«, warf Clara ein.

»Mir scheint, Evelyn kommt ganz wunderbar ohne dich zurecht, nicht wahr, Liebes?« Dotty warf ihrer Schwester einen wissenden Blick zu. »Und wie die Dinge liegen, so zweifle ich, dass es sie von hier wegzieht, was womöglich mit einem gewissen Gentleman zu tun haben könnte ...« Sie zwinkerte Evelyn verschwörerisch zu, und die lächelte zufrieden, während sie so tat, als gelte ihre volle Aufmerksamkeit dem Hohlsaum, an dem sie gerade arbeitete.

»Ich habe deiner Mutter versprochen, euch unter die Haube zu bringen, und es ist mir eine Ehrenpflicht, mein Versprechen zu erfüllen«, wandte sich Lady Beresford an Clara. »Da kommt eine Einladung gerade recht. Die Huntingtons läuten den Beginn der Pferderennen mit einem Ball ein und ich muss zugeben, dass ich mich hier auf dem Lande zu langweilen beginne. Ein wenig Zerstreuung kann uns beiden nur guttun.«

»Wenn du es durchaus wünschst, werde ich dich natürlich begleiten, Dotty ...«, willigte Clara ein, was jene wieder dazu brachte, ihren Kopf zu schütteln.

»Wenn du es durchaus wünschst ... Etwas mehr Begeisterung könntest du schon an den Tag legen, Kind! Du wirst sehen, wir werden es uns schon nett machen in der Stadt, und ganz nebenbei finden wir noch einen passenden Ehemann für dich.«

Clara seufzte und stimmte schließlich zu. Sie hatte feststellen müssen, dass es recht schwer war, Dotty von etwas abzubringen, wenn sie es sich einmal in den Kopf gesetzt hatte. Sie hatte in einer ruhigen Minute sogar den Versuch gemacht, Dotty gegenüber ihre Bedenken zu äußern, was Captain Harding und seinen Charakter anging. Doch Dotty ließ ihre Einwände nicht gelten.

»Ich kenne die Hardings schon lange und lasse nichts auf sie kommen. Mag sein, dass diesem Heißsporn Laurence das Militär schlecht bekommt, aber den wird sich deine Schwester schon zurechtklopfen.« Selbst Evelyn würde es trotz ihres Temperaments kaum gelingen, sich einen Mann wie Laurence Harding *zurechtzuklopfen*, doch Clara wagte keinen weiteren Vorstoß.

Es hatte keinen Sinn, von ihrem Erlebnis in der Bibliothek oder dem Gespräch im Garten zu erzählen. Laurence Harding genoss gesellschaftliches Ansehen. Für ihn war es leicht, Clara als unglaubwürdig hinzustellen. Wenn selbst Dotty ihr nicht glauben mochte, wer würde es dann tun?

So fand sich Clara kurze Zeit später in Dottys Londoner Stadtwohnung wieder und begleitete diese auf ausgedehnten Einkaufstouren, wo sie alles Nötige erstanden, um auf Lady Huntingtons Ball und beim Besuch des Derbys die Aufmerksamkeit der jungen Männer auf Clara zu ziehen. Der Marquess, der sich ebenfalls in London aufhielt, machte sich rar und überließ den Besuch weitgehend seiner Frau, während er zwischen den Londoner Clubs und seinem Studierzimmer pendelte.

Normalerweise hätte Clara London mit all seiner bunten Geschäftigkeit genossen, hätte sich nicht sattsehen können an den Auslagen der eleganten Modisten, der Korsettieren, Strumpfwirker und Hutmacher in der Oxford Street, auf der Bond Street oder in den Burlington Arkaden, hätte sich bei Floris durch exklusive Duftkompositionen geschnuppert und den eleganten Damen und Herren zugeschaut, die durch Mayfair flanierten. Doch es beschäftigte sie unablässig, dass Captain Harding wohl ihre Abwesenheit dazu nutzen würde, Evelyn den Hof zu machen und weiter einen Keil zwischen die Schwestern zu treiben. Und obschon Dotty sich von ihrer großzügigen Seite zeigte und ihren Schützling reichlich eindeckte, konnte Clara sich nicht unbeschwert dem Londoner Trubel und Luxus hingeben. Lediglich der Anblick der kostbaren Schmuckstücke bei Gray's in der Sackville Street konnte ihre Aufmerksamkeit für einen Augenblick so fesseln, dass sie ihre Sorge beinahe vergaß. Nachdem sie schließlich bei Carter's in der Jermyn Street noch ein Paar neue Tanzschuhe für den Ball bei den Huntingtons in Auftrag gegeben hatten, gab Dotty sich indes zufrieden mit ihren Beutezügen.

»Oh, ich kann es kaum abwarten«, rief sie begeistert und klatschte in die Hände. »Der himmelblaue Seidentaft ist wunderhübsch und passt so hervorragend zu deinen Augen und dem dunklen Haar. Ich sehe dich bereits in diesem Ballkleid glänzen. Du wirst das schönste Mädchen dort sein. Da wäre es doch gelacht, wenn wir nicht bald einen Kavalier für dich fänden.«

Der Tag des Balls begann schon früh mit Vorbereitungen. Dotty bestand darauf, dass Clara sich im Zuber vom Scheitel bis zur Sohle sauber scheuern ließ.

»Das bringt den rosigen Schimmer deiner Haut besser zur Geltung. Ach, ich wünschte, ich hätte noch einmal eine Pfirsichhaut wie du!« Dotty lachte und wies die Bediensteten an, das Bad vorzubereiten. Clara war es etwas unangenehm, so viel Mühe zu machen. Die schweren Schritte auf der Treppe kündeten davon, wie Eimer um Eimer das heiße Wasser heraufgeschleppt wurde, während sie mit Lord und Lady Beresford bei Schokolade und Röstbrot am Frühstückstisch saß.

Noch nie hatte man ihr derart viel Aufmerksamkeit gewidmet. Zwar hatte sie schon einen Ball besucht, doch die Schönheitspflege war daheim auf dem Land weit bescheidener ausgefallen. Wer allerdings mit den Damen in der Stadt mithalten wollte, musste sich ausdauernder quälen lassen. Dotty verfügte über vielerlei Fläschchen und Döschen mit Lotionen, Cremes und Pudern, mit denen Claras Haut bearbeitet wurde. Mit einer Engelsgeduld wickelte Mrs Reynolds, Dottys Kammerdienerin, Strähne um Strähne von Claras dunklem Haar mit Papier auf. Bis endlich die letzte Locke aufgedreht war, kam es Clara wie eine Ewigkeit vor.

Doch als sie sich schließlich fertig herausgeputzt im Spiegel betrachtete, in ihrem zartblauen Seidenkleid mit Spitzenbesatz, den eleganten Satinslippern von Clark's und kunstvoll auf dem Kopf drapierten Locken, von denen einige vorwitzig in ihr jugendfrisches Gesicht fielen, fand Clara, dass sich die Mühe und das Kneifen, Zwicken und Pieken gelohnt hatten. Als Leihgabe bekam sie von Dotty noch eine Kette, Ohrringe und eine Brosche, sowie einen hübsch verzierten silbernen Kamm, den sie in ihre Haare steckte.

Als sie mit Dotty in die Kalesche stieg, hatte sie dann doch das Ballfieber gepackt, und sie war aufgeregt und gespannt, was sie bei den Huntingtons erwartete.

Und tatsächlich sollte sie nicht enttäuscht werden. Der Saal war erfüllt vom Geplauder und Lachen der Gäste und überall funkelte und glitzerte es, wo sich das Kerzenlicht in den Spiegeln, dem Kristall und dem Schmuck der Damen brach. Trotz der geöffneten Fenster war es bereits vor Beginn des Tanzes beinahe unangenehm warm, und Clara war froh über jeden Luftzug. Dotty war in diesen Kreisen bestens bekannt, und so dauerte es nicht lange, bis Clara sich den ersten Tanz des Abends gesichert hatte.

»Wunderbar, Kind«, wisperte Lady Beresford hinter ihrem Fächer. »Habe ich es dir nicht gesagt? Charles Garvey wäre eine gute Partie. Er ist der älteste Sohn von Baron Featherstone und wird den Titel erben.«

Als Lady Huntington den Cotillon ausrief, führte der etwas ungelenke Mr Garvey Clara auf die Tanzfläche.

»Lady Beresford ist Ihre Tante?«, wollte er wissen.

»So ähnlich. Sie ist die Cousine meiner Mutter. Aber für mich ist es dasselbe«, entgegnete Clara. Verstohlen betrachtete sie Mr Garvey von der Seite. Seine Nase war ein wenig zu groß geraten und sein Gesicht recht schmal und kantig, doch insgesamt konnte er ihr durchaus gefallen, mit seinen rötlichen Haaren und den Sommersprossen. Sie verliehen ihm etwas Lausbübisches, das ihn sympathisch machte.

»Sie sind zu Besuch bei Lady Beresford?«

»Ja. Sie war so freundlich, mich einzuladen.«

»Und ich bin hocherfreut, dass Sie die Einladung angenommen haben, Miss Dallaway.« Charles Garvey lächelte, und Grübchen zeichneten sich auf seinen Wangen ab.

»Und gefällt es Ihnen in London?«

»Sehr!«, rief Clara. »Doch ich muss zugeben, dass ich zunächst ein wenig überfordert war mit all dem Trubel …«

»… und den Gerüchen«, ergänzte Mr Garvey und lachte.

»Es ist doch anders als daheim in Surrey. Aber es gibt so viel zu sehen. Ich bin immer wieder aufs Neue beeindruckt.«

»Ich muss gestehen, das bin ich auch«, entgegnete Mr Garvey mit einem Zwinkern. Clara hätte darüber beinahe die Schrittfolge vergessen. Machte er ihr etwa Avancen?

»Fänden Sie es schrecklich vermessen, wenn ich Sie noch um einen zweiten Tanz bäte? Oder müssten Sie um Ihren Ruf fürchten?«

Clara musste lächeln. »Nun, ich denke, Mr Garvey, ein weiterer Tanz dürfte noch durchgehen.«

Als Charles Garvey Clara schließlich nach dem zweiten Satz an ihren Platz zurückführte, konnte Lady Beresford ihre Euphorie nur schwerlich verbergen.

»Gleich zweimal hat er mit dir getanzt, Clara. Das ist ein gutes Zeichen. Ich denke, wir dürfen in den nächsten Tagen mit einem Besuch rechnen.«

Und obwohl Mr Garvey den Anstand wahrte und Clara um keinen weiteren Tanz bat, gab sein aufmerksames Benehmen Lady Beresford Anlass zur Hoffnung.

Jedoch sollte Dotty nicht recht behalten, denn in den ersten Tagen nach dem Ball warteten sie vergeblich auf Nachricht von Mr Garvey. Erst am dritten Tag, Clara und Dotty saßen gerade beim Frühstück, erschien der Butler mit einer Nachricht.

Clara spähte neugierig auf das Tablett, doch es befand sich keine Karte darauf, sondern ein Brief.

»Ein Brief, Dotty? O sag, ist er von Mr Garvey?«

Dotty nahm den gefalteten Bogen vom Tablett und betrachtete ihn mit gerunzelter Stirn.

»Das ist die Handschrift deiner Mutter. Er kommt aus Oakham.«

Eilig brach sie das Siegel und faltete den Briefbogen auseinander. Während ihre Augen über die Zeilen huschten, vertieften sich die Falten auf ihrer Stirn merklich. Sie presste die Lippen aufeinander und ergriff Claras Unterarm.

»Es ist wegen deines Vaters. Sein Zustand hat sich dramatisch verschlechtert. Mr. Hammond fürchtet, dass sein Herz noch heute oder morgen aufgeben wird. Deine Mutter bittet uns, unverzüglich nach Oakham zurückzukehren.«

7

Schwere Entscheidungen

Obwohl sie in aller Eile packten und sofort aufbrachen, erreichten sie Oakham nicht mehr rechtzeitig, um von Mr Dallaway Abschied zu nehmen. Es blieb ihnen nur noch, die verzweifelte Mrs Dallaway zu trösten. Auch wenn sie alle auf diesen Abschied vorbereitet gewesen waren, traf er sie doch mit aller Härte. So waren es kummervolle Tage in Claras Elternhaus. Diese wurden nur durch den Umstand noch unerträglicher gemacht, dass ihr Onkel Ambrose und seine Frau Susanna zur Beerdigung angereist waren und keinen Hehl daraus machten, dass sie sich weniger um die Trauer seiner Bewohner und umso mehr um das Anwesen scherten, das nun in ihren Besitz übergehen sollte. Ambrose machte nicht den Eindruck, als berührte ihn der Tod seines Bruders besonders. Er hatte zwar dieselben dunklen Haare und blauen Augen wie der Dahingeschiedene, doch sein Wesen hätte unterschiedlicher nicht sein können. Er erinnerte Clara an den schwarzen Hahn des

Gutsverwalters, der stets mit geschwellter Brust vor seiner Hühnerschar auf und ab stolzierte. Selbst die Trauergarderobe der beiden wirkte teuer. Seine Krawatte trug Ambrose zu einem komplizierten Knoten gebunden, und die Spitzen seines steifen Kragens reichten bis an die Wangen; was in seinem fortgeschrittenen Alter albern und aufgesetzt wirkte.

»Solch ein Eisklotz von einem Menschen!«, empörte sich Lady Beresford, als Ambrose und seine Ehefrau Susanna gerade das Haus verlassen hatten, um das umliegende Land in Augenschein zu nehmen. »Es ist kaum zu fassen, dass er und euer lieber Vater dieselben Eltern haben sollen.«

»Und doch werden wir in Zukunft von seinen Gnaden leben. Vergiss das nicht.« Mrs Dallaways Stimme verriet die Verachtung für ihren Schwager. »Wir werden uns um eine neue Bleibe kümmern müssen, denn Ambrose wird es kaum erwarten können, bis der Anstand es zulässt, uns auf die Straße zu setzen.«

»Sei versichert, dass Lord Beresford und ich euch dabei helfen werden. Es gibt einige Cottages auf unserem Grundbesitz, die wir euch mietfrei überlassen können.«

»Oh Dotty, ich komme mir schäbig vor, mich auf eure Großzügigkeit stützen zu müssen. Und die Mädchen … ich wünschte, Captain Harding würde Evelyn endlich einen Antrag machen. Damit wäre zumindest ein Teil meiner Sorgen behoben.«

Clara zuckte bei der Erwähnung des Captains zusammen. Nun war es vermutlich noch aussichtsloser, Evelyn eine Verlobung mit diesem Mann ausreden zu wollen. War in ihrer Lage womöglich ein Ehemann mit einem miesen Charakter besser als gar keiner? Konnte sie ihrer Schwester wünschen, ihr Leben in Armut fristen zu müssen? Nach dem Tod ihres Vaters waren ihre Chancen auf dem Heiratsmarkt nicht gerade gestiegen. Wer ehelichte schon gern ein mittelloses Mädchen? Und auch auf Mr Garvey musste Clara sich nun erst recht keine Hoffnungen mehr machen. Denn nach dem Ball hatte sie von ihm kein Wort mehr gehört. Es war einfach himmelschreiend ungerecht! Dass sie als Frau auf Gedeih und Verderb davon abhängen sollte, ob sich ein passender Mann fände. Bei diesem Gedanken regte sich ihr Trotz. Sie war bereit gewesen, Kompromisse einzugehen, den Weg der Vernunft zu wählen. Hätte sich gern mit einem freundlichen und anständigen Mann wie Sir Nicholas abgefunden. Auch mit Charles Garvey hätte sie sich vorstellen können, eine zufriedene Ehe zu führen. Selbst wenn es gewiss nicht die große, leidenschaftliche Liebe geworden wäre. Er war ihr sympathisch erschienen, annehmbar.

»Du würdest nicht einmal eine Haube kaufen, wenn du sie nur *annehmbar* fändest«, hörte Clara im Geiste die Worte ihrer Schwester. Wie recht Evelyn doch hatte. Ein Ehemann würde ein Leben lang an ihrer Seite sein. Täglich würde sie seinen Anblick ertragen müssen — und seine eheliche Aufmerksamkeit. Sie würde ihm — so Gott will — Kinder schenken, ihn pflegen und umsorgen, mit ihm alt werden und neben ihm zur Ruhe gebettet werden. Wie konnte man in dieser Angelegenheit nicht wählerisch sein?

Sie wurde aus ihren Gedanken gerissen, als Annesley im Salon erschien und den Besuch von Sir Nicholas Harding ankündigte. Evelyn hob erstaunt den Kopf und legte ihre Näharbeit beiseite.

»Ist Captain Harding nicht bei ihm?«

»Nein, Miss Evelyn. Nur Sir Nicholas«, entgegnete Annesley, und Evelyn nahm mit einem hörbaren Seufzer die Handarbeit wieder auf.

»Lady Beresford, Mrs Dallaway, Miss Dallaway, Miss Evelyn«, begrüßte Sir Nicholas die anwesenden Damen mit einer kleinen Verbeugung. »Ich hoffe, ich finde Sie alle bei guter Gesundheit. Außerdem wollte ich mich erkundigen, ob ich Ihnen in irgendeiner Form in dieser schweren Zeit behilflich sein kann.«

»Das ist sehr liebenswürdig von Ihnen, Sir Nicholas«, entgegnete Mrs Dallaway und bat ihn, Platz zu nehmen. »Doch ich wüsste im Augenblick nicht, wie Sie uns helfen könnten.«

Da Evelyn keine Anstalten machte, ihr Handarbeitszeug beiseite zunehmen, das sie zur Begrüßung auf dem freien Platz neben sich abgelegt hatte, wählte Sir Nicholas den Sessel neben Clara und setzte sich. Er war in den Tagen nach Mr Dallaways Tod jeden Vormittag zumindest zu einem kurzen Besuch in Oakham House erschienen, um sich nach dem Befinden seiner Bewohnerinnen zu erkundigen. Er war Clara mittlerweile ein lieber Freund geworden, für den sie nur die allerwärmste Zuneigung empfand. Er kam ihr auch weit weniger unscheinbar vor als bei ihrer ersten Begegnung an jenem Abend auf Woodcote Park.

»Nun, es gäbe da womöglich etwas ...«, begann Sir Nicholas und zupfte an seinem Ärmel. »Miss Dallaway, würden Sie mich, wenn die Damen es gestatten, freundlicherweise auf einen kleinen Spaziergang im Garten begleiten?«

Clara zuckte unwillkürlich zusammen. Ihr Nacken prickelte unangenehm, und Hitze stieg ihr in die Wangen.

»Ich ähm ... sehr gerne, Sir Nicholas«, stammelte sie, während Mrs Dallaway und Lady Beresford ihre freudige Überraschung kaum verbergen konnten.

Als sie aus dem Haus traten, schien die Sonne, der Himmel war blau und vollkommen wolkenlos. Es machte den Anschein, als gäbe es keine Sorgen auf der Welt. Sie gingen einige Schritte schweigend, und das Knirschen des Kieses unter ihren Füßen erschien Clara unnatürlich laut. So erreichten sie den kleinen Rosengarten, und Sir Nicholas schlug vor, sich zu setzen. Er räusperte sich und betrachtete einen Augenblick lang seine Fußspitzen, bevor er zu sprechen begann.

»Meine liebe Miss Dallaway — Clara, ich habe in den vergangenen Tagen viel über Ihre Situation und die Ihrer Schwester nachdenken müssen. Ich hoffe, Sie verzeihen, dass ich die Dinge so offen beim Namen nenne ...« Er sah auf und suchte ihren Blick. »Und, im Lichte unserer Konversation auf dem Spaziergang kürzlich, mag Ihnen mein Vorschlag absurd erscheinen, doch versprechen Sie mir, dass Sie wenigstens darüber nachdenken.«

Clara nickte. »Sie haben mein Wort, Sir Nicholas.«

»Wie Sie wissen, ist es der ausdrückliche Wunsch meiner Mutter, dass ich mich bald wieder verheirate, schon um der Kinder willen. Sie andererseits — und ich denke, ich spreche damit ein offenes Geheimnis aus — sehen sich nach dem Tod Ihres Vaters nun mit einer schwierigen finanziellen Lage konfrontiert. Auch ich befinde mich nach dem Tod meiner Frau in einer unglücklichen Lage. Könnten Sie sich vorstellen, dass wir unsere Schwierigkeiten gemeinsam meistern? Sie sind eine herzenswarme und unverstellte Person, die mir als Freundin ans Herz gewachsen ist. Es wäre jedenfalls keine unvorteilhafte Verbindung, Clara. Könnten Sie sich vorstellen, mit mir den Bund der Ehe einzugehen?«

Vorsichtig griff er nach Claras Hand und nahm sie zwischen seine.

Clara spürte, wie Tränen in ihre Augen traten. Sie fühlte eine Welle warmer Zuneigung zu Sir Nicholas, doch es war ein Gefühl der Verbundenheit, das sie nur mit der Liebe für ihren verstorbenen Bruder Philip vergleichen konnte. Und wie sollte sie Nicholas wie einen Ehemann lieben, wenn sie wusste, dass sein Herz ihrer Schwester gehörte?

»Nicholas, ich weiß nicht, was ich sagen soll. Bitte glauben Sie mir, dass ich Ihren Vorschlag zu schätzen weiß. Ihre aufrichtige Anteilnahme und Ihr Angebot rühren mich zutiefst. Doch ich kann keinen Mann heiraten, von dem ich weiß, dass sein Herz nicht frei ist für mich.«

»Ich hatte befürchtet, dass Sie das sagen würden, Clara.« Sir Nicholas seufzte, und obwohl seine Worte das Gegenteil behauptet hatten, sah er nun beinahe erleichtert aus. »Doch ich mache mir keine Illusionen, dass Ihre Schwester meine Gefühle jemals erwidern wird. Sie ist jung und bestimmt nicht erpicht darauf, einen Mann mit Kindern zu heiraten, ganz zu schweigen von ihrer Vorliebe für meinen Bruder.«

»Dennoch. Ich könnte mein Herz nicht damit versöhnen, dass Sie nicht mich lieben, sondern Evelyn. So sehr ich Sie schätze, muss ich also Ihren Antrag ablehnen.«

Sir Nicholas lächelte. »Das Herz ist schon ein seltsames Ding, nicht wahr? Wie oft steht es uns im Weg!«

»So sollten Sie nicht denken. Das Herz ist es doch gerade, was uns menschlich macht. Es mag nicht immer den vernünftigsten oder den einfachsten Pfad einschlagen, doch glaube ich, dass wir uns auch nicht allein auf den Verstand verlassen sollten. Langsam gelange ich zu der Überzeugung, dass das Herz der bessere Ratgeber ist.«

8

Ein überraschender Besuch

Als Sir Nicholas sich kurz darauf verabschiedete, um den Heimweg nach Woodcote Park anzutreten, hätte Clara sich am liebsten heimlich auf ihr Zimmer zurückgezogen. Denn sie wusste, dass das Kreuzverhör eröffnet war, sobald Annesley die Tür hinter dem Gast geschlossen hatte.

»Und?«, fragte Mrs Dallaway, wie zu erwarten, und ihre Augen glänzten wie die eines Kindes beim Anblick des ersten Schnees. »Hat er dir einen Antrag gemacht, Clara?«

Es nutzte nichts, um den heißen Brei herumzureden. Sie wollte es lieber schnell hinter sich bringen.

»Er hat, aber ich habe ihn abgelehnt«, presste Clara eilig hervor.

»Du hast was?« Mrs Dallaway schlug eine Hand vor den Mund. »Grundgütiger! Hast du den Verstand verloren? Warum um Himmels Willen hast du das getan?«

Just in diesem Augenblick waren Schritte zu hören, und Onkel Ambrose trat in den Salon, gefolgt von einer neugierig dreinblickenden Susanna. Die Pfauenfedern auf ihrem eleganten Turban wippten, als sie zwischen den im Salon Versammelten hin- und herblickte.

»Warum hat sie *was* getan?«, verlangte sie prompt zu wissen. »Hat es etwas mit Sir Nicholas Harding zu tun? Wir begegneten ihm soeben draußen und er sah etwas bedrückt aus.« Ihre ohnehin schon schmalen Lippen pressten sich zu einem Strich zusammen und sie funkelte Clara aus ihren eisgrauen Augen angriffslustig an.

Evelyn sprang auf und stemmte die Hände in die Seiten. »Ich kann dir sagen, warum sie ihn abgelehnt hat, Mama! Weil sie es nach wie vor auf seinen Bruder abgesehen hat. Doch da solltest du dir keine falschen Hoffnungen machen, Clara! Laurence Harding ist nicht an dir interessiert!«

Mit raschelnden Röcken rauschte Evelyn an Ambrose und Susanna vorbei aus dem Salon.

»Sir Nicholas Harding hat um Claras Hand angehalten?«, fragte Ambrose und sah verwundert in die Runde.

»Und sie hat abgelehnt?«, rief Susanna spitz, die Hände in die Hüften gestemmt.

»Ja, ich habe abgelehnt, und dafür gibt es gute Gründe«, entgegnete Clara mit fester Stimme.

»Dann bin ich sehr gespannt, diese Gründe zu hören, meine Liebe. Denn ich glaube kaum, dass sich ein Mädchen in deiner prekären Situation erlauben kann, wählerisch zu sein.« Susanna Dallaways Blick hatte etwas Lauerndes.

»Sir Nicholas hat mir diesen Antrag allein aus Mitgefühl für meine Lage gemacht. Sein Herz gehört einer anderen«, erklärte Clara.

»Albernes Geschwätz!« Ambrose fuchtelte mit der Hand in der Luft herum, als verscheuche er eine Fliege. »Ich weiß, ich habe meinem Bruder versprochen, für euren Unterhalt zu sorgen. Doch dabei habe ich weiß Gott nicht im Kopf gehabt, dass du die Großzügigkeit eines Gentlemans so kopflos ausschlägst.«

»Nun, der Schaden ist angerichtet«, kommentierte Susanna und taxierte Clara mit einem Gesichtsausdruck, als habe sie gerade etwas besonders Unappetitliches gegessen. »Sir Nicholas wird so ein Angebot kaum ein zweites Mal machen, wenn er für seine Großmut mit einer derart frechen Ablehnung brüskiert wurde.«

»Unter diesen Umständen werde ich mir überlegen müssen, ob ich noch länger zu meinem Wort stehen und ein undankbares Geschöpf wie dich durchfüttern werde. Ich werde mich lieber ins Arbeitszimmer zurückziehen. Für derlei Irrsinn habe ich keine Geduld.«

Ambrose verließ schwungvoll den Raum und Susanna, nachdem sie noch einen indignierten Blick in die Runde geworfen hatte, folgte ihrem Mann in dem ihr eigenen gezierten Tippelschritt.

»Wenn ich nur aussprechen könnte, was ich über Ambrose denke!« Mrs Dallaway hielt es nicht mehr auf ihrem Platz. »Wie ein Geier kreist er über unseren Köpfen. Ihm käme jeder Vorwand recht, das Versprechen, das er eurem Vater gegeben hat, zu brechen.«

»Ein Erzhalunke!«, stimmte Dotty empört zu. »Und kalt wie ein Fisch. Genau wie dieses Weibsbild, das er sich angelacht hat. Sie haben einander verdient, wenn du mich fragst. Auch wenn ich ihnen recht geben muss, dass es womöglich nicht die klügste Entscheidung war, Sir Nicholas abzulehnen.«

»Es geht mir dabei gar nicht allein um mich«, wandte Clara ein. »Sir Nicholas hat sich mir anvertraut, und ich weiß, dass seine Liebe einer anderen gehört. Auch wenn sie dort auf taube Ohren stößt, kann ich ein solches Opfer von ihm nicht verlangen.«

»Es ist schon ein Kreuz mit der Liebe«, fand Lady Beresford. »Sie fällt hin, wo es ihr beliebt, und ich bin mir nicht sicher, ob sie mehr Kummer oder mehr Glück verursacht.«

»Mehr Kummer, scheint mir.« Mrs Dallaway seufzte hörbar und setzte sich zu ihrer Tochter. »Ich kann deine Beweggründe verstehen und vermutlich hast du wohlgetan, doch deine Entscheidung erleichtert unsere Situation keineswegs. Sie wird Ambrose und dieser Xanthippe nur einen Vorwand liefern, dir den geringen Anteil am Erbe deines Vaters nun auch noch vorzuenthalten. Wenigstens dürfen wir noch auf Captain Harding hoffen. Wenn ich immerhin Evelyn sicher versorgt wüsste, wäre das eine große Erleichterung und — wenn Dotty und Lord Beresford uns unter die Arme greifen — zu zweit könnten wir halbwegs anständig von meiner Ausstattung und den Almosen leben, die dein Onkel uns zugesteht.«

Als sich die Gesellschaft später am Tag wieder zum Tee im großen Salon einfand, war die Atmosphäre angespannt und aufgeladen wie an einem schwülen Sommertag kurz vor einem Gewitter. Evelyn schwieg und warf ihrer Schwester finstere Blicke zu, während Susanna Dallaway krampfhaft bemüht war, den Anschein höflicher Konversation zu wahren, und Ambrose sich hinter seiner Zeitung versteckte und ab und zu ein Brummen hören ließ, so als verfolge er das Gespräch. Clara versuchte, sich auf ihre Häkelarbeit zu konzentrieren und war beinahe erleichtert, als es klopfte und Annesley eintrat.

»Mr Dallaway, Captain Harding wartet draußen. Er sagte, er möchte etwas Wichtiges mit Ihnen besprechen, Sir.«

Ein unterdrückter Stoßseufzer war zu hören, gefolgt vom Klirren einer Teetasse, die dem Anschein nach etwas zu eilig abgestellt worden war.

Verwundert knickte Ambrose die Ecke seiner Zeitung herunter und sah zunächst Clara, dann Evelyn an, in welcher er offensichtlich die Verursacherin der Geräusche erkannte. Ihre Wangen glühten und an ihrem Hals erschienen rote Flecke. Ambrose legte umständlich die Zeitung zusammen.

»Führen Sie Captain Harding ins Arbeitszimmer, Annesley, ich werde ihn dort in Kürze empfangen.«

Die Haushälterin verließ den Salon und kurz darauf folgte Ambrose ihr und ließ die Damen in gespannter Erwartung zurück.

Selbstverständlich fiel es Dotty zu, das auszusprechen, was alle dachten.

»Sicher wird er Ambrose um Erlaubnis bitten, um deine Hand anzuhalten, Evelyn.«

Evelyn nickte eifrig, bearbeitete ihre Wangen mit den Handflächen und rieb ihre Lippen gegeneinander. Clara fühlte sich, als läge ihr eine zu schwere Mahlzeit im Magen. Doch sie würde ihre Schwester nicht davon abhalten können, Laurence Hardings Antrag anzunehmen, und so versuchte sie sich mit dem Gedanken zu trösten, das Eheleben werde ihn womöglich zu mehr Reife führen.

Obwohl in Wahrheit nicht viel Zeit vergangen war, kam es Clara endlos vor, bis Ambrose zurückkehrte.

»Mir scheint, du hast mehr Glück als Verstand, Mädchen«, sagte er knapp, wobei er Clara ansah. »Captain Harding hat dir etwas zu sagen. Er wartet im kleinen Salon.«

Es war vollkommen still im Raum, nur aus Evelyns Richtung war etwas zu hören, das wie ein unterdrücktes Aufschluchzen klang.

»Und du bist sicher, dass er Clara gemeint hat, Onkel Ambrose? Nicht mich?« Evelyns Stimme zitterte.

»Man fragt sich warum, aber die Hardings scheinen wohl einen Narren an Clara gefressen zu haben. Ich rate dir, die Chance dieses Mal zu ergreifen, Mädchen. Andernfalls weigere ich mich, weiter für deinen Unterhalt aufzukommen.«

9

Eine unmögliche Wahl

Evelyn konnte nun endgültig ihre Gefühle nicht mehr verbergen und brach in geräuschvolles Weinen aus. Es zog Clara das Herz zusammen. Was für eine Demütigung! Sie konnte nur zu gut nachfühlen, was in ihrer Schwester vorging. Wie von einem unsichtbaren Puppenspieler gelenkt, erhob sie sich schließlich, wagte nicht noch einmal, einen Blick auf ihre Schwester zu werfen, und verließ das Zimmer.

Sie fand Laurence Harding im kleinen Salon lässig an eines der Bücherregale gelehnt. Ein triumphierendes Lächeln lag auf seinen Lippen, als Clara eintrat.

Clara blieb, die Arme vor der Brust verschränkt, in der Mitte des Raumes stehen.

»Lassen Sie mich Ihnen mein aufrichtiges Mitgefühl ausdrücken, Clara«, begann Laurence Harding, doch das Lächeln in seinem Gesicht war keineswegs gewichen. »Nun, da sich das Schicksal auf so tragische

Weise gewendet hat, möchte ich mich großzügig zeigen, und Ihnen in Ihrer schwierigen Lage helfen.«

»Ich werde Sie auch jetzt ganz gewiss nicht heiraten, Captain Harding«, spie Clara.

Das Lächeln verschwand aus Laurence Hardings Gesicht und an seine Stelle trat jener kalte, harte Ausdruck, den Clara bereits kannte und der zeigte, dass er keinen Widerspruch akzeptieren würde.

»Mit derlei Aussagen sollten Sie sich zurückhalten. Ihr Onkel ist sehr erpicht darauf, die finanzielle Verantwortung für seine Nichten loszuwerden. Insofern dürfen Sie nicht erwarten, dass er eine derartige Dummheit belohnen würde. Es wäre ausgesprochen töricht von Ihnen, mein großzügiges Angebot ein zweites Mal abzulehnen.«

»Haben Sie überhaupt keinen Anstand? Sie sollten sich schämen.«

»Anstand ist für Jämmerlinge, die keine Ziele haben.« Laurence Harding lächelte verächtlich. »Moral bringt Sie im Leben nicht voran.«

»Sie widern mich an, Harding!«, zischte Clara und wandte sich zum Gehen.

»Womöglich stützt sich Ihre Arroganz auf die Hoffnung, ein gewisser Gentleman könnte Ihnen einen Antrag machen? Soweit ich hörte, hat Charles Garvey sich recht interessiert an Ihnen gezeigt.«

Clara wirbelte herum und starrte Laurence Harding entgeistert an.

»Woher ...?«

»Ich traf meinen lieben Bekannten vor kurzem zufällig in St. James's in einem Club. Glücklicherweise konnte ich ihm die Torheit ausreden, ein so gut wie mittelloses Mädchen zu heiraten, nur weil er es auf dem Ball der Huntingtons so charmant gefunden hatte. Vielleicht freut es Sie zu hören, dass er sich mit einer vielversprechenden jungen Dame verlobt hat, die eine ansehnliche Summe mit ihn die Ehe bringen wird …«

Clara grub die Zähne in die Innenseite ihrer Unterlippe, um die wütenden Tränen zu unterdrücken, die in ihre Augen steigen wollten. Die Genugtuung gönnte sie diesem Widerling auf keinen Fall. Als ob ein unsichtbarer Faden in ihrem Genick sie aufrichtete, zwang sie sich, das Kinn zu heben und den Rücken durchzustrecken.

»Mein Entschluss steht felsenfest, Captain Harding. Und Ihre Drohungen und Ränkespiele werden daran nichts ändern.«

»Wie Sie wollen, Clara. Wenn es Ihnen gefällt, Ihr zukünftiges Leben in Armut zu fristen. Es würde mich doch sehr wundern, wenn sich noch jemand fände, der sich Ihrer erbarmt. Aber vielleicht finden Sie noch einen Witwer im Herbst seiner Jahre, der sich von einem hübschen jungen Ding den Lebensabend versüßen lassen möchte.«

Clara verzog keine Miene. Sie wandte sich um und verließ erhobenen Hauptes das Zimmer.

Clara starrte in den Spiegel über der Frisierkommode. Blass und mit verquollenen Augen stierte ihr Gesicht aus dem Glas zurück. Die vergangenen Tage auf Oakham waren ihre persönliche Hölle gewesen. Ambrose und Susanna hatten sich mit Strafpredigten und Schmähreden überboten. Eines hatten sie dabei unmissverständlich klargemacht: Unter den gegebenen Umständen seien sie nicht bereit, für eine undankbare Kreatur wie Clara aufzukommen, die ihr Glück derart leichtfertig mit den Füßen trete.

Als es an ihrer Tür klopfte, erwartete Clara daher eine weitere Dosis dieses Gifts.

»Herein«, knurrte sie und wappnete sich innerlich für einen weiteren Schlagabtausch mit ihren Verwandten.

Am liebsten hätte Clara sie aus dem Haus gejagt. Doch seit dem Tod ihres Vaters war Oakham nicht mehr ihr Eigentum, und Ambrose und Susanna hatten nun hier das Sagen. Ein Umstand, der für sie kaum zu ertragen war.

Doch zu ihrem Erstaunen war es Evelyn, die zu ihr an die Frisierkommode trat und ihr zaghaft eine Hand auf die Schulter legte.

»Du hast es von Anfang an gewusst, nicht wahr?« Auch ihr war anzusehen, dass sie einige Zeit mit Weinen zugebracht hatte. »Du wolltest mich warnen, und ich habe nicht auf dich hören wollen. Womöglich geschieht es mir recht, dass ...«

»So ein Unsinn!« Clara drehte sich zu ihrer Schwester um und nahm sie in die Arme. »Wie solltest du ahnen, dass er so ein falsches Spiel mit deinen Gefühlen spielt und dich derart demütigt. Er kann sich meisterhaft verstellen und sehr charmant sein, wenn er etwas erreichen möchte. Für Männer wie ihn ist das alles ein Spiel. Was hat er schon zu verlieren? Wir sind es doch, die um ihren guten Ruf fürchten müssen, nicht die Männer. Meine Güte, jetzt klinge ich schon wie ein Blaustrumpf!«

»Lieber ein Blaustrumpf und eine alte Jungfer als die Ehefrau eines Widerlings wie Laurence Harding«, stieß

Evelyn mit einer solchen Vehemenz und Überzeugung hervor, dass Clara losprusten musste und ihre Schwester damit ansteckte.

»Hör auf, Clara«, schnaubte sie. »Das alles ist überhaupt nicht witzig.«

»Ich weiß, Evelyn. Aber ich bin einfach so erleichtert, dass du mir nicht mehr böse bist.« Clara fing sich wieder und wischte sich die Lachtränen aus den Augen. Sie atmete tief ein und wieder aus. »Unsere Lage ist ernst, und ich bin daran schuld.«

»Du weißt, dass das nicht wahr ist!«, rief Evelyn. »Dennoch fühle ich mich für die Misere verantwortlich.« Clara rieb sich die Schläfen. »Ich muss mir Gedanken machen, wie ich meinen Unterhalt bestreiten kann. Vielleicht als Gouvernante.«

Evelyn runzelte die Stirn.

»O Clara, bist du sicher? Vielleicht solltest du warten, bis Dotty aus London zurück ist. Ich bin sicher, dass sie einen Weg findet, uns zu helfen.«

»Ich möchte ihre Großzügigkeit nicht überstrapazieren. Dabei käme ich mir schrecklich nutzlos vor. Macht es dich nicht auch rasend, dass wir unser Geschick nicht selbst in die Hände nehmen können?«

Evelyn grinste. »Nun klingst du schon wieder wie ein Blaustrumpf. Aber du hast recht. So manches wäre leichter, wären wir als Männer geboren.«

»Wäre ich ein Mann, hätte ich Oakham geerbt und müsste mich nicht mit Onkel Ambrose und Susanna herumärgern«, seufzte Clara. »Doch es ist nun einmal, wie es ist. Ich denke wirklich, ich sollte mich um eine Anstellung bemühen.«

Zwei Tage später genossen die Dallaway-Damen gerade eine ungestörte Stunde beim Tee, denn Ambrose und Susanna waren zu einem Besuch aufgebrochen, als Annesley Lady Beresfords Rückkehr vermeldete.

Wie gewöhnlich wartete Dotty nicht darauf, dass die Hausdame sie hereinführte, sondern betrat mit energischen Schritten den Salon.

»Ich bringe gute Neuigkeiten, meine Lieben!«, rief sie schon von der Tür her.

»Mein herzensguter Archibald hat sich selbstverständlich sofort bereiterklärt, euch zu helfen. Er hat ein hübsches kleines Cottage, ungefähr sechs Meilen von hier, das er euch überlassen kann und zu dem auch ein Stück Land gehört. Viel ist es nicht, und die Mädchen müssten sich ein Schlafzimmer teilen, aber es wird reichen, um euch ein bescheidenes, aber würdiges Leben zu sichern.«

Clara schlug die Hände vor den Mund.

»O Dotty, ich bin sprachlos! Wir sind Lord Beresford und dir zu solch großem Dank verpflichtet. Doch fühle ich mich schrecklich bei dem Gedanken, euch auf der Tasche liegen zu müssen.«

»Geh, Kind! Die Tasche ist gut gepolstert. Bitte mach dir keine Gedanken.«

»Dennoch, ich komme mir so furchtbar nutzlos vor. Zumal es doch alles meine Schuld ist. Es war unvernünftig. Ich hätte Sir Nicholas' Antrag annehmen können, nicht wahr? Ich wünschte, ich könnte irgendwie zu unserem Unterhalt beitragen.«

Dotty schüttelte den Kopf.

»Gib dir nicht die Schuld, Kind. Es war hochanständig von dir, sein Mitgefühl nicht zu deinem Vorteil auszunutzen. Auch wenn ich nach wie vor glaube, dass es keine unglückliche Ehe geworden wäre. Unvernünftig vielleicht, aber nicht töricht.«

»Ich würde mich weniger schlecht fühlen, wenn ich mein eigenes Geld verdienen könnte. Ich hatte daran gedacht, eine Anstellung als Gouvernante zu suchen.«

»Davon höre ich aber zum ersten Mal!«, rief Mrs Dallaway. »Das solltest du dir gründlich überlegen. Als Gouvernante zu arbeiten ist kein Zuckerschlecken.«

»Das weiß ich, Mama. Aber es könnte uns allen das Leben leichter machen.«

Dotty hatte einen Finger ans Kinn gelegt und sah aus, als ob sie über etwas nachdachte.

»Der Gedanke ist eigentlich gar nicht so verkehrt, Maria. Auf die Weise käme Clara wenigstens unter Gesellschaft. Dieses Arrangement muss schließlich nicht von Dauer sein. Ich erinnere mich gerade, dass die Countess of Wiltmore neulich auf einer Gesellschaft erwähnte, sie wolle eine Gouvernante einstellen, um ihre Töchter angemessen auf deren Debüt vorzubereiten. Der Earl of Wiltmore ist ein alter Freund von meinem lieben Archibald und würde seiner Empfehlung sicher folgen. Clara ist klug, stammt aus gutem Hause, hat hervorragende Manieren und eine gute Bildung genossen. Ich könnte mir vorstellen, dass sie ganz wunderbar geeignet wäre, die Töchter der Countess auf ihre erste Saison vorzubereiten. Es wäre vorübergehend. Nur bis die jungen Damen in die Gesellschaft eingeführt sind. Und, wer weiß, vielleicht findet sich auch in der Zwischenzeit ein geeigneter Mann. Dann hätten wir zwei Fliegen mit einer Klappe geschlagen. Was meinst du, Clara? Soll ich Lady Wiltmore schreiben? Ihr Landsitz ist in

Ravensthorpe in Northamptonshire. Lady Sarah und
Lady Georgiana sind ganz reizende Geschöpfe. Und ich
bin mir sicher, du wirst es auf Lynham Hall gut haben.
Der Earl of Wiltmore ist ein warmherziger und großzügiger Mensch.«

Clara schaute ihre Mutter an, die immer noch nicht
recht überzeugt aussah.

»Was meinst du, Mama? Es wäre nicht für immer,
und ich würde mich besser fühlen. Und für euch wird
es ein gutes Stück leichter sein, mit dem, was wir haben, zu haushalten.«

10

Ein neues Leben

Zwei Wochen später, noch bevor Ambrose die unliebsamen Nichten und seine Schwägerin vor die Tür setzen konnte, verließ Clara Oakham. Erst jetzt wurde ihr wieder schmerzhaft bewusst, dass das Anwesen bei ihrer Rückkehr nicht mehr ihr Zuhause sein würde. Noch vor ihrer Abreise hatten die Dallaways ihrer neuen Heimstatt in Cobham, die Lord Beresford ihnen freundlicherweise überlassen hatte, einen Besuch abgestattet. Rose Cottage war in der Tat deutlich beengter und bescheidener als Oakham, doch es war hübsch in der Nähe eines größeren Gehöfts gelegen, und hatte einen besonderen Charme. Es beruhigte Clara ein wenig, dass Evelyn und ihre Mutter ein so gemütliches Zuhause gefunden hatten. Wenn sie nicht auch noch für Claras Unterhalt sorgen mussten, konnten sie dort recht bequem leben.

Dennoch machte sich ein flaues Gefühl in ihrem Magen breit, als sie sich von Schwester und Mutter verabschiedete und die Kutsche bestieg, die sie nach Northamptonshire bringen sollte. Lady Beresford hatte darauf bestanden, Clara das Gefährt sowie einen Diener für die Reise in den Norden zur Verfügung zu stellen, um ihr die Fahrt so angenehm wie möglich zu machen.

Zunächst ging es auf der bekannten Strecke nach London und Clara lenkte sich damit ab, dem regen Verkehr auf der Zollstraße zuzusehen. Sie durchquerten London und nahmen die Holyhead-Route nordwärts, die sie durch Barnet bis nach Dunstable führte, wo sie für die Nacht im *Sugar Loaf* einkehrten. Clara konnte nicht widerstehen, bei einem der zahlreichen Korbflechter eine strohgeflochtene Haube für den Sommer zu erstehen. Früh am anderen Morgen setzten sie die Reise durch die Kreidehügel von Bedfordshire Richtung Northampton fort, bis Clara schließlich am späten Nachmittag Ravensthorpe erreichte.

Lynham Hall, seit vielen Generationen Landsitz der Earls of Wiltmore, war nicht nur durch seine schiere Größe beeindruckend. Das Anwesen, von dem Teile noch aus der Tudorzeit stammten, hatte in den vergangenen Jahrzehnten umfangreiche Modernisierung erlebt. Das Wohngebäude hatte ein korinthisches Säulenportal und eine glasierte Klinkerfassade erhalten und war von zahlreichen Nebengebäuden und einer großzügigen Gartenanlage umgeben. Als die Kutsche hinter dem Gebäude zum Stehen kam und Clara sich vom Diener hinaushelfen ließ, kam sie sich im Angesicht der Größe und Pracht des Anwesens winzig und unbedeutend vor.

In Empfang genommen wurde Clara am Dienstboteneingang von Mrs Pearson, der gleichmütig dreinblickenden Hausdame, die sie sogleich auf ihr Zimmer im oberen Stockwerk führte. Der Diener, folgte mit dem

Gepäck. Im Korridor begegneten ihnen zwei noch sehr jung wirkende Dienstmädchen, die eilig knicksten und Clara neugierig beäugten. Als sie vorbeigegangen waren, konnte sie die Mädchen hinter ihnen tuscheln hören. Clara schnappte die Worte »vierspännige Kutsche« und »Diener« auf.

Das Zimmer, das Mrs Pearson ihr zuwies, war wesentlich größer als ihres daheim in Oakham. Der Kamin war offenbar bereits angeheizt worden, und es war recht behaglich. Das Zimmer verfügte über ein großes Bett, ein Sofa, einen Sessel, ein Frisiertischchen und einen kleinen Sekretär sowie eine Kommode und einen wuchtigen Schrank, in dem sie ihre bescheidene Garderobe problemlos würde unterbringen können. Clara war gleichermaßen erstaunt und erfreut, dass sie es so glücklich getroffen hatte. Offenbar waren Lord und Lady Wiltmore ihrem Personal gegenüber recht freigiebig und entgegenkommend. Auch die Bezahlung von sechzig Pfund im Jahr war großzügig und würde es Clara erlauben, Evelyn und ihrer Mutter etwas Geld zu schicken, sowie noch etwas für schlechte Zeiten auf die Seite zu legen. Sie fühlte sich erleichtert. Denn das Zimmer war durchaus dazu angetan, sich darin wohlzufühlen.

»Sie können sich noch etwas frischmachen und ich lasse Ihnen Tee und eine Kleinigkeit zu essen bringen«, sagte Mrs Pearson. »In einer Stunde erwarten die Herrschaften Sie im Salon. Ich werde Sie dann hinunterbegleiten.«

»Haben Sie vielen Dank, Mrs Pearson.« Clara lächelte. Doch der gleichmütige Ausdruck im Gesicht der Hausdame veränderte sich nicht. Sie verabschiedete sich mit einem kurzen Kopfnicken und verschwand, während Clara begann, ihre Sachen in Ordnung zu bringen und sich für die erste Begegnung mit ihren Arbeitgebern zurechtzumachen.

Als Sie eine Stunde später abgeholt wurde, führte Mrs Pearson Clara auf dem Weg in den Salon noch zum Schulzimmer, in dem sie ab morgen die Mädchen in Französisch, Geschichte und Geografie unterrichten sollte. Hier trafen sie auf Robert und Frederick, die jüngeren Söhne des Earls, die von einem Hauslehrer unterrichtet wurden, den Mrs Pearson als Mr Tomlin vorstellte. Den beiden Jungen schien die Unterbrechung der Lateinstunde gelegen zu kommen, und sie versuchten, sie in die Länge zu ziehen, indem sie Clara mit allerhand neugierigen Fragen bestürmten. Schließlich beendete Mr Tomlin das Verhör und Clara begab sich mit der Hausdame ins untere Stockwerk.

»Warten Sie hier, ich werde Sie melden.« Damit ließ Mrs Pearson Clara stehen, klopfte und betrat den Salon.

Durch die geöffnete Tür erhaschte Clara einen Blick auf das luxuriöse Interieur, das Clara mit viel Stuck, Gold, Ölgemälden und eleganten Möbeln an ein Schloss denken ließ.

»Lord Wiltmore, Lady Wiltmore, Miss Dallaway wartet draußen.«

Claras Mund fühlte sich trocken an und ihr Herz klopfte. Es war wichtig, dass sie gleich zu Beginn einen guten Eindruck hinterließ, und sie hatte schreckliche Angst, sich zu blamieren.

»Exzellent, Pearson. Bitten Sie sie herein«, hörte Clara eine jovial klingende Männerstimme, die offensichtlich dem Earl gehörte. Kurz darauf führte Mrs Pearson Clara in den Salon, wo sie dem Earl und der Countess vorgestellt wurde.

Der Earl hatte ein freundliches, viereckiges Gesicht, das von breiten Koteletten und leicht ergrauten blonden Locken umrahmt wurde. Seine erstaunlich hellen blauen Augen gaben ihm etwas Jungenhaftes, das ihn Clara sympathisch machte. Lady Wiltmore war groß und extrem schlank. Ihre dunklen Haare trug sie kunstvoll aufgesteckt, und obwohl auch die Countess freundlich lächelte, musterten ihre grauen Augen Clara aufmerksam. Unter dem kritischen Blick ihrer Arbeitgeberin fühlte Clara sich zunehmend unsicher, denn sie wusste, dass sie es sich mit der Hausherrin nicht verscherzen durfte.

Nachdem sie der wartenden Mrs Pearson aufgetragen hatte, die Mädchen in einer halben Stunde ebenfalls in den Salon zu bringen, widmete Lady Wiltmore sich Clara.

»Bitte, nehmen Sie doch Platz, Miss Dallaway.«

Clara ließ sich auf dem Besuchersessel nieder, wobei sie sich krampfhaft um eine aufrechte Haltung bemühte, um nur nicht unangenehm aufzufallen.

»Ich hoffe, Sie hatten eine angenehme Reise?«, erkundigte sich der Earl.

»Danke, ja. Lady Beresford war so freundlich, mir ihre Kutsche zur Verfügung zu stellen, so hatte ich es recht bequem«, entgegnete Clara und legte nervös die Hände im Schoß zusammen.

»Nun, kommen wir ohne Umschweife zum Wesentlichen, Miss Dallaway«, übernahm Lady Wiltmore das Gespräch. »Ich nehme an, Sie hatten ausreichend

Gelegenheit, sich mit den Bedingungen Ihres Kontrakts und den Hausregeln auseinanderzusetzen?«

Clara nickte. »Selbstverständlich, Madam.«

»Wunderbar. Lady Beresford lobte Ihre ausgezeichnete Beherrschung der französischen Sprache und Ihr umfangreiches Wissen in Geschichte und Geographie. Doch mir kommt es vor allem darauf an, meinen Töchtern eine exzellente Erziehung angedeihen zu lassen, was ein damenhaftes Auftreten und Betragen sowie die dazugehörigen Fertigkeiten angeht. Zeichnen, Handarbeit und das Klavierspiel gehören für mich ebenso dazu wie korrektes Betragen und höfliche Konversation. Lady Sarah blickt bereits im nächsten Jahr ihrer ersten Saison entgegen und ihre Schwester wird im Jahr darauf folgen. Es ist von äußerster Wichtigkeit, dass die beiden noch den letzten Schliff erhalten, um ihnen nur die allerbesten Chancen in der Gesellschaft zu sichern. Von Ihnen wird es abhängen, dafür zu sorgen. Sie sind noch recht jung, möchte ich meinen. Ich hoffe, Sie sind sich der Bedeutung Ihrer Tätigkeit bewusst. «

»Aber natürlich, Lady Wiltmore. Ich werde mich nach Kräften bemühen, dieser Verantwortung gerecht zu werden.«

»Meiner Töchter erhalten Gesangsunterricht und Tanzstunden, zu denen auch einige junge Damen aus der Nachbarschaft ins Haus kommen. Zu Letzteren werden Sie Lady Sarah und Lady Georgiana begleiten.«

»Selbstverständlich, Madam. Sehr gern. Lady Beresford hat mir so viel Gutes über die jungen Damen berichtet. Ich freue mich bereits sehr, sie kennenlernen zu dürfen.«

Auf diese Bemerkung hin schenkte Lady Wiltmore Clara ein wohlwollendes Lächeln.

»Sie werden sicher hungrig sein, Miss Dallaway«, wandte sich der Earl an Clara. »Wir speisen für gewöhnlich um sieben.«

»Vielen Dank, Lord Wiltmore. Mrs Pearson war so freundlich, mir Tee und eine Kleinigkeit zu essen bringen zu lassen«, entgegnete Clara und sah irritiert zu Lady Wiltmore, die begonnen hatte, zu hüsteln.

»Selbstverständlich wird Miss Dallaway — ebenso wie ihre Vorgängerin — nicht mit der Familie speisen, mein lieber Lord Wiltmore.« Die Countess legte ihrem Mann mit einem leichten Kopfschütteln die Hand auf den Unterarm. Dann wandte sie sich an Clara. »Mrs Pearson wird Ihnen später alles zeigen.«

Clara schluckte gegen den Widerstand in ihrer Kehle an. Hatte sie sich in diesen großzügigen und eleganten Räumlichkeiten bereits ohnehin wie ein Fremdkörper gefühlt, so war sie sich nur noch schärfer des Grabens bewusst, der sie und die Familie des Earls trennte.

Zu Claras Erleichterung erschien in diesem Augenblick Mrs Pearson mit Lady Sarah und Lady Georgiana.

Lady Sarah war ein graziles Geschöpf von fünfzehn Jahren mit lebhaften blaugrauen Augen und haselnussbraunen Haaren. Ihre jüngere Schwester Georgiana hatte hellblondes Haar und die blauen Augen ihres Vaters. Sie beäugte Clara mit Neugier und einer Portion Skepsis, während sie es ihrer Schwester überließ, die Unterhaltung zu führen. Clara war einigermaßen erleichtert, dass die jungen Ladys einen wohlerzogenen und freundlichen Eindruck machten. Ihr waren bereits üble Geschichten von verwöhnten Kindern zu Ohren gekommen, denen die Eltern alles durchgehen ließen, so dass das mit ihrer Erziehung betraute Personal seine liebe Not hatte, sich gegen die verzogenen Sprösslinge ihrer Herrschaft durchzusetzen. Sie hatte sogar von Gouvernanten gelesen, die sich Schläge und Tritte ihrer Schützlinge gefallen lassen mussten, wollten sie ihre Stellung nicht riskieren.

Als die Familie sich zurückzog, um sich für das Abendessen umzuziehen, blieb Clara mit Mrs Pearson zurück.

»Lady Wiltmore wünscht, dass Sie mit uns zu Tisch gehen?«, vergewisserte sich Mrs Pearson und Clara nickte. »Gut, dann folgen Sie mir.«

Die wortkarge und ernste Hausdame führte Clara in das Dienstbotenzimmer, in dem sich das höhergestellte Dienstpersonal vor den Mahlzeiten versammelte.

»Das ist Miss Dallaway, die neue Gouvernante«, stellte Mrs Pearson sie knapp vor. »Sie wird mit uns zu Tisch gehen.«

Die Versammelten beäugten Clara mit dem Misstrauen, das man einem unerwünschten Eindringling in die private Sphäre entgegenbrachte. Mrs Pearson machte sie mit dem übrigen Personal bekannt. Da war zunächst Mr Hobson, der Butler. Dann Mr Ferguson, der oberste Kammerdiener, Mr Carter, der zweite Kammerdiener, sowie Lady Wiltmores Kammerdienerin Miss Emmings und die Kinderfrau Miss Williams.

Clara hatte das unbestimmte Gefühl, dass die Konversation in diesem Raum für gewöhnlich lebhafter war. Alle Anwesenden wirkten reserviert und gehemmt, was Clara darauf zurückführte, dass sie aufgrund ihres sozialen Standes im Grunde genommen nicht hierher gehörte und dass sie einen engeren Kontakt zur Herrschaft pflegen würde. Womöglich fürchtete man, sie könne Gehörtes ausplaudern.

Clara war froh, der gespannten Atmosphäre zu entkommen, als Mr Carter die Glocke läutete und die Dienerschaft, angeführt von Mr Hobson, in den Dienstbotensaal hinüberging, wo sie sich zum Essen setzten. Als Mr Hobson Clara vorstellte, gab es auch in der Runde der erweiterten Dienerschaft misstrauische Blicke und leises Gemurmel. Clara erkannte die beiden Mädchen, die am Nachmittag im Flur hinter ihrem Rücken über die Umstände ihrer Ankunft im Hause getuschelt hatten.

Serviert wurde ein kräftiger Steckrübeneintopf und dazu ein kerniges Bauernbrot. Die Mahlzeit war schlichter, als Clara es aus Oakham gewohnt war, doch schmackhaft und sättigend. Schweigend löffelte Clara ihre Suppe und versuchte, den neugierigen und argwöhnischen Blicken auszuweichen. Sie wusste, dass es an ihr als höherrangige Angestellte gewesen wäre, ein Gespräch anzufangen, doch sie wusste nicht, worüber sie hätte sprechen sollen, und überließ es daher Mr Hobson und Mrs Pearson, die Konversation in Gang zu halten.

Als die Tafel aufgehoben wurde, war Clara erleichtert, sich auf ihr Zimmer zurückziehen zu können, wo sie sich daranmachte, ihre restlichen Sachen auszupacken und ordentlich in Schrank und Kommode zu verstauen, bevor sie sich zum Schlafen fertigmachte. Eigentlich war es noch zu früh, um zu Bett zu gehen, doch die Reise und die vielen neuen Eindrücke hatten sie müde gemacht.

Clara schlüpfte unter die Decke und löschte die Kerze. Sie vermisste die vertrauten Geräusche ihres Elternhauses und musste an Evelyn denken. Wie gerne wäre sie jetzt in ihr Zimmer geschlichen und für eine Weile zu ihr ins Bett gekrabbelt, so wie sie es früher oft getan hatten. Noch nie in ihrem Leben hatte Clara sich so einsam gefühlt. Wem würde sie sich in diesem Haus anvertrauen können? Mit wem ihre Sorgen teilen? Clara konnte nur hoffen, dass die anderen Angestellten mit der Zeit Vertrauen zu ihr fassen und auftauen würden.

11

Ein neuer Freund

Wenngleich Clara sich in den kommenden Tagen mühte, das Eis zu brechen, war und blieb sie ein Fremdkörper unter den Dienstboten. Gespräche verstummten, sobald sie den Raum betrat und vielsagende Blicke wurden getauscht. Sooft sich Clara auch sagte, dass es nicht an ihr lag, sondern der Angst geschuldet war, sie könne bei der Herrschaft ausplaudern, was die Angestellten untereinander redeten, so fühlte sie sich doch mehr und mehr wie eine Aussätzige.

Und auch wenn die Familie sich vordergründig freundlich und höflich gab, so war sich Clara doch stets bewusst, dass sie auch diesem Kreis nicht zugehörte. Lady Sarah und Lady Georgiana hingegen hatten ihre junge Lehrerin rasch ins Herz geschlossen. Clara wusste, den Unterricht so zu gestalten, dass er den Mädchen nicht fad wurde. Lady Sarah war schließlich kaum jünger als Evelyn. Und mit ihren neunzehn Jahren war Clara für sie eher wie eine große Schwester oder eine Freundin als eine strenge Lehrerin. Dennoch waren die Mädchen nie aufsässig oder stellten Claras Geduld auf die Probe. Clara versuchte, sich damit zu trösten, dass sie wenigstens in dieser Hinsicht nichts zu klagen hatte.

Nach dem Unterricht am Vormittag brachte Clara die Mädchen zur Gesangsstunde und begab sich dann zurück ins Studierzimmer, um noch etwas Ordnung in ihre Sachen zu bringen. Sie wusste nichts so recht mit sich anzufangen. Ohne die Mädchen war sie in den Räumen der Familie offenbar nicht erwünscht und — so großzügig ihr eigenes Zimmer auch bemessen war — stand ihr nicht der Sinn danach, sich dort zu verkriechen. Lieber wollte sie sich ein wenig nützlich machen. Als sie die Tür zum Studierzimmer öffnete, traf sie dort Cathy an, eines der Dienstmädchen, das hinter ihrem Rücken über sie getuschelt hatte. Es hatte begonnen, mit einem Federwisch die Regale und Bilderrahmen abzustauben. Als Cathy Clara bemerkte, murmelte sie eine Entschuldigung, knickste und schickte sich an, ihre Gerätschaften einzusammeln.

»Bleiben Sie doch, Cathy. Es stört mich nicht, wenn Sie weitermachen. Im Gegenteil, ich freue mich über Gesellschaft. Vielleicht könnte ich Ihnen auch ein wenig helfen.«

Das Hausmädchen sah Clara mit großen Augen an und schüttelte irritiert den Kopf.

»Nein Miss, ich schaffe meine Arbeit sehr gut allein.«

Ihre Entgegnung klang barsch und Clara hatte das Gefühl, sie womöglich unwissentlich beleidigt zu haben.

»Oh! Ich wollte damit keinesfalls andeuten, dass Sie Ihre Arbeit nicht ordentlich machen. Ich dachte bloß, vielleicht könnten wir uns bei der Gelegenheit ein wenig kennenlernen.«

»Nehmen Sie es mir nicht übel, Miss, aber ich habe keine Zeit, um zu plaudern. Es gibt im Haus immer viel zu tun.«

Damit raffte Cathy ihre Siebensachen zusammen und verschwand im Flur.

Clara stützte die Hände auf dem Pult auf und presste die Lippen fest aufeinander, doch obwohl sie sich um Fassung mühte, konnte sie die Tränen, die sich in ihre Augen drängelten, nicht mehr aufhalten. Das Heimweh machte ihr zu schaffen und nun gesellte sich die Erkenntnis dazu, dass sie in diesem Hause nirgends willkommen war. Weder gehörte sie zur Familie, noch war sie Teil der Dienerschaft, wie Cathy in ihrer brüsken Art ihr soeben bewusstgemacht hatte. Ihr Leben würde sich in Zukunft hauptsächlich hier in diesem Schulzimmer abspielen, und sie fühlte sich einsam, obwohl sie ständig von Leuten umgeben war. Wenn sie sich mit den Mädchen bei der Familie im Salon aufhielt, war sie dort nur ein geduldeter Eindringling, ein notwendiges Übel, das man zu tolerieren hatte. Und wenn sie mit der Dienerschaft speiste, war sie eine Höhergestellte in ihren Reihen.

Was hätte sie jetzt um einen ihrer Spaziergänge mit Evelyn zuhause in Oakham gegeben! Beim Gedanken an ihre Schwester schluchzte sie kurz auf. Es ließ sich nicht unterdrücken. Vom Korridor her waren Schritte zu hören. Sicher eine der jungen Ladys, wobei die Schritte lauter und energischer klangen als die eines Mädchens. Hektisch richtete Clara sich auf, wischte die Tränen aus den Augen und fächelte sich Luft ins

Gesicht, in der Hoffnung nicht allzu verquollen auszusehen.

Kurz darauf wurde schwungvoll die Tür geöffnet und Mr Tomlin, der Hauslehrer, kam herein. Er verharrte mitten in der Bewegung und wirkte ein wenig erschrocken.

»O Verzeihung, Miss Dallaway. Ich wusste nicht, dass jemand hier ist. Ich wollte nur rasch meine Bücher holen. Ich muss sie hier liegenlassen haben.« Er machte eine kleine Verbeugung. »Sie erinnern sich? Gregory Tomlin, der Hauslehrer von Master Robert und Master Frederick.«

»Ja, ich erinnere mich. Wir wurden einander kurz vorgestellt«, entgegnete Clara knapp. Ihre Stimme klang nach wie vor belegt.

Mr Tomlin legte die Stirn in Falten und sah sie an.

»Ich möchte mich gewiss nicht aufdrängen, aber Sie wirken bestürzt. Kann ich Ihnen vielleicht irgendwie behilflich sein?«

»O nein, es ist nichts. Vielen Dank, Mr Tomlin. Es ist nur alles noch so neu, und da bin ich ein wenig sentimental geworden.« Sie spürte die Röte in ihre Wangen steigen.

Gregory Tomlin lächelte. Er hatte ein offenes, freundliches Lächeln, das Clara gefiel, und seine warmen braunen Augen hatten etwas, das ihr Vertrauen weckte. »Es ist nicht leicht, nicht wahr? Seine Unabhängigkeit einzubüßen, meine ich. Doch von irgendetwas muss der Mensch leben. Glücklicherweise ist die Notwendigkeit für mich nur vorübergehend. Ich darf in nicht allzu langer Zeit auf ein Erbe hoffen.«

»Unabhängigkeit.« Der Gedanke entlockte Clara ein Lachen. »Entschuldigen Sie meine Unverblümtheit. Doch man kann nichts einbüßen, was man nie besessen hat. Es gehört wahrlich nicht zu den Privilegien meines Geschlechts, jemals unabhängig zu sein.«

»Sie haben vollkommen recht. Ich muss mich korrigieren, verzeihen Sie. Ich war bemüht, die Ähnlichkeit unserer Situation herauszustellen, und vergaß dabei den entscheidenden Unterschied. Einen weiteren habe ich entdeckt. Während ich mich für pädagogisch wenig begabt halte, sind Sie offenbar zur Lehrerin geboren.« Gregory Tomlin lachte und steckte Clara damit an.

»Entschuldigen Sie. Ich wollte Sie nicht belehren. Es ist nur nicht so leicht, sich hier auf Lynham einzufügen und ich fühlte mich gerade etwas verzweifelt.«

»Sie müssen sich nicht entschuldigen. Das ist doch nur verständlich. Außerdem bin ich in Ihren ungestörten Augenblick hineingeplatzt. Wenn jemand sich zu entschuldigen hätte, dann wäre ich es.«

Clara lächelte dankbar. Sie war froh, einen aufrichtig freundlichen Menschen in diesem Haus gefunden zu haben.

»Ich denke, ich werde noch ein wenig in den Garten hinausgehen«, sagte sie. »Etwas Luft und Sonne werden mir guttun. Gewiss fühle ich mich danach schon besser.«

»Erlauben Sie, dass ich Sie ein Stück begleite? Ich wollte ohnehin gerade nach Hause gehen.«

»Natürlich, gerne. Dann wohnen Sie nicht hier auf Lynham Hall?«, wollte Clara wissen.

»Nein, ich wohne zur Miete bei Mr und Mrs Jenkins.«

»Mr Jenkins ist der Verwalter, nicht wahr? Das erklärt, warum ich Sie bei den Mahlzeiten auf Lynham noch nie gesehen habe. Sicher essen sie dort.«

»Richtig. Mrs Jenkins sorgt bestens für mein Wohl. Ich habe es wirklich gut getroffen.« Er lachte.

Als sie aus der Tür ins Freie traten, fühlte Clara sich befreit. Im Haus war ihr, als habe es überall Augen und Ohren und immer kam sie sich beobachtet vor. Draußen im Grünen hatte sie das Gefühl, endlich loslassen zu können, und sich nicht stets unter Kontrolle halten zu müssen. Tief sog sie die blütenschwere Sommerluft in ihre Lungen und fühlte sich in den Garten in Oakham versetzt, in dem vor ihrer Abreise noch der Flieder geblüht hatte.

»Möchten Sie darüber sprechen?«, fragte Mr Tomlin unvermittelt. »Ich meine, darüber, was Sie eben so traurig gemacht hat.«

»Ach, es ist einfach das Heimweh, das mir zu schaffen macht. Ich vermisse meine Familie und ich ...« Clara zögerte. Sie war sich nicht sicher, ob sie Mr Tomlin vertrauen sollte. Es hätte ihre Lage gewiss nicht verbessert, wenn Lady Wiltmore den Eindruck gewönne, sie beklage sich über ihre Behandlung. »Nun, ich habe das Gefühl, nirgends hineinzupassen.«

»Das kann ich nur zu gut nachempfinden. Ich habe es auch festgestellt. Das Dienstpersonal begegnet mir mit Misstrauen, doch ich gehöre ebenso wenig in die Kreise des Earls. Unsereins sitzt zwischen den Stühlen, nicht wahr?«

Clara nickte eifrig.

»Genau das ist es. Wissen Sie, ich möchte nicht undankbar erscheinen. Eigentlich habe ich auch keinen

Grund zur Klage, denn ich werde großzügig entlohnt
und keineswegs schlecht behandelt. Ich bin so froh, in
Ihnen jemanden gefunden zu haben, der mich ver-
steht.«

Mr Tomlin lächelte.

»Nun, dann sind wir beide nicht mehr ganz allein.
Wir Ausgestoßenen müssen zusammenhalten. Wenn
Sie jemanden zum Reden brauchen, stehe ich gern zur
Verfügung.«

Als sie sich kurze Zeit später verabschiedeten, war
Clara guter Dinge. Es hatte gutgetan, jemanden zu haben, mit dem sie über das sprechen konnte, was sie be-
drückte. Gregory Tomlin war ein guter Zuhörer und
Clara mochte ihn auf Anhieb. Sie hatte das Gefühl, in
ihm einen Freund gefunden zu haben, und nun auf
Lynham nicht mehr gar so einsam zu sein.

12

Ausfahrt nach Daventry

Die Tage auf Lynham Hall waren leichter zu ertragen, seit Clara in Gregory Tomlin eine verwandte Seele und einen Leidensgenossen gefunden hatte. Er hatte es sich zur Gewohnheit gemacht, sie morgens vor dem Unterricht im Schulzimmer zu besuchen, um mit ihr zu plaudern. Dabei brachte er ihr oft eine kleine Aufmerksamkeit mit. An diesem Morgen war es ein Strauß bunter Wiesenblumen gewesen, die er auf dem Weg vom Haus der Jenkins' für sie gepflückt hatte.

Das Mitbringsel auf dem Pult der Lehrerin blieb natürlich nicht unbemerkt.

»O wie hübsch!«, rief Lady Georgiana, als sie das Sträußchen bemerkte. »Haben Sie die gepflückt?«

Clara tat, als überhöre sie die Frage.

»Sie machen das Schulzimmer gleich viel freundlicher, nicht wahr?«

Ein schelmisches Funkeln blitzte in den Augen der jungen Dame auf.

»O wie aufregend! Sie haben einen Verehrer, Miss Dallaway!«

»Georgiana!« Lady Sarah stieß ihre jüngere Schwester mit dem Ellenbogen in die Rippen. »Das gehört sich nicht!«

»Wenden wir uns nun lieber wieder der französischen Konversation zu. *Asseyez-vous, s'il vous plaît, Mesdames.*«

Clara ärgerte sich über die Hitze, die ihr in die Wangen stieg. Der verschmitzte Ausdruck auf Lady Georgianas Gesicht verriet ihr, dass sie erkennbar rot geworden war.

Überhaupt waren die Mädchen heute schwer zu bändigen. Unruhig rutschten sie auf den Stühlen herum und es fiel ihnen schwer, sich zu konzentrieren.

»Was ist nur heute mit Ihnen los, meine Damen?«, wollte Clara wissen. »Mir scheint, Sie sind mit Ihren Gedanken überall, nur nicht beim Thema unseres Unterrichts.«

»Bitte sehen Sie es uns nach«, bat Lady Sarah. »Heute beim Frühstück haben wir Nachricht aus London von unserem Bruder Alexander erhalten. Er plant, in den kommenden Tagen nach Lynham zurückzukehren. Wir freuen uns so schrecklich, ihn nach so langer Zeit wiederzusehen.«

»O ja! Und Mama wird eine Gesellschaft für ihn geben. Ich werde mein neues Kleid tragen können, und Mama hat versprochen, dass wir lange aufbleiben dürfen«, begeisterte sich Georgiana.

»Nun, dann will ich mal nicht so sein.« Clara lachte. »Das kann ich nur zu gut verstehen. Ich vermisse meine Schwester auch sehr.«

»Dann müssen Sie sie unbedingt einladen«, fand Georgiana. Clara merkte, wie ihr bei diesem Gedanken die Kehle eng wurde.

»Das wird leider nicht gehen«, entgegnete sie knapp. Eine solche Reise war teuer, und sie konnte nicht damit rechnen, dass Lady Wiltmore ihre Verwandtschaft auf Lynham Hall würde einquartieren wollen. Rasch wechselte sie das Thema, um eine Diskussion über die Gründe zu vermeiden.

»Ich möchte den Damen einen Vorschlag machen. Aufgrund der außergewöhnlichen Umstände ist es meiner Meinung nach angebracht, wenn wir den Unterricht ausnahmsweise in den Garten verlegen. Es spricht für mich nichts dagegen, wenn Sie sich bei einem Spaziergang in der französischen Konversation üben. Vielleicht können wir die Gelegenheit auch zu einer kleinen Botanik-Lektion nutzen.«

»Sie sind die Allerbeste, Miss Dallaway!«, rief Lady Sarah freudig und begann, ihre Sachen vom Tisch zu räumen.

Auch beim Personal herrschte hektische Betriebsamkeit. Der bevorstehende Besuch des Viscounts und die geplante Abendgesellschaft sorgten für eine Menge zusätzlicher Aufgaben und für Gesprächsstoff. Beim Abendessen schnappte Clara Bruchstücke gedämpfter Unterhaltungen zwischen den Hausmädchen am anderen Ende des Tisches auf, aus denen sie schloss, dass der Viscount offenbar ein recht ansehlicher Mann und bei den Damen sehr beliebt war. Mehrfach sorgte das Gespräch bei den jüngeren Mädchen für ein solch aufgeregtes Getuschel und Gekicher, dass Mrs Pearson sich genötigt sah, sie zur Ordnung zu rufen. Nun war langsam auch Claras Neugier erwacht, und sie war äußerst gespannt, den sagenumwobenen Erben bald kennenzulernen.

Am Abend stieg sie erschöpft aber zufrieden die Treppe zu ihrem Zimmer hinauf. Den ganzen Tag hatte sie sich bereits auf diesen Moment gefreut. Am Vormittag hatte Hobson, der Butler, ihr nämlich einen Brief gebracht, den sie am liebsten sofort gelesen hätte. Doch ein arbeitsreicher Tag hatte vor ihr gelegen, und sie hatte den Brief nicht in Eile lesen mögen. Also hatte sie das Lesen auf den Abend verschoben. Nun nahm sie den Brief in die Hand und betrachtete einen Augenblick die vertraute Handschrift ihrer Schwester, bevor sie das Siegel brach und den Bogen entfaltete. Jetzt, am Ende des Tages, hatte Clara die nötige Muße und konnte lesen, was Evelyn von daheim zu berichten hatte.

Liebste Clara,
ich danke dir für deine lieben Zeilen. Mutter und ich sind
froh, dass du es mit deinen beiden Schützlingen so gut ge-
troffen hast und dir die Arbeit mit ihnen Freude macht.
Wir vermissen dich auch über die Maßen, und es vergeht
keine Stunde, in der wir nicht an dich denken. Ich hoffe, du
wirst dich rasch einleben und doch noch Freundschaft mit
den anderen Angestellten schließen.
Mutter und ich gewöhnen uns langsam an das Leben in
Rose Cottage. Du hast es ja gesehen. Es ist ein hübsches
Fleckchen Erde, umgeben von Wäldern und Wiesen auf ei-
nem Hügel gelegen, und wir erfreuen uns der üppigen,
fruchtbaren Landschaft. Auch das Gärtchen, das wir begon-
nen haben zu bestellen, macht uns große Freude und wird

uns gewiss helfen, die Speisekammer zu füllen. Vom Garten aus blicken wir ins Tal, in dem der Hof der Youngs liegt — anständige und herzliche Leute.

Wohl wahr, es ist weit bescheidener, als wir es von Oakham gewohnt sind, doch im Großen und Ganzen können wir nicht klagen. Nicht zuletzt dank des Geldes, das du geschickt hast.

Es ist ein Segen, dass wir auf diese Weise Thomas und Annesley weiterhin beschäftigen konnten. Das übrige Personal haben Ambrose und Susanna übernommen. Nur Betty wollten sie nicht nehmen. Die Ärmste sah sich gezwungen, eine neue Anstellung zu finden.

Nun denk dir, wer sie eingestellt hat. Sir Nicholas Harding, von dem ich dich recht herzlich grüßen soll, und der sich uns als wahrer Freund erweist. Er ist uns eine große Hilfe. Wir sind oft zu Gast in Woodcote Park, und wann immer er in der Gegend ist, besucht er uns in Rose Cottage. Du solltest seine Buben sehen! Sie sind ihm wie aus dem Gesicht geschnitten, und auch im Wesen und Temperament gleichen sie ihrem Vater. William, der ältere von beiden, ist mit seinen vier Jahren schon ein richtiger kleiner Gentleman. Wir hatten viel Spaß zusammen und ich werde noch zur Meisterin mit dem Bilboquet-Spiel.

Captain Harding indes, hat sich verlobt! Mit einer gewissen Miss Swinton, die — wie ich hörte — eine ordentliche Summe Geldes in die Ehe mitbringt. Ich kann die arme Frau nur bedauern. Denn ich darf wohl bezweifeln, dass er sie aufrichtig liebt. Höchstwahrscheinlich ein hervorragendes Rezept für eine unglückliche Ehe, wenn du mich fragst. Was das angeht, so werde ich dem Rat folgen, den du mir in deinem Brief gabst, und in diesen Angelegenheiten auf die Stimme meines Herzens hören. Mehr noch als das

werde ich aber auf das Urteil meiner Schwester zählen, der ich vertraue und die stets nur mein Bestes im Sinn hat. Noch heute schäme ich mich, wenn ich daran denke, dass ich mich Captain Hardings wegen beinahe mit dir überworfen hätte. Mit meiner geliebten Schwester, die ich nun so schmerzlich vermisse und der wir viel verdanken!
Mutter sendet dir ebenfalls herzliche Grüße. Sie wird selbst noch schreiben, wenn sich alles hier ein wenig eingespielt hat und es wieder etwas ruhiger zugeht.
Sei tausendmal gegrüßt und geküsst, bleibe gesund und lass dir das Herz nicht schwer werden im fernen Ravensthorpe. Ich bin sicher, du wirst bald auch dort Freunde finden. Meine Gedanken sind stets bei dir.
Deine Evelyn

Sie las den Brief noch einige Male und faltete ihn wieder zusammen. Wie sehr ihr doch ihre Familie fehlte! Zu lesen, dass es ihnen gutging, und sie in Sir Nicholas einen großzügigen und freundlichen Unterstützer hatten, ließ ihr leichter ums Herz werden. Das Wichtigste war, dass Evelyn ihr vergeben hatte.

Es fehlte im Leben an poetischer Gerechtigkeit. So sehr man sich wünschte, dass Menschen wie Captain Harding eine gerechte Strafe für ihr Handeln bekämen, blieb sie aus. Stattdessen schien das Schicksal ihn zu belohnen, während es Evelyn und ihr Steine in den Weg legte.Doch Clara wollte zuversichtlich sein. Auch wenn es nicht einfach war, sich den neuen Umständen anzupassen, war sie überzeugt, dass es die richtige Entscheidung gewesen war, ihrem Herzen zu folgen und dass am Ende doch alles gut werden würde.

Während sich in Lynham Hall alles auf den bevorstehenden Besuch und die Abendgesellschaft vorbereitete, stellten die jungen Ladys fest, dass sie dringend neue Strümpfe benötigten. Daher fiel es Clara zu, Sarah und Georgiana auf der Fahrt nach Daventry zu begleiten, das sich auch über die Umgebung hinaus für die Herstellung hochwertiger Seidenstrümpfe und Schuhe einen Namen gemacht hatte. Für die Fahrt ließ Lord Wiltmore seinen Landauer einspannen, und Mr Tomlin, der ebenfalls Besorgungen zu machen hatte, begleitete die Damen. Für Clara war der Ausflug eine willkommene Abwechslung und hatte eher den Charakter einer Vergnügungsfahrt. Auch die beiden jungen Damen waren offensichtlich froh, dem Alltagstrott auf Lynham Hall und ihren Verpflichtungen für einen Tag zu entfliehen. Die Junisonne strahlte vom fast wolkenfreien Himmel, und die vier Reisenden waren bester Laune, während sie angeregt plaudernd durch die Felder Richtung Daventry fuhren.

Lady Sarah und Lady Georgiana hatten nebeneinander in Fahrtrichtung Platz genommen, während Clara und Mr Tomlin ihnen gegenüber auf dem rückwärtigen Sitz saßen. Bei der Beengtheit im Innern des Gespanns ließ es sich nicht vermeiden, dass sich ihre Arme gelegentlich berührten, wenn eine Unebenheit des Bodens den Wagen zum Schaukeln brachte. Doch Clara wurde das Gefühl nicht los, dass Tomlins Schulter sie weit häufiger berührte als nötig, und als sie ihre Hand auf dem Sitz zwischen ihnen aufstützte, spürte sie kurz darauf seine Finger auf ihren. Eilig zog sie die Hand zurück und bemerkte aus dem Augenwinkel, wie Gregory Tomlin sie anlächelte. Der Eindruck täuschte also nicht, und die Berührungen waren weit weniger zufällig, als es den Anschein hatte. Es erschreckte Clara, hatte sie doch gedacht, in ihm einen selbstlosen Freund gefunden zu haben. Doch die Erkenntnis, dass er in Wahrheit Hoffnungen hegte, mehr als ein Freund für sie werden zu können, stellte seine Freundlichkeit und Zugewandtheit nun in ein anderes Licht. Noch vor wenigen Monaten hatte Clara geglaubt, es sei doch gar nicht so schlecht, einen guten Freund zu heiraten. Die Liebe würde sich schon später einstellen. Doch die Erlebnisse mit den Hardings hatten sie eines gelehrt: Das war nicht der Weg, auf dem sie ihr Glück finden würde. Lieber würde sie alleine bleiben, als einen faulen Kompromiss einzugehen. Es mochte unvernünftig sein, doch sie wollte nur einen Mann heiraten, den sie von ganzem Herzen liebte.

Sie legte ihre Hände in ihren Schoß, wo Tomlin sie nicht zu ergreifen wagte.

Bald kam der Turm der Holy Cross Church in Sicht, eine der wenigen modernen Kirchen in Northamptonshire. Noch kaum ein halbes Jahrhundert alt und aus dem für die Gegend charakteristischen rötlichen Eisengestein erbaut, verlieh sie dem provinziellen Örtchen etwas Elegantes. Sie erreichten den Marktplatz, wo Mr Tomlin den Damen aus der Kutsche half. Er zeigte sich überaus aufmerksam und hielt sich, soweit es der Anstand zuließ, an Claras Seite. Seine Galanterie war ihr unangenehm, denn sie konnte auch den beiden jungen Ladys nicht entgangen sein, die vielsagende Blicke miteinander tauschten.

Die Besorgungen waren bald erledigt, und die vier brachen guter Dinge auf zum Borough Hill, wo sie bei herrlichstem Sommerwetter das Picknick genossen, das Mrs Pearson für sie zusammengepackt hatte, und nutzten die Gelegenheit noch für einen ausgedehnten Spaziergang, bevor sie am Nachmittag die Rückfahrt nach Lynham Hall antraten.

Weil das Wetter noch immer herrlich war, ließen sie sich vom Fahrer bereits an der Zufahrt zum Anwesen absetzen, um sich nach der Fahrt noch ein wenig die Beine zu vertreten. Fröhlich liefen die Mädchen ein Stück voraus, während Clara und Mr Tomlin mit einigen Metern Abstand folgten. Als sie den Weg erreichten, der zum Gutsverwalterhaus führte und wo sich ihre Wege trennten, blieben sie kurz stehen, um sich zu verabschieden.

»Ich fand den Tag mit Ihnen heute sehr schön.« Mr Tomlin sah Clara an und lächelte.

»Ja, ich auch. Es tat gut, einmal aus dem alltäglichen Trott herauszukommen«, entgegnete sie und wollte sich rasch verabschieden, um ihm nicht unnötig Anlass zur Hoffnung zu geben.

»Wenn ich nur könnte, wie ich wollte!«, rief der junge Hauslehrer unvermittelt. Er hob die Hand und strich Clara eine lose Haarsträhne aus dem Gesicht. »Wäre es nicht schön, wenn wir alle Tage miteinander verbringen könnten? Miss Dallaway ... Clara, ich muss Ihnen gestehen, dass ich mir den ganzen Tag ausgemalt habe, wie es wäre, in unserer eigenen Kutsche über Land zu fahren, ein eigenes Heim zu haben, Kinder ... Haben Sie nicht auch schon daran gedacht?«

Clara schluckte gegen die plötzliche Enge in ihrem Hals an. Vielleicht hätte sie schon früher etwas sagen müssen, deutlichere Signale senden. Nun hatte sie die undankbare Aufgabe, die Hoffnungen ihres Freundes zu enttäuschen. Dabei wollte sie seine Gefühle auf keinen Fall verletzen.

»Mr Tomlin. Ich schätze Sie sehr, das wissen Sie. Sie sind mir in den vergangenen Wochen ein guter Freund geworden, und ich bin Ihnen sehr dankbar für Ihre Unterstützung und Ihr offenes Ohr, doch ich muss Ihnen leider sagen, dass ich Ihre Gefühle nicht teile. Ich bin Ihnen in Freundschaft verbunden, aber ich ...«

Tomlin legte ihr den Zeigefinger über die Lippen.

»Ich bitte Sie, sprechen Sie nicht weiter, Clara. Ich weiß, ich bin noch nicht in der Lage, Ihnen das Leben zu bieten, das Sie verdienen. Doch in absehbarer Zukunft wird sich das ändern. Das Erbe, das mir seitens einer älteren Verwandten zufallen wird, ist nicht unerheblich. Wir könnten ein sehr bequemes Leben haben.«

»Mr Tomlin, ich bitte Sie. Wenn es mir einzig darum gegangen wäre, einen vermögenden Ehemann zu finden, dann hätte ich die Stelle als Gouvernante niemals antreten müssen. Bitte glauben Sie mir, wenn ich Ihnen sage, dass meine Gefühle für Sie rein freundschaftlicher Natur sind.«

»Gefühle können sich ändern, liebste Clara. Sie sehen mich wild entschlossen, Ihre Zuneigung zu gewinnen. So schnell gebe ich nicht auf.«

Noch bevor sie etwas entgegnen konnte, verbeugte Mr Tomlin sich mit einem selbstsicheren Lächeln, wünschte ihr einen schönen Abend und ging in Richtung des Gutsverwalterhauses davon.

Clara atmete tief durch, bevor sie ihren Weg durch den Garten fortsetzte. Beinahe musste sie lachen. Nun hatte sie in gewisser Weise bereits den dritten

Heiratsantrag bekommen. Sie dachte über die drei Männer nach und darüber, was sie sich für ihr Leben einmal erträumt hatte.

Sir Nicholas war ein wunderbarer Mann. Aufrichtig, warmherzig und ein wahrer Freund. Mit einem Mann wie ihm hätte sie glücklich werden können, sie hätte sich nach Kräften bemüht, ihn lieben zu lernen und war sich sicher, dass es über die Zeit hätte gelingen können. Doch was nützte das, wenn sein Herz einer anderen gehörte, noch dazu ihrer Schwester? Dieses Wissen hätte immer zwischen ihnen gestanden. Auch wenn es ihr sicher an nichts gemangelt hätte und Sir Nicholas gewiss liebevoll und aufmerksam gewesen wäre. Wie sollte sie ihre Liebe und ihr Leben einem Mann schenken, der ihr im Gegenzug nur Freundschaft zu geben hatte und sich heimlich nach einer anderen sehnte.

Und Captain Harding? Sicher hatte er mit seiner Behauptung nicht Unrecht gehabt. Es gab viele Frauen, die stolz gewesen wären, am Arm eines solchen Mannes gesehen zu werden. Ein attraktiver Mann ohne Zweifel, der in Gesellschaft eine gute Figur abgab und bewundernde Blicke auf sich zog. Wenn er wollte, konnte er charmant und unterhaltsam sein. Doch sein Charakter ließ viel zu wünschen übrig. Wenn einem der äußere Anschein reichte und man sich keine innige Herzensverbindung wünschte, so mochte auch das reichen, um zufrieden zu leben. Jedoch ein Mann wie Captain Harding würde seine eigenen Bedürfnisse denen seiner Frau immer voranstellen. Verständnis und Rücksichtnahme konnte man von einem solchen Mann nicht erwarten.

Warum nicht Tomlin? Aufmerksam, gebildet und mit den Härten des Lebens vertraut. Zwar konnte er auf eine Erbschaft hoffen, doch vorerst musste er selbst seinen Unterhalt bestreiten. Das lehrte Bescheidenheit und Dankbarkeit. Auch Clara hatte so vieles erst zu schätzen gelernt, als es ihr genommen worden war. Hatte sie nicht zuvor auch ein unbeschwertes Leben geführt und kaum über die Sicherung ihrer Zukunft nachdenken müssen?

Doch wenn sie einst noch geglaubt hatte, gegenseitige Freundschaft und Zuneigung würden ihr ausreichen, so war sie sich nun sicher, dass sie mehr wollte. Auch wenn die Arbeit als Gouvernante ihre Schattenseiten hatte, sie ermöglichte es ihr, auf eigenen Beinen zu stehen. Auch ohne einen Mann an ihrer Seite gelang es ihr, ein zufriedenes Leben zu führen. Abstriche musste man wohl immer machen. Doch sie allein hatte ihr Leben in der Hand. Das ließ sie mutiger in die Zukunft blicken. War es wirklich so viel schlechter als ein fauler Kompromiss? Eine Anstellung konnte man wechseln. In einer schlechten Ehe war man gefangen.

Der Entschluss, der über die Zeit in ihr gereift war, stand für sie nun fester denn je. Nie würde sie ihr Schicksal vollkommen in die Hände eines Mannes legen, den sie nicht von Herzen liebte und der nicht dasselbe auch für sie empfand. Sie wünschte sich eine echte und tiefe Herzensverbindung, nicht mehr und nicht weniger.

Wie sie aus dem Schatten des von Goldregen überrankten Wandelgangs trat, sah sie den Zipfel einer weißen Schürze hinter der Hecke hervorlugen und als sie kurz stehenblieb, hörte sie Kichern und Flüstern aus derselben Richtung. Einen Augenblick später huschte das Dienstmädchen Cathy lachend aus dem Heckenbogen. Mit eiligen Fingern ordnete sie das zerzauste Haar und schob lose Strähnen unter die Haube. Plötzlich trat aus dem Schatten der Hecke ein junger Mann, den Clara als den Stallburschen erkannte, auf den Weg.

»Cathy, warte! Einen Kuss noch!«

Das Mädchen drehte sich um und legte den Finger an die Lippen.

»Pssst! Bist verrückt? Wenn uns wer sieht!«

Der junge Mann machte einen Schritt auf Cathy zu und zog sie an sich, um ihr noch einen Kuss aufzudrücken. Die hatte jedoch in diesem Augenblick Clara bemerkt und sah entsetzt zu ihr hinüber. »Miss Dallaway!«, rief sie, während sie ihren Verehrer energisch zurück hinter die Hecke schob und ihm zuzischte, er solle verschwinden.

»Miss Dallaway! Ich kanns alles erklären, ich ...«

»Erklären? Aber was denn, Cathy? Ich habe nichts Ungewöhnliches gesehen.«

Cathy stand noch immer wie zur Salzsäule erstarrt auf dem Weg und starrte verdutzt in ihre Richtung. Clara lächelte, zwinkerte dem Mädchen zu und spazierte vorbei, ohne sich noch einmal umzusehen.

13

Eine überraschende Begegnung

Am folgenden Tag gab sich Clara alle Mühe, Mr Tomlin aus dem Weg zu gehen, um seinem Ehrgeiz keinen Auftrieb zu geben. Für gewöhnlich verbrachte sie die Zeit, während die Mädchen ihre Gesangsstunde hatten, im Studierzimmer damit, sich auf den Unterricht vorzubereiten oder zu lesen. Doch um nicht Gefahr zu laufen, dort auf Gregory Tomlin zu treffen, nahm sie lieber ein Buch und ging hinaus in den Garten. Dort suchte sie sich eine Bank im Schatten und begann, zu lesen.

Nachdem sie ein Kapitel gelesen hatte, hörte Clara Schritte auf dem Kiesweg. Sie sah von ihrem Buch auf und entdeckte Tomlin, der vom Haus her in ihre Richtung lief. Er hatte sie noch nicht gesehen. Rasch erhob sie sich und schlüpfte durch den Heckenbogen in der hohen Buchsbaumhecke, die diesen Teil des Gartens vom dahinterliegenden Kräutergarten abgrenzte. Im Schutz des dichten Grüns wartete sie, bis Gregory Tomlin vorbeigelaufen war. Sie hatte seinen Antrag noch nicht verdaut und keine Lust, sich mit ihm auseinanderzusetzen. Vorsichtig spähte sie durch das Blattwerk und beobachtete, wie der Hauslehrer auf der Suche nach ihr in Richtung See davonschlenderte. *Puh!* Den war sie vorerst los. Dennoch beschloss sie, lieber zurück zum Haus zu laufen. Der Schatten, den die Statue der Göttin Diana auf den Rasen warf, war bereits ein gutes Stück weitergekrochen. Also würden Lady Sarah und Lady Georgiana ohnehin bald ihre Gesangsstunde beendet haben und ihre Aufmerksamkeit fordern.

Sie schlüpfte aus dem Schatten der Hecke zurück auf den Weg und schrie kurz auf, als sie dort plötzlich auf einen Widerstand prallte. Alles ging so schnell, dass sie kaum begriff, was geschah. Sie hörte eine tiefe Stimme, die einen recht ungehörigen Fluch ausstieß, ruderte mit den Armen, konnte jedoch nicht verhindern, dass sie das Gleichgewicht verlor und hintenüber kippte. Ihre Hände, die verzweifelt nach Halt suchten, bekamen gerade noch die Oberarme des Mannes zu fassen, mit dem sie zusammengeprallt war, bevor sie beide strauchelten und zu Boden gingen. Erschrocken starrte Clara in das Gesicht eines Fremden, der sich nicht mehr hatte abfangen können und auf ihr gelandet war. Verdattert starrte der Fremde auf sie herab und stammelte eine Entschuldigung. Sein Gesicht war so nah und seine Augen von einem derart auffällig hellen Blau, dass Clara gar nicht anders konnte, als ihn anzustarren. Der äußere Rand der Iris war deutlich dunkler und verlieh seinem Blick etwas Raubtierhaftes. Clara wurde sich des Gewichts des Körpers auf ihrem unangenehm bewusst, ihr Herz pochte wild gegen ihre Rippen und ihre Wangen brannten.

»O verzeihen Sie! Es ist mir schrecklich unangenehm. Bitte erlauben Sie mir, Ihnen behilflich zu sein.« Der Fremde rappelte sich auf und streckte ihr eine Hand hin, um ihr aufzuhelfen. Nach kurzem Zögern griff sie danach. Sie fühlte sich angenehm warm und kräftig an und ein Kribbeln, wie es Clara noch nie gespürt hatte, machte sich in ihrem Bauch breit.

»Ich hoffe, Sie sind nicht verletzt.«

Clara ließ sich auf die Füße helfen und klopfte verlegen den Schmutz von ihrem Kleid, den Blick fest nach unten gerichtet, um dem Fremden nicht weiter in die Augen sehen zu müssen.

»Ich denke, unter diesen Umständen ist es angemessen, wenn ich mich Ihnen vorstelle. Ich hoffe, Sie erlauben. Lord Guilsborough.« Der Mann lächelte und verbeugte sich. »Ich möchte mich noch einmal in aller Form entschuldigen, dass ich Ihnen so ungestüm in den Weg gelaufen bin, Miss ...«

»Clara Dallaway. Ich unterrichte Lady Sarah und Lady Georgiana.«

Ein kurzes Lächeln zeigte sich auf Lord Guilsboroughs Lippen. »Dazu kann ich meine Schwestern wohl nur beglückwünschen.« *Schwestern! Selbstverständlich.* Jetzt dämmerte es Clara, wen sie vor sich hatte. Der Höflichkeitstitel hatte sie für einen Augenblick verwirrt. Doch ihr Gegenüber war niemand anderes als Alexander Ilsley, der älteste Sohn des Earls of Wiltmore und Viscount Guilsborough. Bis er eines Tages den Titel seines Vaters erben würde, trug er den Titel eines Viscounts. Nun erkannte sie auch die Ähnlichkeit zu Lady Georgiana. Der Viscount hatte dasselbe lichtblonde Haar wie seine Schwester, das er der Mode entsprechend an den Seiten kurz, oben länger und etwas keck in die Stirn gekämmt trug, und auch der Schwung seiner Lippen ähnelte, wenn er lächelte, dem seiner Schwester.

»Ich möchte mich noch einmal entschuldigen, dass ich Sie durch meine Hast in diese unangenehme Situation gebracht habe.«

Dabei sah Lord Guilsborough so aufrichtig zerknirscht aus, dass Clara nicht anders konnte, als zu lächeln.

»Eine Entschuldigung ist nicht nötig, Lord Guilsborough. Sie konnten schließlich nicht ahnen, dass ich Ihnen so plötzlich in den Weg laufen würde. Es ist ja auch nichts geschehen.« Noch einmal blickte sie an sich hinunter und klopfte ihren Rock ab. Glücklicherweise war ihr Kleid sauber geblieben.

Der Viscount beobachtete Clara und runzelte die Stirn.

»Dürfte ich den Vorschlag machen, dass wir diese unrühmliche Begegnung vergessen? Wenn wir einander offiziell vorgestellt werden, könnten wir einfach so tun, als habe sie nie stattgefunden. Ich würde Ihnen gern unangenehme Fragen – oder schlimmer noch unangemessenes Gerede – ersparen.«

»Das käme mir in der Tat sehr entgegen, Lord Guilsborough. Ich danke Ihnen vielmals. Dann werde ich jetzt ins Haus gehen und nach Ihren Schwestern sehen.« Clara knickste flüchtig.

Lord Guilsborough machte eine galante Verbeugung und schenkte ihr ein schelmisches Lächeln, das seine Augen noch mehr zum Strahlen brachte.

»Dann bleibt mir nur zu sagen, dass es mir ein Vergnügen war, Sie nicht kennengelernt zu haben.«

Damit verabschiedete er sich und setzte seinen Weg fort, während Clara noch einen Augenblick verwirrt und mit noch immer wild klopfendem Herzen stehenblieb und ihre Gedanken sortieren musste.

Am frühen Abend hatte sich die Familie im Salon eingefunden. Lady Wiltmore widmete sich ihrer Stickerei, während der Earl es sich in einem Sessel bequem gemacht hatte und las. Die Brüder Robert und Frederick spielten am Tisch mit Miss Williams, der Kinderfrau, das Stäbchenspiel, und Clara hatte sich mit den Mädchen in die Ecke zurückgezogen, um ihnen mit einer aufwändigen Häkelarbeit zu helfen.

Einen Augenblick später öffnete sich die Tür und der Viscount betrat den Salon. Nun konnte Clara ihn zum ersten Mal in Ruhe betrachten. Er hatte die große, schlanke Gestalt seiner Mutter, war jedoch athletischer gebaut, was es ihm erlaubte, modische helle Pantalons zu tragen, die im Allgemeinen wenig verziehen. Auch Jacke und Weste waren eng geschnitten und betonten seine kräftigen Schultern. Dabei hatte er das blonde Haar und den freundlichen, etwas lausbübischen Gesichtsausdruck seines Vaters, den auch Georgiana geerbt hatte.

Clara ertappte sich, wie ihre Erinnerung zu dem Augenblick zurückkehrte, in dem sie seinen Körper so eng auf ihrem gespürt hatte. Eilig schob sie den Gedanken beiseite und hoffte inständig, dass sie nicht errötete.

»Alexander!« Die Mädchen sprangen auf, um ihren Bruder zu begrüßen, und Clara, die sich ebenfalls erhoben hatte, gab sich alle Mühe, dreinzuschauen, als habe sie ihn noch nie zuvor gesehen.

Nachdem Lord Alexander seine Eltern begrüßt hatte, richtete er eine freundliche Begrüßung an die Kinderfrau, die er offenbar aus seiner eigenen Jugend kannte, und wandte sich dann Clara zu.

»Erlauben Sie mir, dass ich mich vorstelle: Lord Guilsborough. Ich bin der ältere Bruder dieser zwei reizenden Damen.«

»Sehr angenehm, Mylord. Miss Dallaway, die neue Gouvernante.« Clara kam sich ein wenig albern vor, als sie sich nun zum zweiten Mal vorstellte. Als sie wieder aufsah, fing sie den Blick des Viscounts auf, der sie verschmitzt anlächelte und ihr kurz zuzwinkerte. Sie musste sich anstrengen, das Lächeln nicht zu erwidern, da Lady Wiltmore in ihre Richtung sah.

»Miss Dallaway, ich denke, Sie sollten Lady Sarah und Lady Georgiana jetzt nach oben bringen. Es wird Zeit, dass wir uns fürs Abendessen umziehen.«

»Selbstverständlich, Mylady. Kommen Sie, meine Damen. Räumen wir noch rasch das Handarbeitszeug zusammen.«

»Schade, dass Sie bereits gehen. Ich hoffe doch, beim Essen unsere Unterhaltung fortsetzen und die Bekanntschaft vertiefen zu können.« Viscount Guilsborough nickte in Claras Richtung und lächelte.

»Miss Dallaway wird nicht mit uns speisen«, schaltete sich die Countess ein, noch bevor Clara etwas entgegnen konnte.

»Verzeihung, ich nahm irrtümlich an, als Erzieherin meiner Schwestern sei Miss Dallaway Teil der Familie.« Das ironische Lächeln auf seinen Lippen verriet, dass es

Lord Alexander Vergnügen bereitete, seine Mutter zu provozieren. »Ihre Anwesenheit könnte durchaus positiven Einfluss auf die Tischmanieren der jungen Damen haben, findest du nicht, Mutter?«

»Auch wenn ich derlei Dinge nicht notwendigerweise in Gegenwart von Miss Dallaway besprechen möchte — ich halte es für angebracht, wenn jeder unter seinesgleichen bleibt und den Platz in der Gesellschaft einnimmt, der ihm zukommt.«

Lady Wiltmores Stimme kündete von Ungeduld und aufkeimendem Ärger. Clara wünschte sich nichts sehnlicher, als dass der Erdboden sich auftun und sie verschlucken möge. Thema dieses Schlagabtausches zwischen Mutter und Sohn zu sein, war ihr mehr als unangenehm.

Doch offenbar wollte der Viscount sich nicht so schnell geschlagen geben.

»Sind wir als Menschen nicht immer unter unseresgleichen? Voltaire schreibt: *Alle Menschen sind gleich. Nicht die Geburt, nur die Tüchtigkeit macht einen Unterschied.* Und an Tüchtigkeit und Bildung, möchte ich behaupten, mangelt es unserer lieben Miss Dallaway gewiss nicht. Ich gebe Voltaire recht. Denn ich bin der festen Überzeugung, dass die Zukunft der Menschheit keine Standesgrenzen mehr kennen wird.«

Lady Wiltmore schoss ihrem Ältesten einen bitterbösen Blick zu.

»Miss Williams, bitte nehmen Sie Master Robert und Master Frederick doch schon einmal mit hinaus«, wies sie die Kinderfrau an und wünschte den beiden Jungen eine gute Nacht.

Als Miss Williams mit den beiden Jungen den Raum verlassen hatte, wandte sich die Countess in strengem Ton an Lord Guilsborough.

»Du solltest über derlei Dinge nicht vor dem Personal und den Kindern sprechen, Alexander. Vielmehr solltest du solche Dinge überhaupt nicht sagen. Deine Bewunderung für diese französischen Umstürzler und Anarchisten ist respektlos gegenüber deiner Heimat und Herkunft und grenzt beinahe an Verrat. Admiral Nelson hat nicht bei Trafalgar sein Leben gelassen, um die Franzosen zurückzuschlagen, damit du redest wie einer. Mit solchen Reden verhöhnst du die tapferen Männer, die mit Wellington in Portugal unsere Freiheit verteidigen.«

»Wie immer übertreibst du, Mama. Erspare uns die Melodramatik.« Alexander winkte ab und lachte. »Nur weil ich eine gewisse Sympathie für die Gedanken französischer Philosophen hege, macht das aus mir noch lange keinen Vaterlandsverräter. Ich habe jedoch auch nicht den Ehrgeiz, eine Revolution anzuführen. Große gesellschaftliche Umwälzungen brauchen Zeit. Wenn wir nach Übersee blicken, so bin ich überzeugt, dass wir dort unsere eigene Zukunft sehen. Eine standeslose Gesellschaft mit einer vom Volke selbst gewählten Regierung.«

»Alexander! Ich dulde so ein unsinniges Gerede nicht in meinem Salon!« Lady Wiltmores Gesicht hatte die Farbe ihres Rouges angenommen. Zornig wandte sie sich ihrem Gatten zu. »Ich muss mich sehr wundern, George, dass du ihm solche Reden durchgehen lässt.«

Der Earl, der das Streitgespräch zwischen der Countess und seinem Ältesten bisher mit einem amüsierten

Zug um den Mund verfolgt hatte, machte eine wegwerfende Handbewegung.

»Geh! Aufregung schlägt nur auf den Magen, meine Liebe. Meiner Meinung nach sollten wir die Zukunft den Jungen überlassen. Ohne das Ungestüm der Jugend und ihre Neigung zu radikalen Gedanken gäbe es keine menschliche Geschichte. Wer weiß schon, was nach uns kommen wird! Das muss uns nicht mehr kümmern. Damit werden sich unsere Kinder und Enkel herumschlagen müssen. Wir können nur unser Bestes tun, den jungen Leuten Anstand und Moral beizubringen. Der Rest wird sich finden.«

Lord Wiltmore warf seinem Sohn einen verschwörerischen Blick zu. Es war ihm anzusehen, dass es ihm Spaß bereitete, seine Gattin herauszufordern.

»Im Übrigen bin ich ganz deiner Meinung, was Miss Dallaway angeht. Ich denke, deine Schwestern könnten nur davon profitieren, wenn sie ein wachsames Auge auf ihre Tischmanieren hätte. Ich werde Hobson bitten, noch ein Gedeck aufzulegen.«

Lady Wiltmore schoss ihrem Mann einen giftigen Blick zu.

»Wie du meinst. Du warst schon immer zu nachgiebig mit deinem Sohn. Miss Dallaway, Sie haben es gehört. Wir sehen uns dann später bei Tisch.«

»Danke, Mylady.« Clara knickste unbeholfen und verließ mit den beiden jungen Damen den Salon. Sie war froh, der peinlichen Situation entkommen zu sein. Zwar hatte sie sich beim allabendlichen Essen im Dienstbotensaal auch oft ausgeschlossen gefühlt. Allerdings würde das Dinner im Kreise der herrschaftlichen Familie gewiss nicht erquicklicher werden.

Der Hausherr hatte den Platz am Kopfende des Tisches, eingenommen, mit dem Viscount zur Rechten und Lady Sarah zur Linken. Ihm gegenüber saß Lady Wiltmore, die ihrem Gatten noch immer finstere Blicke zuwarf. Dazwischen, in der Mitte des Tisches, Lady Georgiana und Clara, die sich vorkam, als sei sie versehentlich in eine Traubenpresse geraten. Lord Alexander wirkte zufrieden mit seiner Tischdame und bediente Clara mit großer Aufmerksamkeit.

»Sie stammen nicht aus der Gegend, Miss Dallaway? Ich vermisse bei Ihnen den typischen Zungenschlag der East Midlands. Ich vermute, Sie stammen aus dem Süden.«

»Mit dieser Vermutung liegen Sie richtig, Mylord. Ich stamme aus Surrey, aus der Gegend um Reigate.«

»Dort habe ich erst kürzlich auf der Durchreise von London nach Brighton Station gemacht. Ein zauberhafter Landstrich.«

»O ja, besonders die Surrey Hills sind wirklich schön, vor allem jetzt im Sommer.«

»Gewiss vermissen Sie Ihre Heimat und Ihre Familie, nicht wahr?«

»Ein wenig, aber es gefällt mir sehr gut in Ravensthorpe«, entgegnete Clara diplomatisch. Unter den strengen Blicken von Lady Wiltmore fühlte sie sich zunehmend unwohl.

Lady Wiltmore ergriff die Gelegenheit, die Fäden der Unterhaltung in die Hand zu nehmen. »Vermutlich interessiert es dich zu hören, dass ich für morgen auch

Lord und Lady Townshend eingeladen habe. Lady Louisa wird sie begleiten. Du erinnerst dich an sie, nehme ich an? Ihr wurdet einander auf dem Ball bei Lord Howland vorgestellt.«

»Selbstverständlich. Ich erinnere mich«, entgegnete Lord Alexander knapp.

»Ein ganz reizendes Geschöpf, wie ich finde. Und seitdem nur noch schöner geworden. Du schienst auf dem Ball sehr angetan. Daher dachte ich, es freut dich, dass sie morgen kommen wird.«

»Und ich darf annehmen, Mama«, entgegnete Lord Alexander mit einem schalkhaften Lächeln, »dass du mir diese Tatsache aus einem bestimmten Grund ins Bewusstsein zu bringen suchst.«

»Was deine Mutter dir versucht zu sagen, ist, dass sie glaubt, es sei für dich langsam Zeit, ans Heiraten zu denken.« Lord Wiltmore lachte. »Und vermutlich hat sie nicht ganz unrecht. In letzter Zeit hast du durchaus einige Flausen im Kopf, die dir eine gute Ehefrau schon beizeiten austreiben wird.«

»Lady Louisa stammt aus einer Familie von tadellosem Ruf und hohem Ansehen und ist genau im richtigen Alter. Außerdem ist sie eine äußerst attraktive Erscheinung«, begeisterte sich Lady Wiltmore.

»Und doch ist sie nicht die Richtige für mich. Sie erwähnte, sie mache sich nicht viel aus Büchern.«

»Na, umso besser«, fand Lady Wiltmore. »In meinen Augen reicht es vollkommen aus, die Heilige Schrift und den Katechismus zu lesen. Romane erfüllen keinen anderen Zweck als den, die Köpfe junger Mädchen mit allerhand unsinnigen Traumtänzereien zu füllen.«

»Da muss ich dir vehement widersprechen, Mama. Indem wir uns im Roman in die Figuren hineinversetzen, mit ihnen mitleiden, bilden wir unser Herz und unser Mitgefühl. Wir können an ferne Orte reisen und unsere Vorstellungskraft schulen. Ein Mensch, der nicht gern liest, ist mir suspekt. Es zeugt meines Erachtens von immenser geistiger Beschränktheit. Da werden Sie mir sicher recht geben, Miss Dallaway, nicht wahr?«

Clara verschluckte sich beinahe an ihrem Wein. Sie wollte in diese Unterhaltung weiß Gott nicht auch noch hineingezogen werden.

»Zu derlei Dingen maße ich mir keine Meinung an, Lord Guilsborough.«

Er zog eine Augenbraue hoch und betrachtete sie von der Seite.

»Ich jedenfalls halte das Verfassen von Literatur für eine der wichtigsten menschlichen Kulturleistungen und kann mir nicht vorstellen, mein Leben mit einer Frau zu verbringen, die sich nicht vollkommen in den Seiten eines Romans verlieren kann, oder die der Vortrag eines Gedichts nicht bewegt«, schloss der Viscount die Diskussion.

»Es zeigt sich, dass dir das Junggesellendasein überhaupt nicht gut bekommt«, kommentierte Lady Wiltmore. »Eine Unsitte, dass die jungen Herren heutzutage die Heirat immer weiter aufschieben. Ein Junggeselle von fünfunddreißig Jahren ist dieser Tage keine Seltenheit mehr. Die jungen Männer von heute scheuen die Verantwortung und gehen nur ihren Vergnügungen nach. Kein Wunder, dass sie dabei absonderliche Ideen entwickeln.«

»Nun mal den Teufel nicht an die Wand, meine Liebe«, lachte der Earl. »Bis dahin hat dein Sohn noch zehn Jahre Zeit und ich bin sicher, irgendwann wird es ihn auch erwischen und er wird sich vollkommen freiwillig unter das Joch der Ehe begeben. Ebenso wie sein alter Herr. Und ich habe es doch schließlich auch nicht schlecht getroffen, oder möchtest du mir widersprechen?«

Dem hatte Lady Wiltmore natürlich nichts entgegenzusetzen. Mit einem Kopfschütteln und einem versteckten Lächeln gab sie sich geschlagen.

»Nein, mein lieber Wiltmore, in dieser Sache muss ich dir in vollem Umfang zustimmen.«

Clara war froh, als die Tafel aufgehoben wurde und sie sich endlich zurückziehen konnte. Im Korridor begegnete ihr Cathy, die vermutlich gerade die Betten aufgedeckt hatte. Das Mädchen sah sich nach allen Seiten um. Als es sich überzeugt hatte, dass sie allein im Flur waren, lächelte es scheu.

»Danke, Miss Dallaway. Dass Sie nix gesagt haben, mein' ich«, flüsterte es.

»Keine Sorge. Ihr Geheimnis ist bei mir sicher«, wisperte Clara zurück und schenkte Cathy ein ermutigendes Lächeln. »Danke«, hauchte die noch einmal, knickste eilig und huschte davon. Clara schüttelte lächelnd den Kopf und setzte ihren Weg fort. Wie es schien, hatte sie soeben eine weitere Freundin hinzugewonnen.

14

Spiele

Dass die jungen Damen sich bereits früh zurückzogen, um sich für die Abendgesellschaft vorzubereiten, verschaffte Clara unverhofft einen freien Nachmittag, den sie bei dem herrlichen Sonnenschein nicht im Haus verbringen mochte. Sie nahm ein Buch und ging hinaus in den Garten. Eigentlich hatte sie sich vorgenommen, sich am Teich auf die Bank neben dem kleinen griechischen Tempelchen zu setzen und in Ruhe zu lesen, doch auf ihrem Weg begegnete sie Master Robert und Master Frederick, die mit Miss Williams und Mr Tomlin auf dem Rasen Federball spielten.

»Eine Pause!«, rief die Kinderfrau lachend und stemmte, nach Luft ringend, eine Hand in die Rippen. »Ich bin noch immer ganz geschafft vom Fangenspielen. Nehmen wir doch erst einmal eine Erfrischung.«

Damit ging sie zu dem kleinen Tischchen, auf dem ein Tablett mit Getränken und Obst bereitstand.

»Aber, Miss Williams! Wir müssen unbedingt die einhundertfünfzig schaffen! Bitte!«, rief Frederick.

»Es hilft nichts. Sie müssen mir einen Augenblick Verschnaufpause gönnen, Mr Ilsley. Aber ich sehe, da kommt Miss Dallaway. Womöglich könnten Sie sie zu einem Spiel überreden. Die junge Dame hat bestimmt zwanzig Jahre weniger auf dem Buckel und sicher mehr Ausdauer als ich.«

Miss Williams lachte, ließ eine Traube in ihrem Mund verschwinden und setzte sich in einen der zierlichen Sessel aus Korbgeflecht.

Clara wollte schnell abdrehen, um sich zurückziehen zu können, doch Robert kam bereits über den Rasen auf sie zugelaufen und hielt ihr den überzähligen Schläger entgegen.

Clara lachte. »Nun, wenn es um die Verteidigung der Familienehre geht, wie könnte ich da ablehnen, Master Robert? Lassen Sie mich nur rasch das Buch weglegen.«

Sie nahm dem Jungen den lederbespannten Schläger aus der Hand und legte das Buch neben Miss Williams auf den Tisch.

»Ich muss die Herren enttäuschen«, sagte Clara an die Jungen gewandt. »Ich las neulich von einer Familie in Somerset, die es auf über zweitausend Ballwechsel gebracht haben soll. Was gilt es, zu überbieten?«

»Zweitausend? Alle Achtung. Da können wir in der Tat nicht mithalten. Wir versuchen, die einhundertfünfzig zu schlagen«, rief Gregory Tomlin.

»Nun, ich bin etwas aus der Übung, aber daheim in Surrey habe ich mit meinen Geschwistern oft Federball gespielt. Wenn ich mich erst einmal warmgespielt habe, sollten es uns gelingen«, verkündete Clara selbstbewusst, und sie begaben sich auf ihre Positionen.

Clara hob den Ball vom Rasen auf, warf ihn in die Luft und spielte ihn zu Robert, der ihn wiederum seinem Bruder zuspielte, der ihn weiter an Tomlin gab, während die Jungen laut die Ballwechsel mitzählten.

»... fünfunddreißig, sechsunddreißig ...«, zählte Frederick gerade und Miss Williams, die inzwischen wieder zu Atem gekommen war, feuerte die drei an.

»Brava! Miss Dallaway, Sie sind ein Naturtalent!«

»Beschreien Sie es nicht!«, rief Clara lachend, während sie einige Schritte laufen musste, um den Ball noch eben mit dem Schläger zu erwischen.

»... siebenundvierzig, achtundvierzig ...o nein! Zu dumm!«, rief Robert, als Frederick den Ball verfehlte und dieser im Gras landete.

»Nicht schlecht!«, hörte Clara eine männliche Stimme, begleitet von leisem Händeklatschen.

»Alex!«, riefen die Jungen und winkten ihrem Bruder fröhlich zu.

Clara machte rasch einen kurzen Knicks.

»Lord Guilsborough.«

Auch Miss Williams machte Anstalten sich zu erheben, um den jungen Lord zu begrüßen, doch der winkte ab.

»Bleiben Sie sitzen, Miss Williams. Ich habe Sie in meiner Kindheit genug gequält.«

»Wohl wahr, Ihre Streiche haben mir einige graue Haare eingebracht, Mylord.« Die Kinderfrau lachte herzlich. »Aber darüberhinaus waren Sie doch eine wahre Wonne. Ich hatte keinen Grund zur Klage.«

»Die Erinnerung verklärt so einiges«, lachte Lord Alexander. »Aber ich wollte das Spiel nicht unterbrechen. Wie steht der Rekord?«

»Einhundertfünfzig«, erwiderte Robert stolz. »Aber ich fürchte, die werden wir heute nicht mehr schlagen.«

»Noch einen Versuch«, bat Frederick.

»Na gut. Aber dann spielen wir etwas anderes. Alex, du spielst doch mit uns, nicht wahr?«

»Nun, eigentlich hatte ich andere Pläne. Aber, wie ich sehe, bin ich da nicht der Einzige.« Grinsend hob er den Roman in die Höhe, den Clara auf dem Tisch abgelegt hatte. »Ich darf doch annehmen, dass dies Ihr Buch ist, Miss Dallaway? Nun, ich wusste, Sie teilen meine Meinung, was die Literatur angeht.«

Clara fühlte sich ertappt und ignorierte die Bemerkung. Sie hob den Ball auf.

»Gegen eine Runde Bowls sollte nichts einzuwenden sein«, schlug Lord Alexander vor. »Miss Dallaway, Miss Williams und ich gegen euch zwei und Mister Tomlin.«

Clara wollte protestieren und einwenden, dass sie nicht zum Spielen in den Garten gekommen war, doch der Vorschlag rief bei den Jungen eine solche Begeisterung hervor, dass sie sich schließlich geschlagen gab. Miss Williams zog es vor, als Schiedsrichterin zu fungieren.

Der Jack wurde geworfen und die erste Runde begann. Während das gegnerische Team am Zug war, trat Lord Alexander zu Clara.

»Dann sind wir wohl ein Team. Holen wir den Sieg, Miss Dallaway!«, rief er. Dann beugte er sich näher zu ihr und senkte die Stimme. Gregory Tomlin beäugte die beiden argwöhnisch.

»Einen interessanten Titel hat das Buch, das Sie da lesen ... ‚Selbstkontrolle‘. Ist das Ihre herausragendste Eigenschaft, oder eher etwas, das Sie vergeblich anstreben?«

Dabei hatte er einen derart schelmischen Ausdruck im Gesicht, dass Clara ihm die Provokation nicht einmal übelnehmen konnte.

»Woher wollen Sie überhaupt wissen, dass es mein Buch ist? Es könnte genausogut Miss Williams gehören«, entgegnete Clara, indem sie die Frage ignorierte.

»Weil ich Miss Williams kenne und mir nicht vorstellen kann, dass sie größere Anstrengungen unternimmt, um einen Roman zu erwerben. Und ich hörte, Mrs Bruntons Roman sei derart en Vogue, dass es schwer ist, überhaupt ein Exemplar zu ergattern.«

Clara musste lachen.

»Brillant geschlussfolgert. Sie hätten Detektiv werden sollen. Lady Beresford, die Cousine meiner Mutter, erzählte mir von dem Roman und hat mich neugierig gemacht, daher habe ich sie gebeten, mir ihre Ausgabe zu schicken, sobald sie sie ausgelesen hat.«

»Nun bin ich neugierig auf Ihr Urteil über die Lektüre.« Lord Alexander hatte den Kopf schiefgelegt und sah Clara prüfend an.

»Da muss ich Sie enttäuschen, Mylord. Ich kam ja nicht dazu, hineinzusehen.«

Alexander nahm die Kugel auf, zielte und warf. Er sah enttäuscht aus.

»Das war nicht gerade ein Glanzstück. Offenbar bin ich nicht ganz bei der Sache.« Dabei sah er sie von der Seite an und lächelte. »Jetzt kommt es auf Sie an, Miss Dallaway.«

Clara nahm ihre Kugel und holte Schwung, doch auch ihr Wurf gelang nicht besonders.

»Oje, ich fürchte, ich habe den Mund etwas zu voll genommen, als ich unseren Sieg proklamierte.« Alexander lachte.

»Es ist keine Schande, zu verlieren, Mylord. In den Fabeln von de La Fontaine heißt es: *Man läuft Gefahr, zu verlieren, wenn man zu viel gewinnen möchte*«, gab Clara zurück.

»Sie haben recht. Und dem ersten Duke of Clarence schreibt man die Weisheit zu, dass niemand ein Verlierer ist, wenn er Freunde hat.« Alexander lächelte sie verschmitzt an. »Ich wäre geneigt, ihm zuzustimmen, wenn ich mich Ihrer Freundschaft erfreuen dürfte.«

»Sie dürfen, Lord Guilsborough.« Claras Lippen hatten die Worte geformt, noch ehe ihr Verstand Gelegenheit gehabt hatte, ihre Angemessenheit zu prüfen.

»Sie wissen, die Freundschaft einer Frau, die aus dem Stegreif de La Fontaine zitieren kann, ist in meinen Augen nicht zu unterschätzen«, entgegnete Lord Alexander mit gesenkter Stimme. »Meine Mutter mag den Wert einer literarischen Bildung verkennen, aber ich schwöre: Sollte ich jemals heiraten, dann nur eine belesene Frau.«

Clara beschloss, die Bemerkung zu übergehen, und wandte verschämt den Blick ab. Sie gab vor, sich für den Spielverlauf zu interessieren, beschattete ihre Stirn mit der Hand und reckte sich, um zu sehen, wie sich das gegnerische Team geschlagen hatte.

Tomlin, der seinen Wurf gerade beendet hatte, räusperte sich vernehmlich und sah zu ihnen hinüber.

»Ihre Lordschaft sind an der Reihe.«

15

Mütterliche Besorgnis

Lady Wiltmore zupfte den Vorhang wieder zurecht und trat vom Fenster weg.

»Du solltest ein ernstes Wort mit deinem Sohn reden, George«, wandte sie sich an den Earl, der in seinem Sessel saß und Zeitung las.

»Was hat er denn jetzt wieder angestellt?«, brummte Lord Wiltmore, machte sich aber nicht die Mühe, die Zeitung herunterzunehmen.

»George!«, rief die Countess indigniert. »Es interessiert dich überhaupt nicht, was ich zu sagen habe.«

Der Earl seufzte und schlug die Ecke der Zeitung herunter.

»Entschuldige. Natürlich interessiert mich, was du zu sagen hast, meine Liebe. Warum glaubst du, dass ich mit Alexander reden sollte?«

»Es gefällt mir nicht, wie er mit der Gouvernante herumpoussiert.«

»Alexander ist ein höflicher junger Mann, er poussiert nicht, er ist freundlich.«

»Das sagst du, weil du ein Mann bist, und ihr für Subtilität nicht empfänglich seid. Ich sage dir, er poussiert. Sieh ihn dir an, wie er um sie herumstreift wie ein liebestoller Kater.« Mit einer fahrigen Geste deutete sie zum Fenster.

»Selbst wenn. Wer möchte es ihm verdenken. Sie ist eine attraktive Erscheinung.«

Der Blick, den Lady Wiltmore ihrem Gatten zuwarf, hätte ohne Weiteres seine Zeitung in Brand setzen können.

»George! Ich höre wohl nicht richtig. Nun muss ich Lady Pomfret im Nachhinein doch recht geben. Auch wenn ich die alte Fregatte nicht leiden kann. Aber das muss man ihr lassen. Sie hat mich gewarnt.«

Lord Wiltmore konnte nur mit Mühe ein Lachen unterdrücken. Umständlich legte er die Zeitung zusammen.

»Wovor hat dich Lady Pomfret gewarnt, mein Rehlein?«

»Du sollst mich nicht so nennen!«, schnappte Lady Wiltmore. »Stellen Sie bloß nicht so ein junges Ding ein! Nehmen Sie eine Alte oder wenigstens eine unscheinbare graue Maus. Eine junge, attraktive Gouvernante im Haus bringt nur Ärger und verdreht womöglich noch dem Hausherrn den Kopf. Das hat sie gesagt, die alte Schreckschraube, und ich habe sie nicht für voll genommen. Und jetzt muss ich einsehen, dass sie recht hatte.«

Der Earl lachte.

»Aber Charlotte! Nur weil ich festgestellt habe, dass Miss Dallaway eine attraktive Erscheinung ist, heißt das noch lange nicht, dass ich ihr nachsteigen möchte.« Lord Wiltmore erhob sich und umfasste die Taille seiner Frau. »Ich habe das schönste Mädchen Englands geheiratet und meine Wahl keinen Tag bereut.«

»Ach, hör auf, du alter Lügenbeutel.« Doch Lady Wiltmore musste lächeln. »Du bist ebenso unbesonnen und blauäugig wie dein Sohn und nimmst die Sache überhaupt nicht ernst.«

»Warum sollte ich mir über Dinge den Kopf zerbrechen, die sich ohnehin meinem Einfluss entziehen? Alexander wird tun, was er für richtig hält.«

»Du bist viel zu nachgiebig mit ihm«, meinte Lady Wiltmore. »Kein Wunder, dass er nichts als Unsinn im Kopf hat. Vielleicht sollten wir uns einfach nach einer neuen Gouvernante umsehen. Das könnte eine Menge Ärger ersparen.«

»Ich werde nichts dergleichen tun!«, widersprach der Earl in ungewohnt strengem Ton. »Miss Dallaway ist eine ausgezeichnete Lehrerin, und Sarah und Georgiana haben sie ins Herz geschlossen.«

»Wie du meinst. Doch ich wünsche nicht, dass Miss Dallaway an der heutigen Abendgesellschaft teilnimmt«, bestimmte die Countess. »Es ist schlimm genug, dass du sie an unseren Familientisch geholt hast. Alexander ist imstande und brüskiert Lady Louisa, weil er sich lieber mit einer Gouvernante unterhält als mit seiner zukünftigen Frau.«

»Daher weht also der Wind«, lachte der Earl. »Du siehst deinen kunstvollen Eheanbahnungsplan bedroht. Aber vielleicht darf ich dich daran erinnern, dass ich auch nicht die Frau geheiratet habe, die meine Mutter für mich ins Auge gefasst hatte.«

»Das ist doch etwas vollkommen anderes!«, entrüstete sich Lady Wiltmore. »Diese Frau ist so gut wie mittellos.«

»Das Resultat unglücklicher Umstände. Ich hoffe, das wirst du ihr nicht zum Vorwurf machen. Aber wenn es dich beruhigt, dann werden Sarah und Georgiana heute ohne sie an der Gesellschaft teilnehmen. Im Übrigen glaube ich, dass unser Alexander einen klugen Kopf auf den Schultern hat, und schon die richtigen Entscheidungen treffen wird, was seine Zukunft anbelangt.«

»Und wenn nicht?« Lady Wiltmore zog eine Augenbraue in die Höhe.

»Wenn nicht, wird jede Ermahnung von unserer Seite bei ihm wirken wie eine Ermunterung. Der Junge hat nämlich deinen Dickkopf geerbt.« Der Earl drückte seiner Frau einen zärtlichen Kuss auf die Stirn, doch sie wehrte ihn ab.

»Das würdest du doch wohl nicht einfach hinnehmen!«, empörte sich die Countess. »Ich möchte meinen, wir haben Mittel und Wege, ihn zur Vernunft zu bringen.«

»Wenn du damit andeuten willst, ich solle ihn zur Räson bringen, indem ich ihn enterbe, sollte er sich nicht fügen, dann betrachte diese Unterhaltung als beendet. Ich werde nicht riskieren, mit meinem Sohn zu brechen, weil ich mich vor einigen Spöttern fürchte. Die werden schnell genug andere Dinge finden, über die sie sich die Mäuler zerreißen können. Es gibt weitaus schlimmere Dinge als eine nicht ganz standesgemäße

Frau.« Damit beendete der Earl die Diskussion. Lady Wiltmore stand die Verärgerung ins Gesicht geschrieben, doch sie gab sich vorerst geschlagen.

»Wir sollten uns langsam umziehen. In drei Stunden werden die ersten Gäste eintreffen.« Noch einmal trat Lady Wiltmore ans Fenster. »Ich werde Alexander hereinrufen lassen.«

Mit einem grimmigen Zug um den Mund, griff die Countess nach der Klingelschnur.

16

Abendliche Lektüre

Clara legte das Buch zur Seite. Ohne Frage war es kunstvoll geschrieben, doch die Handlung wirkte recht konstruiert und moralisierend. Womöglich war es auch ihrer Gemütsverfassung geschuldet, dass sie so kritisch mit Mrs Bruntons Roman war. Sie musste sich eingestehen, dass sie doch sehr enttäuscht gewesen war, als Lady Wiltmore ihr mitgeteilt hatte, dass ihre Dienste für den heutigen Abend nicht benötigt würden.

Dabei hatte sie begonnen, sich auf die Gesellschaft zu freuen, auch wenn sie nicht eigentlich Anteil hätte nehmen können. Wenn sie ehrlich war, so hatte ihre Vorfreude auf den Abend vor allem dem Umstand gegolten, dass sie Gelegenheit gehabt hätte, mit Lord Guilsborough zu plaudern. Sie musste zugeben, dass der Viscount ihr gefiel.

Womöglich war es klüger, sich nicht einer gefährlichen Illusion hinzugeben. Es war vermutlich um ihrer selbst willen besser, sich von Lord Guilsborough fernzuhalten, und sich spätere Enttäuschungen zu ersparen.

Dieser Entschluss hatte sich nur noch verfestigt, als Clara vom Fenster aus beobachtet hatte, wie eins nach dem anderen die Gespanne vorfuhren und die Gäste in eleganten Kleidern und aufwändiger Toilette ausstiegen. Darunter auch eine besonders elegante junge Dame in einem pfirsichfarbenen Kleid, ein bildhübsches Wesen mit kunstvoll aufgesteckten, honigblonden Locken und einem entzückenden Lachen. Dem Gefährt und der Kleidung nach zu urteilen, war die Dame mit weit mehr Vermögen gesegnet, als Clara je hätte hoffen können. Sie stellte sich vor, wie Lord Guilsborough eine amüsante Anekdote zum Besten gab und die Pfirsichdame mit dem Engelsgesicht ihm dieses Lächeln schenkte. Gegen ein solch zauberhaftes Geschöpf musste Clara in ihrem schlichten grauen Kleid und dem streng zurückgesteckten Haar wie Aschenputtel wirken. Wie hatte sie sich einbilden können, dass ein Mann wie Lord Guilsborough sich auch nur im Entferntesten für sie interessieren könnte? Selbst wenn er es täte, eine solche Verbindung hätte ohnehin keine Zukunft. Sie bewegten sich in unterschiedlichen Welten und seine wurde von Damen wie dem Pfirsichengel bevölkert. Clara seufzte und nahm das Buch wieder auf, legte es jedoch bereits nach ein paar Seiten wieder weg. Es konnte sie einfach nicht genug fesseln. Doch es war noch zu früh, um sich schlafen zu legen. Die Gesellschaft unten war bereits in vollem Gange. Musik und das Gelächter drangen durch die geöffneten Fenster und hallten im Hof wider. Offenbar wurde gerade gesungen.

Sie überlegte, ob sie Mrs Brunton lieber bei besserer Laune noch eine Chance geben und sich leichtere Lektüre holen sollte. Der Earl hatte Clara erlaubt, jederzeit die Bibliothek zu benutzen, und jetzt musste sie nicht damit rechnen, dort jemanden zu stören.

Sie stieg die Treppe hinunter, durchquerte die Halle und den Flur, der zur Bibliothek führte und schlüpfte durch die Tür. Es war niemand zu sehen. Der orangerote Schein der untergehenden Sonne fiel durch die Fenster und zeichnete leuchtende Rechtecke auf den Boden. Es mochte etwas nach acht Uhr sein.

Clara drehte die Lampe heller und hob sie hoch, um die Titel der Bücher besser lesen zu können, als sie hinter sich ein Rumpeln und einen unterdrückten Fluch hörte. Sie fuhr herum.

»Ist da jemand?«, rief sie.

»Miss Dallaway? Sind Sie das?« Die Stimme kam aus dem Billardzimmer, das an die Bibliothek angrenzte.

In der Tür erschien Alexander Ilsley, der verschwörerisch lächelte und den Zeigefinger über die Lippen legte.

»Lord Guilsborough!« Claras Herz beschleunigte seinen Schlag merklich. Ihr Mund fühlte sich trocken an. »Sie haben mich erschreckt.«

»Pssst! Verraten Sie mich nicht, Miss Dallaway. Ich habe mich für einen Augenblick davongestohlen«, flüsterte der Viscount. »Ich habe mich entsetzlich gelangweilt.«

Clara musste lachen.

»Und da verstecken Sie sich im Billardzimmer?«

»Nein. Ehrlich gesagt habe ich mich im Flur herumgedrückt, als ich plötzlich Schritte hörte. Das müssen Sie gewesen sein.«

»Ich wollte mir rasch etwas zu lesen holen. Ihr Vater hat mir gestattet, jederzeit die Bibliothek zu benutzen«, erklärte Clara.

»Haben Sie den Roman etwa so schnell beendet? Dann muss er gut sein.« Lord Alexander trat zu ihr heran und lehnte sich an das Regal.

»Um ehrlich zu sein — er konnte mich bisher nicht recht fesseln. Doch wahrscheinlich tue ich Mrs Brunton Unrecht. Ich finde es heute Abend einfach schwer, mich zu konzentrieren.«

»Dann sind wir schon zwei, Miss Dallaway«, sagte Alexander leise. Ein schwer zu deutendes Lächeln spielte um seine Mundwinkel. »Und ich fürchte, Sie sind nicht ganz unschuldig daran.«

Claras Herz machte einen Satz, und sie starrte ihn entgeistert an. Sie wusste nicht, was sie darauf entgegnen sollte.

»Ich sollte gehen, Lord Guilsborough«, sagte sie.

»Ohne die Lektüre, wegen der sie gekommen sind?« Alexander lächelte und begann, im Regal nach etwas zu suchen. Nach einer Weile zog er einen Band heraus.

»Es tut mir leid, Mylord. Ich möchte nicht respektlos erscheinen, aber ich habe das Gefühl, Sie machen sich über mich lustig, und würde Sie bitten, es zu unterlassen.«

Er runzelte die Stirn.

»Ihr Vorwurf trifft mich, Miss Dallaway. Ich wüsste nicht, in welcher Weise ich mich auf Ihre Kosten amüsiert haben sollte.«

»Sie haben mich neulich im Salon und beim Abendessen in Verlegenheit gebracht und ...«

»Ich gebe zu, das war ungehörig von mir. Ich wollte Sie lediglich etwas aus der Reserve locken«, gab Alexander zu.

»Um sich über mich lustig zu machen ...«

»Mitnichten. Vielmehr interessiert mich Ihre Meinung. Sie wirken wie eine Frau, die eine Menge zu sagen hat. Man sieht förmlich, wie es hinter Ihrer Stirn arbeitet.« Er hob die Hand und tippte sich an die Schläfe. »Wenn ich Sie mit meinem Verhalten in eine unangenehme Situation gebracht habe, entschuldige ich mich dafür. Ich würde einfach gern mehr über Sie erfahren.«

»Lord Guilsborough! Bitte!« Clara schluckte gegen den Kloß in ihrem Hals an. Diese Situation weckte ungute Erinnerungen an den Vorfall in Woodcote Hall. »Bringen Sie mich nicht in Schwierigkeiten.« Alexander runzelte die Stirn. »Nichts läge mir ferner. Es ist mir ernst. Ich würde Sie sehr gern näher kennenlernen, weil ich glaube, dass Sie eine interessante Person sind.«

»Mylord, ich fühle mich geschmeichelt, doch wir wissen beide sehr gut, dass dies zu nichts führen kann.«

»Warum nicht? Weil Sie weniger Glück im Leben hatten als ich?« Alexander schüttelte den Kopf. »Ich glaube daran, dass der Wert eines Menschen sich nach seinem Wirken in der Welt bemisst und nicht nach der Geburt. Was nützen all die Bildung und die klugen Worte, wenn wir sie nur dazu einsetzen, die Wahrheit zu verschleiern, dass wir letztlich alle gleich sind? *Die Menschen bedienen sich des Gedankens nur, um ihre Ungerechtigkeiten zu begründen, und sie wenden die Worte nur an, um ihre Gedanken zu verbergen.*«

Clara zog spöttisch eine Augenbraue hoch. »Ist das von Ihnen?« »Voltaire.«

»Glauben Sie wirklich daran, dass es keine Standesunterschiede mehr geben sollte und alle Menschen gleich sind? Es ist doch nicht jeder gleichermaßen dazu berufen, andere anzuführen oder Verantwortung zu übernehmen.«

»Da stimme ich Ihnen vollkommen zu. Doch ein Adelstitel oder ein gut gefülltes Bankkonto machen Sie nicht automatisch zu einer verantwortlicheren oder klügeren Person. Ihr Status in der Gesellschaft sollte sich nicht danach bemessen.« Ein Schmunzeln erschien plötzlich auf seinem Gesicht.

» Sehen Sie? Nun diskutieren Sie doch. Ich vermute, Sie brauchen die intellektuelle Herausforderung ebenso wie ich. Und in Ihrem Innern wissen Sie genau, dass Sie um keinen Deut weniger wert sind als ich oder sonst jemand in diesem Hause.«

»Möglich«, gab Clara zu. »Doch die Dinge sind, wie sie sind, und es ist nicht an mir, sie zu ändern. Hoffen Sie etwa auf eine blutige Revolution wie seinerzeit in Frankreich?«

»Nein. Ich gehe davon aus, dass sich die Dinge mit der Zeit von selbst ändern werden. Die Vernunft wird sich durchsetzen. Gerechtigkeit hat einen langen Atem.« Alexander lächelte. »Jeder einzelne von uns kann nur kleine Schritte unternehmen, doch auch die führen früher oder später ans Ziel. Mit sanfter Hartnäckigkeit erreicht man bisweilen mehr als mit roher Gewalt. Finden Sie nicht auch?«

»Ich sollte wirklich jetzt gehen.« Clara wandte sich um.

»Sie haben noch immer keine Lektüre.« Alexander drückte ihr das Buch in die Hand, das er zuvor aus dem Regal gezogen hatte. Dabei streifte sein Finger ihr Handgelenk. Hastig zog Clara die Hand zurück.

»Mary Wollstonecraft. *Die Verteidigung der Frauenrechte*«, las sie.

»Eine äußerst kluge Frau. Sie hat übrigens auch einige Zeit als Gouvernante gearbeitet. Ich sollte jetzt auch gehen, bevor man nach mir sucht. Gute Nacht, Miss Dallaway.«

17

Leerstellen

Mit zittrigen Beinen und klopfendem Herzen lief Clara die Stufen zu ihrem Zimmer hinauf. Wild jagten die Gedanken in ihrem Kopf umher, ohne dass sie auch nur einen klar zu fassen bekam. In ihrem Zimmer ließ sie sich in den Sessel fallen und betrachtete das schmale, ledergebundene Bändchen in ihren Händen.

Entschlossen schüttelte sie den Kopf und legte es auf den Tisch. Nein, sie durfte nicht zulassen, dass sie sich falsche Hoffnungen machte. Lord Guilsborough mochte ein Freigeist sein und überzeugt von dem, was er sagte. Es war verführerisch, zu glauben, dass man sich so ohne Weiteres über Standesunterschiede hinwegsetzen könnte. Lord Guilsborough hatte Recht. Auch wenn Clara nicht dem Hochadel entstammte und weder Vermögen noch modische Kleider besaß, wusste sie in ihrem Innern, dass sie in keiner Weise weniger wert war als eine Countess, eine Marchioness oder sogar eine Duchess. Ebenso wenig machte ihre herausgehobene Stellung unter den Bediensteten sie zu einem besseren oder wertvolleren Menschen. Doch es war nicht an ihr, jahrhundertealte Ordnungen und Traditionen zu hinterfragen. Sie war keine Kämpfernatur vom Schlag einer Mary Wollstonecraft. Und sie war sich sicher, dass Lord Alexander genausowenig zum Umstürzler und Revolutionär taugte wie sie. Die Realitäten würden ihn einholen, und er würde sich letzten Endes in die Notwendigkeiten fügen. So aufregend und romantisch es war, zu glauben, zwischen ihnen könnte sich entgegen der gesellschaftlichen Konvention etwas entwickeln. In letzter Konsequenz musste es zu bitterer Enttäuschung führen. Sie sollte sich diesen Gedanken schnellstens aus dem Kopf schlagen. Tränen schossen ihr in die Augen. Es war so ungerecht! Bei keinem der Männer, denen sie bisher begegnet war, hatte sie eine solche Aufregung empfunden, keiner hatte ihr Herz schneller schlagen lassen. Sie musste zugeben, dass sie ein wenig verliebt war. Nur was nützte es? Es hatte überhaupt keinen Sinn, sich in falsche Erwartungen hineinzusteigern.

Selbst wenn es ihm ging wie ihr, früher oder später war eine solche Verbindung zum Scheitern verurteilt. Dafür würden schon seine Eltern sorgen. Dennoch war da ein kleiner Funke der Hoffnung in ihrem Herzen, den sie nicht ersticken konnte. Sie war sich sicher, dass auch er etwas für sie empfand.

Clara stützte den Kopf in die Hände und seufzte.

»O Alexander, ich wünschte, ich wäre mutiger!«, flüsterte sie.

Als sie am nächsten Morgen ins Schulzimmer kam, wartete dort, wie so oft in diesen Tagen, Gregory Tomlin auf sie.

»Guten Morgen, Mister Tomlin.« Clara bemühte sich, nicht unfreundlich, aber dennoch distanziert zu klingen.

»Miss Dallaway.« Er schlug das Buch zu, in dem er gelesen hatte, und klemmte es unter den Arm. Mit gewisser Zufriedenheit stellte sie fest, dass er immerhin dazu übergegangen war, sie nicht mehr beim Vornamen zu nennen. Womöglich hatte er es doch aufgegeben, sie umzustimmen zu wollen. »Wie geht es Ihnen? Hatten Sie einen angenehmen Tag gestern?«

Clara runzelte die Stirn. Auf seinem Gesicht lag ein Ausdruck, den sie schwer deuten konnte.

»Vielen Dank, Mister Tomlin. Ja, sehr angenehm. Der unerwartete freie Nachmittag war eine willkommene Überraschung.«

»Ja. Sie schienen ihn zu genießen.«

In Tomlins Blick lag eine Herausforderung.

»Das habe ich«, entgegnete Clara knapp. Sie wusste nicht, worauf er hinauswollte. Schließlich hatte sie nichts Ungehöriges getan.

»Sie schienen recht vertraut mit Lord Guilsborough«, bemerkte Mr Tomlin. Bevor Clara etwas entgegnen konnte, hob er die Hand und fuhr fort. »Ich weiß, es geht mich nichts an, und ich sollte mich nicht in Ihre privaten Angelegenheiten einmischen. Doch an meinen Gefühlen hat sich nichts geändert. Sie liegen mir am Herzen, und ich möchte nicht, dass Sie sich unglücklich machen.«

»Ich fürchte, ich verstehe nicht«, entgegnete Clara. »Warum sollte ich mich unglücklich machen?«

»Nun, ich kann mir vorstellen, dass es recht schmeichelhaft ist, wenn ein Gentleman von Lord

Guilsboroughs Format Ihnen seine Aufmerksamkeit zuteilwerden lässt. Doch ich fürchte, er könnte falsche Erwartungen bei Ihnen wecken.« Gregory Tomlin zog eine Augenbraue hoch und sah Clara prüfend an.

»Ihre Besorgnis um meinetwillen in allen Ehren, Mr Tomlin, aber ich bin mir meiner Stellung durchaus bewusst, und es liegt mir fern, mir in irgendeiner Form unangemessene Hoffnungen zu machen«, wehrte Clara ab. Sie versuchte, nicht zu defensiv zu klingen.

»Dennoch möchte ich Sie eindringlich warnen. Gentlemen wie Lord Guilsborough suchen den Nervenkitzel. Es kommt ihrem sportlichen Ehrgeiz zupass, die Konvention herauszufordern. Nicht umsonst ist die Jagd ein beliebter Zeitvertreib in diesen Kreisen. Allerdings bleibt sie ein Zeitvertreib, liebe Miss Dallaway, dessen sind Sie sich hoffentlich bewusst. Verzeihen Sie mir, wenn ich derart delikate Dinge schonungslos anspreche. Nicht selten machen Gentlemen Frauen von niedrigerem Stand den Hof, um sich die sprichwörtlichen Hörner abstoßen, bevor sie eine Ehe mit einer standesgemäßen Frau eingehen.«

»Vielen Dank für diese offenen Worte, Mr Tomlin«, erwiderte Clara kühl. »Doch ich denke, es bedarf Ihrer Warnungen nicht. Vielleicht sollten Sie jetzt besser gehen.«

»Wie Sie wünschen.« Tomlin deutete eine Verbeugung an. »Dann werde ich Sie in Zukunft nicht mehr damit behelligen. Mir bleibt nur zu hoffen, dass Sie erkennen werden, dass mich nur die Sorge um Sie umtreibt.«

»Danke, Mr Tomlin. Ich weiß Ihre Fürsorge zu schätzen und wünsche Ihnen einen angenehmen Tag.«

Clara war wütend, dass er sich derart in ihre persönlichen Angelegenheiten einzumischen suchte. Und doch hatten Tomlins Worte sich wie ein Stachel unter ihre Haut geschoben. Der Gedanke war leider nicht abwegig. Alexander gefiel sich darin, den Rebellen zu geben und gegen seine Eltern aufzubegehren. Womöglich war sie eine willkommene Gelegenheit, seiner Mutter zu trotzen. Allerdings wäre er nicht der Erste, der seine Prinzipien verriete, um Privilegien zu schützen.

Auch wenn es anmaßend war, dass Tomlin ihr in ihren persönlichen Belangen Ratschläge erteilte, musste sie ihm in der Sache recht geben. Sie ersparte sich Kummer, wenn sie ihre Gefühle für Lord Guilsborough im Keim erstickte, auch wenn es ihr jetzt schwerfiel. Wie bei einem Splitter, den man entfernen musste, bevor er eine Entzündung hervorrief, würde es nur mit jedem Tag schwerer und schmerzlicher werden.

Wenn sie schon nicht vermeiden konnte, ihm zu begegnen, würde sie doch wenigstens ihr Möglichstes tun, nicht wieder mit dem Viscount allein zu sein.

Kurz darauf betraten Lady Sarah und Lady Georgiana das Schulzimmer und der Unterricht begann. Sie waren von den Erlebnissen des Abends noch ganz aufgekratzt und wollten Clara unbedingt davon berichten. In dem Wissen, dass sie sich sonst ohnehin nicht würden konzentrieren können, ließ sie die jungen Damen gewähren.

»Wir haben Charaden gespielt. Es war urkomisch. Sie hätten dabei sein müssen!«, rief Sarah.

»Und Lady Townshend hat ein Lied vorgetragen. Sie hat schrecklich schief gesungen, es war kaum zu

ertragen. Sarah und ich mussten uns so zusammenrei-
ßen, um nicht laut loszulachen.«

Clara versuchte, Georgiana streng anzusehen, doch es
wollte ihr nicht recht gelingen, so lebhaft schilderte das
Mädchen die Tortur, die sie bei Lady Townshends Vortrag durchgestanden hatten.

»Aber Lady Louisa hat uns dafür hundertmal entschä-
digt«, schwärmte Sarah. »Sie hat eine zauberhafte
Stimme. Wir konnten alle gar nicht genug davon bekommen! Überhaupt ist sie unglaublich elegant und
sehr hübsch.«

»Ich wette, Alexander wird sie heiraten.« Georgiana
kicherte. »Er hat sie immer so angesehen. Und dann hat
er immer genickt, wenn sie etwas gesagt hat.«

»Georgiana! Du bist indiskret!«, schalt ihre Schwester
sie.

»Na, was denn! Ich sage doch nichts, was nicht jeder
mit gesunden Augen sehen konnte. Er war sehr um sie
bemüht und ganz verzückt, als sie gesungen hat. Einmal hat er sogar die Augen geschlossen.«

Clara fühlte einen Stich und musste sich Mühe geben,
dass ihr Lächeln nicht entgleiste.

»Ich denke, das reicht, Lady Georgiana«, sagte sie.
»Wir wollen Ihrem Bruder doch nicht zu nahetreten.«

»Beim Rätselraten ist Lady Louisa aber ein wenig
schwer von Begriff«, gab Georgiana noch zu Protokoll,
was Clara heimlich ein gewisses Gefühl der Genugtuung verschaffte.

»Am Ende wurde sogar noch getanzt. Es war herrlich!«, begeisterte sich Lady Sarah. »Und ich muss zugeben, Alexander und Lady Louisa gaben ein äußerst elegantes Paar ab. Sie ist eine hervorragende Tänzerin.

Diese Haltung und Grazie! Ich weiß nicht, ob ich das je erreichen werde — bei ihr wirkt es so unangestrengt und leicht, und jeder Schritt sitzt perfekt. Doch wir haben uns auch recht ordentlich angestellt, denke ich. Mama hat gesagt, unsere Tanzstunden zahlen sich offensichtlich aus.«

Clara begann, sich zu fragen, ob es irgendetwas gab, worin Lady Louisa nicht brillierte. Ob Alexander von ihr ähnlich berauscht war wie seine Schwester? Allen guten Vorsätzen zum Trotz ließ es Clara nicht kalt, zu hören, wie prächtig sich Alexander offenbar mit Lady Louisa amüsiert hatte. Allerdings bestärkte es sie in ihrem Entschluss.

»Alexander hat uns versprochen, uns zu zeigen, wie man richtig auf einem Ball tanzt. Mit einem Herrn«, verkündete Georgiana.

»Das ist sehr nett von ihm. Aber nun sollten wir uns wieder dem Unterrichtsstoff zuwenden, nicht wahr?«

Am Nachmittag begleitete Clara die Mädchen zur Tanzstunde in den Ballsaal. Die jungen Damen aus der Nachbarschaft, die am Tanzunterricht auf Lynham Hall teilnahmen, waren bereits versammelt und warteten darauf, dass Mr Wilson, der Tanzlehrer, die Lektion eröffnete.

»Wir beginnen mit The Jubilee, meine Damen. Die Figuren wie beim letzten Mal.«

Als die Nummern gezogen waren, nahmen alle Tänzerinnen paarweise ihre entsprechenden Positionen in der Reihe ein. Miss Kitty und Lady Lavinia, zwei der jungen Damen aus der Nachbarschaft, eröffneten den Tanz als erstes Paar am Kopf der Reihe, und Mr Wilson gab dem Musiker am Pianoforte mit einem Kopfnicken zu verstehen, dass der Tanz beginnen konnte.

Die Mädchen verneigten sich und begannen die erste Figur.

»Mehr Grazie, Miss Kitty!«, tadelte Mr Wilson. »Sie sind hier zum Tanzen, nicht zum Tresterstampfen.«

»Lady Lavinia, konzentrieren Sie sich auf die Schritte. Federn, nicht laufen. Es soll kein Spaziergang werden.«

Sie hatten noch nicht lange getanzt, als ein Räuspern von der Tür zu hören war und Lord Guilsborough in den Ballsaal trat.

Die Mädchen hielten im Tanz inne und begannen sofort, die Köpfe zusammenzustecken, zu tuscheln und zu kichern. Mister Wilson sah sich genötigt, den Pianisten zu unterbrechen und die jungen Damen zur Ordnung aufzurufen.

»Verzeihen Sie, Mr Wilson. Ich wollte den Tanz nicht stören, aber ich wurde aufgehalten. Ich habe ein Versprechen einzulösen, da ich mich gestern Abend bereiterklärte, mich als Partner für meine Schwestern anzubieten. Sozusagen als Demonstrationsobjekt.«

»Exzellent, Lord Guilsborough. Leider haben wir bereits begonnen. Wenn Sie erlauben, werden wir den Tanz beenden, danach können Sie sich Ihren Schwestern gern als Partner zur Verfügung stellen.«

Alexanders Blick fiel auf Clara, die noch auf ihrem Platz saß.

»Nun, wie ich sehe, hat Miss Dallaway noch keinen Partner. Da wir einander vorgestellt wurden, spricht nichts dagegen, wenn ich Sie auffordere. Was wird getanzt?«

»The Jubilee, Mylord.«

Clara zuckte unwillkürlich zusammen. Doch Alexander kam auf sie zu.

»Darf ich Sie um diesen Tanz bitten, Miss Dallaway?«

»Nun, ich ... also ...«, stotterte Clara.

»Abzulehnen wäre ein gewaltiger Affront. Sie wollen den jungen Damen doch kein schlechtes Beispiel geben«, flüsterte er und lächelte herausfordernd. Dabei sah er aus wie ein kleiner Junge, der sich über einen gelungenen Streich freute, und Clara konnte nicht anders, als sein Lächeln zu erwidern.

»Das wäre in der Tat eine Ungehörigkeit, Mylord.«

Sie legte ihre Hand in seine und ließ sich von ihm auf die Tanzfläche führen, wo sie sich als letztes Paar einreihten.

Mr Wilson gab dem Pianisten erneut ein Zeichen und die Musik begann. Für einen Augenblick hielt sich der lausbübische Ausdruck in Alexanders Gesicht, als er Clara gegenüberstand. Dabei sah er ihr unverwandt in die Augen. Schließlich nahm er eine ernstere, dem Ballsaal angemessenere Miene an, doch in seinen Augen spielte noch immer der Schalk.

»Wir sollten uns wohl in höflicher Konversation ergehen, Miss Dallaway«, sagte er, als sie für die Drehung ihre Hand in seine legte. »Ein schwieriges Unterfangen, stimmen Sie mir nicht zu?«

In seinem Blick lag eine Herausforderung. Es war offensichtlich, dass er auf einen verbalen Schlagabtausch aus war. Und sie wusste, dass sie gut daran täte, die Herausforderung zu ignorieren, aber sie konnte es einfach nicht lassen.

»Schwierig, Mylord? Welcher Teil davon birgt für Sie die Schwierigkeit: sich zu unterhalten, oder dabei die Höflichkeit zu wahren?«

»Letzteres. Die Konvention verbietet so viele interessante Gesprächsthemen. Jedenfalls scheint mir, dass die Zahl der unangemessenen Themen die der akzeptablen weit überwiegt.«

»Die Kunst der gepflegten Unterhaltung, liegt doch genau darin, es bei der Andeutung zu belassen, Mylord.« Leider reizte es sie allzu sehr, ihn zu provozieren. »Dabei ähnelt sie dem Tanz. Auch er deutet nur an, was in Gesellschaft nicht schicklich wäre.«

»Eine interessante These, Miss Dallaway. Und Sie haben vollkommen Recht. Der Reiz liegt darin, die Auslassung weiterzudenken.«

Überdeutlich spürte Clara die zarte Berührung seiner Hand bei der Drehung, und jedes Mal lief ein Kribbeln durch ihren Körper, wenn sich ihre Finger wiederfanden.

»Man sollte nicht unterschätzen, wie viel man sagen kann, ohne es direkt auszusprechen«, entgegnete Clara und knickste.

»So liegt die eigentliche Kunst darin, zwischen den Zeilen zu lesen.« Federleicht legte sich Alexanders Hand auf ihren Rücken, als er sie durch die Reihe führte, doch Clara erlebte diesen Hauch einer Berührung mit einer Intensität, die sie verunsicherte. Noch nie hatte sie beim Tanz solch ein Prickeln gespürt.

»Darin unterscheidet sich geistreiche von geistloser Konversation, möchte ich meinen, Mylord. Eine geistreiche Unterhaltung lässt der Vorstellungskraft genug

Raum, die Lücken zu füllen, so dass sie die Gedanken noch dann beschäftigt, wenn sie längst vorüber ist.«

Alexander sah sie von der Seite herausfordernd an.

»Ist es denn nicht ungehörig, wenn ich in Gedanken nach Belieben die Auslassungen fülle?«

»Die Gedanken sind frei, Mylord.«

»Dann verhält es sich auch so beim Tanz?« Alexander nahm ihre Hand und sah sie direkt an. Clara lächelte nur und blieb ihm eine Antwort schuldig.

Als sie den Tanz beendet hatten, führte er sie zurück an ihren Platz.

»Es war mir ein außerordentliches Vergnügen, mit Ihnen zu tanzen«, sagte er und verneigte sich. Er senkte die Stimme. »Ich erlaube mir die Freiheit, die Leerstellen in meiner Fantasie zu füllen.«

18

Wiedergutmachung

Während sie die beiden jungen Damen im kleinen Salon im Zeichnen unterwies, kehrten Claras Gedanken immer wieder zu ihrem Gespräch im Ballsaal zurück. Und jedes Mal spürte sie den Nachhall des Kribbelns, das Alexanders Berührungen in ihr ausgelöst hatten. Was war nur in sie gefahren? Warum hatte sie sich zu diesem zweideutigen Wortgefecht hinreißen lassen? Ihr war doch vollkommen klar, dass es fahrlässig war, ihn zu weiteren Annäherungsversuchungen zu ermutigen.

Ihre Fantasie tat genau das, worüber sie gesprochen hatten. Sie malte sich aus, wie aus den zarten Berührungen ihrer Hände beim Tanz Liebkosungen und Umarmungen wurden, und sie ertappte sich mehr als einmal dabei, wie sie darüber nachdachte, wie es sich anfühlen mochte, ihn zu küssen. Sie hatte sich doch vorgenommen, seine Nähe zu meiden, und nun fieberte sie dem Abend entgegen, um wenigstens für die Dauer des Dinners an seiner Seite sitzen zu können.

Als Clara das Speisezimmer betrat, wagte sie nicht, Alexander anzusehen. Sie fürchtete, der Tumult in ihrem Herzen müsse ihr deutlich ins Gesicht geschrieben stehen. Sie war bemüht, natürlich und unverkrampft zu wirken, doch sie war sich seiner körperlichen Präsenz an ihrer Seite akut bewusst.

»Ich denke, die Gesellschaft gestern war sehr gelungen. Lady Townshend jedenfalls war äußerst zufrieden und kündigte bereits an, dass wir bald mit einer Gegeneinladung rechnen dürfen«, verkündete Lady Wiltmore.

»Lady Louisa ist eine begnadete Sängerin, nicht wahr? Ich hätte ihr ewig zuhören mögen, du nicht auch?«, fragte sie, an ihren Sohn gewandt.

»Lady Louisa ist in der Tat eine charmante Person«, gab Alexander knapp zurück. »Mit einer außergewöhnlich schönen Gesangsstimme.«

»Also, ich finde sie ganz reizend. Ich glaube kaum, dass man sich eine bessere Frau vorstellen kann.«

»Du unterschätzt meine Vorstellungskraft«, konterte Alexander mit einem verwegenen Lächeln, und Clara spürte deutlich die Berührung seines Beines unter dem Tisch. Beinahe hätte sie die Gabel aus der Hand fallen lassen.

»Eine blühende Fantasie hast du schon immer gehabt.« Lady Wiltmore warf ihrem Ältesten einen zornigen Blick zu. »Aber du wirst auch noch feststellen, dass es sich in Wolkenkuckucksheim schlecht leben lässt.«

Der Earl schüttelte den Kopf.

»Dass ihr immer streiten müsst! In dieser Sache gebe ich deiner Mutter allerdings recht. Lady Louisa ist ein zauberhaftes Geschöpf und würde eine hervorragende Ehefrau abgeben.«

»Gewiss würde sie das. Es liegt mir nichts ferner, als das zu bestreiten.« Alexander nahm einen Schluck

Wein, und seine Mutter sah äußerst zufrieden aus. »Allerdings nicht für mich«, fügte er mit gesenkter Stimme hinzu. Wie zufällig streifte er Claras Arm, als er nach der Schüssel griff.

»Wie hat euch die Tanzstunde heute gefallen?«, fragte er an seine Schwestern gerichtet. »Ich hoffe, ich habe eure Erwartungen nicht enttäuscht.«

»Ganz im Gegenteil«, fand Sarah. »Du bist ein hervorragender Tänzer.«

»Mr Wilsons Urteil in dieser Angelegenheit fiele gewiss weniger vorteilhaft aus.« Alexander lachte.

»Auf jedenfalls besser als Miss Harriet«, stöhnte Georgiana. »Sie tanzt, als habe ihr jemand die Füße zusammengebunden. Ich finde, du solltest uns ab jetzt immer begleiten.«

»Ich fürchte, das wäre wohl kaum angemessen. Ich habe meine Schuldigkeit getan und mein Versprechen gehalten«, entgegnete Alexander. »Doch ich muss zugeben, dass mir das Tanzen auch große Freude bereitet hat.«

Aus dem Augenwinkel bemerkte Clara, wie er ansah, und sie musste lächeln.

Nach dem Essen begleitete Clara Lady Wiltmore und die beiden Mädchen voraus in den Salon, wo sie Karten spielten.

»Mama, Miss Dallaway hat heute mit uns Stillleben gezeichnet. Mit Pastellkreiden«, berichtete Lady Georgiana begeistert. »Ich finde sie beide sehr gelungen. Nicht wahr, Miss Dallaway?«

»O ja, die jungen Damen haben sich sehr geschickt angestellt. Die Zeichnungen sind recht hübsch geworden.

Sie haben beide ein gutes Auge für Details und eine ruhige Hand.«

»Möchtest du sie sehen, Mama?«, fragte Lady Sarah.

»Natürlich. Liebend gern.« Lady Wiltmore lächelte. »Jetzt bin ich gespannt auf eure Meisterwerke.«

»Wenn wir die Runde beendet haben, werde ich sie rasch holen«, bot Clara an.

Kurz darauf verließ sie die Gesellschaft, um wie versprochen die Zeichnungen zu holen. Im Flur hörte sie plötzlich Alexander hinter sich.

»Miss Dallaway, warten Sie«, bat er leise. Zögerlich blieb Clara stehen.

»Man wartet auf mich, Lord Guilsborough. Ich wollte nur rasch in den kleinen Salon, um etwas zu holen.«

»Es wird nicht lange dauern.« Alexander war an sie herangetreten. Er öffnete die Tür hinter ihrem Rücken, die ins Billardzimmer führte, griff nach ihrer Hand und zog sie durch die Tür in den Raum. Sie war so verdattert, dass sie es zuließ.

»Mylord, ich kann wirklich nicht bleiben, ich ...«

»Nur einen Augenblick. Ich finde, ich verdiene eine kleine Wiedergutmachung.«

»Eine Wiedergutmachung?«, wunderte Clara sich. »Habe ich Ihnen denn in irgendeiner Weise ein Unrecht zugefügt?«

»Allerdings. Denn die Worte, die Sie beim Tanz äußerten, zeigten sich im Nachgang als äußerst perfide.«

»Perfide? Wie das?«

»Wie ein Widerhaken setzten sie sich nachhaltig in meinen Gedanken fest. Seither kreisen sie stets um das Nichtgesagte und das Ungeschehene. Sie finden überhaupt keine Rast, während meine Vorstellungskraft die abenteuerlichsten Dinge ersinnt, um die Leerstellen zu füllen. Es wird mich noch um den Verstand bringen.«

Clara musste lachen. Dieses Spiel mit ihm reizte sie, auch wenn sie wusste, dass es unvernünftig war. Zu stark war das Verlangen nach dem Kribbeln, das sie bei ihren Wortwechseln empfand. Ihr Herz klopfte wie verrückt, und sie sah ihn herausfordernd an.

»Sie übertreiben. Doch wenn es Sie so quält, werde ich Sie gern für die erlittene Marter Ihrer rastlosen Gedanken entschädigen. An was dachten Sie?«

»Erlauben Sie, dass ich Clara zu Ihnen sage«, flüsterte Alexander.

»Das kann ich gern gewähren.« Beinahe war Clara enttäuscht.

»Dann möchte ich auch, dass Sie mich Alexander nennen.«

»Gewährt.«

»Sagen Sie es, Clara.«

»Alexander.« Sie brachte kaum mehr als einen Hauch über die Lippen, so flatterig war sie. Ihr war, als könne sie ihren Herzschlag bis in die Haarspitzen fühlen. Und in ihrem Kopf war eine angenehme Leere, so als habe sie zu viel getrunken.

»Man sagt, Namen wohne ein besonderer Zauber inne. Und jetzt weiß ich, dass das wahr ist. Von Ihnen ausgesprochen wirkt mein Name wie eine geheime Zauberformel. Ich bin in Ihrem Bann.« Er sah ihr fest in die Augen, und auch ihr war, als stünde sie unter einem Zauberbann. Sanft hab er ihr Kinn mit dem Zeigefinger und legte seine angenehm kühlen Lippen auf ihre.

Ganz sacht verweilten sie nur für einen kurzen Augenblick. Die Berührung war wie eine Frage, und es hätte Clara ihre gesamte Willenskraft gekostet, sie unbeantwortet zu lassen. Zaghaft und mit klopfendem Herzen lehnte sie sich nach vorne und streifte seine Lippen mit ihren. Eine Berührung, zart wie der Flügelschlag eines Schmetterlings, und doch erfasste die Empfindung sie mit der Gewalt einer Flutwelle. Alexander schlang die Arme um ihre Taille und zog sie fester an sich, während seine Lippen ihre mit sanftem Druck öffneten. Clara schloss die Augen und gab sich dem Gefühl hin, das wie ein warmer Regenschauer über ihre Haut lief. Noch nie hatte sie etwas Vergleichbares empfunden. Sein Kuss war ein Spiel, im Wechsel zärtlich und fordernd, sanft und drängend, und Clara glaubte, niemals genug davon bekommen zu können. Beinahe hätte sie darüber das Atmen vergessen, und als er den Kuss für einen Augenblick unterbrach, rangen beide nach Luft.

Alexander lachte leise und schickte seine Lippen auf die Reise von ihrer Halsbeuge aufwärts zu ihrem Ohr, küsste, noch immer atemlos, die zarte Haut dahinter, was wohlige Schauer über ihren Rücken laufen ließ. Eine ungekannte Hitze breitete sich unterhalb ihres Nabels aus und löste ein beinahe unerträgliches Gefühl der inneren Aufregung aus. Zum ersten Mal in ihrem Leben hatte sie eine Vorstellung, was körperliches Verlangen bedeutete. Dieses machtvolle Drängen, das auch unter größter Willensanstrengung nicht zu bändigen war. Es war die Art der Leidenschaft, die zwei Menschen dazu bringen konnte, beinahe den Verstand zu verlieren, und sich völlig gegen jede Vernunft unwiderstehlich zueinander hingezogen zu fühlen. Wie der Liebestrank, von dem Tristan und Isolde gekostet hatten, breitete sie sich in ihren Adern aus, erfasste jede Faser ihres Körpers und ihres wachen Verstandes. Sie wusste, dass sie verloren war, zu schwach, der Urgewalt dieses Sehnens noch länger Widerstand zu bieten. Sie ließ ihre Finger durch seine Locken gleiten. Wie er an ihrem Ohr atemlos ihren Namen flüsterte, machte sie halb wahnsinnig, und sie hätte alles dafür gegeben, die Zeit in diesem Augenblick anhalten und für immer stillstehen lassen zu können.

Gleichzeitig wusste sie, dass die Realität wieder über sie hereinbrechen und den Zauber dieser Minuten zerstören würde.

»Alexander«, flüsterte sie. »Ich muss jetzt gehen.«

»Ich weiß.« Er küsste sie sacht hinters Ohr. »Auch wenn ich dich am liebsten nie wieder loslassen würde.«

»Wir müssen vernünftig sein«, sagte Clara, beinahe mehr zu sich selbst und löste sich aus der Umarmung.

»Vernunft.« Alexander lachte. »Ich fürchte, das ist nicht meine starke Seite. Das fällt in deine Verantwortlichkeit.«

Clara musste lachen und schob ihn sanft von sich.

»Ich werde jetzt gehen.« Sie drückte noch einen flüchtigen Kuss auf seine Lippen und lief hinaus. So sehr schwirrte ihr der Kopf, dass sie beinahe vergessen hätte, die Zeichnungen zu holen.

Später am Abend lag Clara in ihrem Bett und starrte in das Zwielicht. Die kreisenden Gedanken in ihrem Kopf ließen sie keinen Schlaf finden. Sie wusste, dass es gefährlich war, sich einer Illusion hinzugeben und noch gefährlicher, einfach schlafwandlerisch auf dem beschrittenen Pfad weiterzugehen. Sie durften nicht die Augen davor verschließen, in welche Abgründe er führen konnte.

Gregory Tomlins warnende Worte kamen ihr wieder in den Sinn. Sie war nicht so naiv, sie als unsinnig in den Wind zu schreiben. Es war durchaus möglich, wenn nicht sogar wahrscheinlich, dass Alexander lediglich seinen Jagdtrieb befriedigen und sich mit ihr die Zeit vertreiben wollte. Auf dem Land gab es weit weniger Zerstreuung, als er es von seinem Leben in London gewohnt war. Was lag näher, als den besonderen Nervenkitzel eines verbotenen Verhältnisses zu suchen? Und selbst wenn es ihm tatsächlich ernst war, konnte sie nicht erwarten, dass seine Familie eine unstandesgemäße Verbindung einfach hinnahm. Lady Wiltmore hatte mehr als deutlich gemacht, was sie darüber dachte. Wenn er sich vor die Wahl gestellt sah, würde Alexander um Claras Willen auf Titel und Vermögen verzichten? Und viel entscheidender: Konnte sie das von ihm erwarten? Alexander war sein komfortables Leben ohne existenzielle Nöte gewöhnt. Vermutlich konnte er das Ausmaß dieses Verzichts gar nicht absehen. Wenn mit der Zeit die Verliebtheit verblasste, würde er sie für sein Unglück verantwortlich machen.

So sehr sie sich eine glückliche Zukunft mit Alexander wünschte, so war ihr doch bewusst, wie selten solche Verbindungen waren. Dotty war es gelungen, außerhalb ihrer gesellschaftlichen Klasse zu heiraten, doch den Preis zahlte sie noch immer. Sie war geduldet, doch man ließ sie spüren, dass man sie nicht für gleichwertig hielt.

Ihr Herz wollte glauben, die Liebe zu Alexander sei jedes Opfer wert. Dennoch wusste sie, dass sie es beenden musste, bevor es für eine Umkehr zu spät war.

Sie schlug die Decke zurück, legte sich ihr Tuch um die Schultern und nahm einen Fidibus aus der Dose auf dem Kaminsims. Sie entzündete ihn an der Glut und steckte die Kerze an. Dann nahm sie Feder und Papier und begann, einen Brief zu schreiben.

19

Ein Bekenntnis

Mit unsicheren Schritten lief Clara in den Garten und hielt auf den Teich zu. Noch konnte sie Alexander nirgends entdecken. Sie schlüpfte zwischen dem Heckenbogen durch und lief den von Rosen und Lavendelbüschen gesäumten Weg entlang auf das griechische Tempelchen zu, wo sie im Schutz der Säulen wartete. Kurz darauf sah sie Alexander. Er kam auf ihr Versteck zu, wobei er wiederholt über die Schulter blickte.

»Clara?«, flüsterte er, als er den Treffpunkt erreicht hatte. »Clara, bist du hier?«

»Hier drüben.« Clara trat hinter der Säule hervor und lief auf ihn zu. Er kam ihr entgegen, umfasste ihre Taille und zog sie an sich.

»Alexander, bitte! Ich kann nicht.«

Er lockerte die Umarmung und fasste ihre Hände.

»Clara bitte, sag, dass du nicht glaubst, was du schreibst. Denkst du, dass es mir nicht ernst ist?«

Clara schwieg und sah zu Boden.

»Clara, sieh mich an. Sieh mir in die Augen und sag mir, dass du mir nicht vertraust.«

Schon als sie nur den Kopf hob, wusste sie, dass sie schwach werden würde. War es doch nicht zuletzt das

Strahlen seiner Augen gewesen, das sie angezogen hatte.

»Es ist mir ernst, Clara. Ich möchte, dass du meine Frau wirst.«

»Es geht nicht. Das weißt du so gut wie ich.« Sie wandte den Blick ab. Wenn er sie so ansah, würde sie ihm alles glauben. Doch sie durfte nicht nachgeben. Sie musste gehen, solange sie noch eine Chance hatte. Noch nie war ihr etwas so schwergefallen.

»Warum soll es nicht gehen?«, fragte er zornig. »Liebst du mich nicht?«

»Das spielt keine Rolle«, entgegnete Clara.

»Für mich schon. Wenn du gespürt hast, was ich gespürt habe — damals bei unserem unglücklichen Zusammenstoß im Garten, beim Tanz, in der Bibliothek und dann gestern, als wir uns küssten ...« Er zog ihre Hände an seine Lippen. »Ich kann mir das doch nicht eingebildet haben. Clara, ich liebe dich. Was kann ich tun, damit du mir glaubst?«

»Küss mich noch einmal.« Die Worte hatten ihren Mund verlassen, noch ehe sie sie zurückhalten konnte.

Alexander lächelte, umschlang ihre Taille und zog sie in seine Arme.

Clara schloss die Augen, als ihre Lippen sich fanden. Für einen Augenblick war ihr, als habe die Welt angehalten. Zärtlich öffnete er ihre Lippen mit seinen. Es kam ihr vor, als ob selbst die Geräusche um sie herum, die Vögel, die schwirrenden Insekten, der Wind in den Blättern, für eine Sekunde verstummten. Für diesen einen Moment war es, als wären sie ganz allein auf der Welt. Als gäbe es all die Zwänge und Hindernisse nicht, die ihrer Liebe im Wege standen.

Ihre Lippen sagten all das, was sie nicht hatte in Worte fassen können, und ihre Körper schmiegten sich fest aneinander. Durch den Stoff ihres Kleides spürte sie seine Hände, die neugierig auf Wanderschaft gingen und eine Sehnsucht in ihr weckten, die sie so noch nie empfunden hatte.

»Dann bedeutet das, du sagst Ja?«, fragte er atemlos, als sich ihre Lippen voneinander lösten.

»Wenn ich könnte, wie ich wollte«, keuchte sie. »Doch es geht nicht.«

»Glaubst du mir noch immer nicht, dass es mir ernst ist?«, wollte er wissen.

»Doch. Ich glaube dir. Doch was nützt es uns? Deine Eltern werden der Verbindung niemals zustimmen.«

»Ich brauche ihre Zustimmung nicht«, entgegnete Alexander trotzig.

»Wirst du das auch noch sagen, wenn sie dich enterben?« Noch eben war sie so glücklich gewesen und jetzt spürte sie die Hoffnungslosigkeit wie einen großen Stein in ihrem Magen.

»Das werden sie nicht. Mein Vater ist äußerst verständnisvoll, und meine Mutter hat diese Dinge gottlob nicht zu entscheiden. Sollten sie es doch tun, werden wir andere Wege finden. Ich habe einflussreiche Freunde. Und wenn sich alles gegen uns verschwören sollte, suchen wir unser Glück in Amerika.«

Obwohl ihr zum Weinen zumute war, musste Clara lachen.

»Du bist ein Traumtänzer.«

»Nein. Das bin ich nicht. Aber ich weiß, dass ich die Frau gefunden habe, die ich heiraten möchte, und ich werde Mittel und Wege finden, es auch zu tun.«

Sein Ausdruck zeigte Entschlossenheit, und Clara spürte, wie der Stein in ihrem Magen sich langsam auflöste.

»Gib mir etwas Zeit, in Ruhe darüber nachzudenken«, sagte sie schließlich.

»Alle Zeit, die du brauchst, wenn deine Antwort am Ende Ja lautet.« Alexander grinste, zog sie fester in seine Arme und küsste sie. Während sie sich in den Kuss fallenließ, keimte ein Funke Hoffnung in ihr auf. Was sie in seinen Augen las, was sie empfand, wenn er sie küsste, konnte nicht nur Einbildung sein. Er liebte sie, und zum ersten Mal konnte sie daran glauben, dass sie gemeinsam alle Widerstände überwinden könnten.

20

Ein Handel

Lady Wiltmore sah von ihrer Stickerei auf, als der Butler den Raum betrat.

»Mr Tomlin wünscht, Sie zu sprechen, Mylady.«

Die Countess zog die Stirn kraus. Was konnte der Hauslehrer von ihr wollen? Diese Angelegenheiten regelte doch für gewöhnlich ihr Gatte. »Vielen Dank, Hobson. Bitten Sie ihn herein.« Sie legte die Stickerei aus der Hand und sah zur Tür.

Einen Augenblick später trat der Hauslehrer ein. Mit seiner drahtigen Figur, der geraden Haltung und den dichten, dunklen Locken ein durchaus attraktiver Bursche, wie Lady Wiltmore fand. Doch der elegante Anzug wirkte leicht abgetragen und zeugte von den schwierigen finanziellen Umständen, in denen er sich befand. Er verneigte sich förmlich.

»Guten Tag, Lady Wiltmore. Bitte entschuldigen Sie mein unangekündigtes Erscheinen. Ich würde Sie in einer wichtigen Angelegenheit gern sprechen.« Er warf einen Blick zu Hobson, der bei der Tür wartete. »Vertraulich.«

Die Countess hob verwundert eine Augenbraue, wandte sich jedoch an den Butler. »Danke, Hobson. Sie dürfen gehen.« Die Heimlichtuerei hatte ihre Neugier geweckt.

Als der Butler den Raum verlassen hatte, kam sie ohne Umschweife zum Punkt. »Darf ich fragen, worum es geht, Mr Tomlin?«

»Bitte verzeihen Sie mir, dass ich mich in derart private Angelegenheiten einmische, aber es geht um Lord Guilsborough«, begann Tomlin.

»Ich höre. Nehmen Sie einstweilen Platz«, mit der Hand wies Lady Wiltmore auf einen freien Sessel.

»Ich fürchte, Sie werden nicht gerne hören, was ich Ihnen zu sagen habe«, Tomlin legte die Hände in den Schoß.

Die Countess war am Ende ihrer Geduld. Sie hatte keine Zeit für Andeutungen und langes Herumgerede.

»Um Himmels Willen, Tomlin, drucksen Sie nicht herum. Heraus damit, was auch immer Sie mir zu sagen haben.«

»Nun, ich wollte mir im Garten ein wenig die Beine vertreten und habe eine besorgniserregende Entdeckung gemacht, Mylady«, berichtete der Hauslehrer. »Ich sah Viscount Guilsborough und Miss Dallaway. Sie ... sie schienen sich sehr nah.«

Lady Wiltmore riss die Augen auf. »Wie nah?«

»Sie küssten sich«, entgegnete Tomlin.

Die Countess hielt es nicht mehr auf ihrem Sessel.

»Das ist ungeheuerlich, Tomlin! Und es besteht kein Zweifel, dass es mein Sohn war, mit dem Sie Miss Dallaway sahen?« Sie begann, vor ihrem Sessel auf und ab zu laufen.

»Überhaupt kein Zweifel, Mylady. Ich war zutiefst erschüttert, denn ich denke mir, es ist sicher nicht im Sinne Ihrer Ladyschaft, wenn …«

»Allerdings nicht!«, rief Lady Wiltmore. »Ganz und gar nicht. Vielen Dank. Aber jetzt gehen Sie. Ich möchte allein sein.«

»Mylady, wenn ich einen Vorschlag machen dürfte …«, sagte Tomlin zögerlich, »ich glaube, ich könnte Ihnen in dieser Angelegenheit helfen, jedoch benötige ich dafür Ihre Unterstützung.«

Lady Wiltmore sah ihn irritiert an.

»Wie sollten Sie mir in dieser Sache helfen können?«

»Eine solche Verbindung ist mehr als unglücklich und — wenn ich mir diese Bemerkung erlauben darf — Lord Guilsborough verdient eine standesgemäße Frau, die besser zu ihm passt«, begann Tomlin. »Es ist so. Ich selbst habe ein Auge auf Miss Dallaway geworfen, und bis Lord Guilsborough sein Interesse an ihr zeigte, durfte ich annehmen, dass sie meine Zuneigung durchaus erwiderte. Allerdings fehlen mir, wie Sie wissen, die nötigen Mittel, eine Ehe einzugehen.«

»Sie glauben also, Miss Dallaway habe Sie des Geldes wegen verschmäht und sich an meinen Sohn herangemacht«, fasste die Countess zusammen. »Diese Feststellung mag zutreffen, doch sie hilft mir in keiner Weise weiter.«

»Dann komme ich ohne Umschweife zu meinem Anliegen, Mylady. Ich möchte Ihnen ein Geschäft vorschlagen. Ich werde Ihnen Miss Dallaway vom Hals schaffen, wenn Sie mir im Gegenzug zusichern, dass Sie mir die nötigen Mittel zur Verfügung stellen, sie zu heiraten und für ihren Unterhalt zu sorgen, bis ich mein Erbe antreten kann, was in absehbarer Zeit der Fall sein sollte.«

Die Countess setzte sich wieder und sah Tomlin mit zusammengezogenen Augenbrauen an.

»Ein verlockender Gedanke, doch ich bezweifle, dass es Ihnen gelingen wird, Miss Dallaway für sich zu gewinnen. Ohne Ihnen zu nahe treten zu wollen, aber ich denke, Sie hat bereits den weit besseren Fang gemacht, nicht wahr?«

»Ohne Frage, Lady Wiltmore. Natürlich habe ich ihr in jeglicher Hinsicht weit weniger zu bieten als Lord Guilsborough. Doch überlassen Sie die Sache nur mir. Ich denke, ich habe Mittel und Wege, Miss Dallaway davon zu überzeugen, dass ich ein angemessenerer Gefährte wäre.«

»Das glaube ich erst, wenn ich es sehe!«, spottete Lady Wiltmore.

»Ich werde Sie gewiss nicht enttäuschen, Mylady.«

»Versuchen Sie Ihr Glück, Tomlin. Leider ist mein Gatte unbelehrbar. Einstweilen werde ich mich selbst bemühen, Miss Dallaway zur Einsicht zu bringen. Sollte ich damit keinen Erfolg haben, sind Sie leider meine einzige Hoffnung. Wenn es Ihnen gelingt, dieses Wunder zu vollbringen, werde ich Ihnen die nötigen Mittel gern verschaffen.«

21

Eine Warnung

Clara schwirrte der Kopf, als sie zum Haus zurückkehrte, um die Mädchen von der Gesangslehrerin zu übernehmen. Alles kam ihr so unwirklich vor, als ob sie träumte. Sie nahm den Duft des Lavendels und der Rosen überdeutlich wahr und auch die Farben schienen ihr intensiver. Ihr war, als müsse sie vor Glück zerbersten. Sie fühlte sich lebendig —und ein kleines bisschen verwegen. Was sie taten, war die reine Unvernunft. Doch der Rubikon war überschritten, für ein Zurück fehlte ihr die Willenskraft, und seit eben war sie überzeugt, dass am Ende alles gut werden würde.

Den Rest des Nachmittags verbrachte sie mit den Mädchen bei der Handarbeit im kleinen Salon. Kurz bevor es Zeit wurde, sich für das Abendessen zurechtzumachen, stieß Lady Wiltmore zu ihnen. Sie begrüßte Clara knapp, setzte sich und nahm ihre Stickerei zur Hand. Clara fühlte sich beobachtet. Denn die Countess warf ihr immer wieder Blicke zu, die sie nicht zu deuten wusste und die ihre Befürchtung bestätigten, sie könne ihre Empfindungen nicht wirkungsvoll verbergen.

Fast war sie froh, als Hobson erschien und ankündigte, dass das Essen bald serviert würde.

»Dann ist es an der Zeit. Geht doch schon einmal hinauf«, wies die Countess ihre Töchter an.

Die Mädchen räumten ihr Handarbeitszeug auf und verließen das Zimmer. Clara wollte sich ihnen anschließen, als Lady Wiltmore sie zurückhielt.

»Ach, Miss Dallaway! Auf ein Wort.«

Clara blieb wie angewurzelt stehen. Das Herz schlug ihr bis zum Hals, als sie sich langsam zu Lady Wiltmore umdrehte.

»Aber natürlich, Mylady.« Sie hatte das Gefühl, ihre Stimme zittere.

»Schließen Sie doch bitte die Tür und setzen Sie sich«, verlangte die Countess, und Clara folgte.

»Lassen Sie mich offen sprechen«, begann Lady Wiltmore. »Wir sind äußerst zufrieden mit Ihrer Arbeit, und die Mädchen haben Vertrauen zu Ihnen gefasst. Auch habe ich den Eindruck, dass Ihnen Ihre Arbeit Freude bereitet.«

»Das ist wahr, Mylady«, entgegnete Clara vorsichtig, während sie sich fragte, worauf ihr Gegenüber hinauswollte. »Es gibt keinerlei Anlass zur Klage.«

»Nun, ich denke, ich darf auch behaupten, dass wir Ihnen gegenüber stets respektvoll und großzügig aufgetreten sind«, fuhr Lady Wiltmore fort, was Clara ebenfalls bejahte.

»Dennoch weiß ich, dass es äußere Notwendigkeit und nicht innerer Wunsch war, die Sie veranlasste, sich eine Anstellung als Gouvernante zu suchen.« Ihr prüfender Blick ruhte starr auf Clara, die sich diesem Kreuzverhör nur zu gern entzogen hätte. »Und so denke ich, ist es nur verständlich, wenn eine junge Frau in Ihrer Lage Hoffnungen hegt, Ihre Umstände — sagen wir durch eine vorteilhafte Verbindung — zu verbessern, nicht wahr?«

»Mylady, ich verstehe nicht, was Sie damit sagen wollen«, entgegnete Clara. Ihre Hände fühlten sich schwitzig an, und ihre Zunge klebte am Gaumen.

»Ich denke, das wissen Sie sehr wohl. Schließlich sind Sie eine kluge Frau. Es ist nur verständlich, dass eine Frau wie Sie danach strebt, Ihrer Situation zu entkommen. Und da der einzige Weg aus Ihrer schwierigen Lage über eine opportune Heirat führt, ist es naheliegend, dass Sie Jugend und weibliche Reize zu Ihrem Vorteil einzusetzen versuchen.«

Die Nervosität, die Clara verspürt hatte, begann in Zorn umzuschlagen. Sie richtete sich auf, indem sie den Rücken durchdrückte und sah Lady Wiltmore direkt an, während die unbeirrt fortfuhr. »Doch ich rate Ihnen, sich Ihre Ziele nicht zu hoch zu stecken, Miss Dallaway. Umso tiefer wäre der Fall und umso größer die Enttäuschung.«

»Mylady, Sie irren ...«, begann Clara.

»Beleidigen Sie nicht meine Intelligenz, meine Liebe«, unterbrach die Countess sie. »Ich weiß, was Sie vorhaben. Doch ich rate Ihnen, greifen Sie nicht zu hoch hinaus. Sie würden am Ende doch enttäuscht. Das ist Ihnen hoffentlich klar. Es gibt für Sie angemessenere Kandidaten, mit denen Sie sich zufriedengeben sollten.«

»Sie unterstellen mir unlautere Motive«, erwiderte Clara mit fester Stimme. Es machte sie wütend, dass Lady Wiltmore sie zur Opportunistin stempeln wollte.

»Unlauter — mitnichten«, gab Lady Wiltmore zurück. »Ich halte es für nur allzu verständlich, dass Sie Ihre Finger nach einer sich bietenden Möglichkeit ausstrecken, Ihrer Situation zu entfliehen.«

»Dann haben Sie den falschen Eindruck von meinem Charakter«, konterte Clara. »Meine Situation habe ich durchaus selbst gewählt. Ginge es mir nur darum, eine möglichst vorteilhafte Ehe einzugehen, hätte ich Optionen gehabt. Doch es gibt darüber hinaus auch andere Gründe, eine Verbindung einzugehen.«

Lady Wiltmore fuhr sich mit dem Handrücken über die Stirn.

»Himmel, Kind! Dann ist es schlimmer, als ich befürchtete, und Sie sind in der Tat Opfer Ihrer Empfindungen. Ich lasse Sie wissen, dass ich durchaus andere Pläne für meinen Sohn habe. Sie werden noch beizeiten feststellen, dass sich gesellschaftliche Kluften nicht mit Naivität und Gefühlsduselei überbrücken lassen.«

»Darf ich dann jetzt gehen?«, fragte Clara.

»Unbedingt. Gehen Sie. Aber denken Sie über meine Worte nach. Halten Sie sich lieber an das, was in erreichbarer Nähe liegt, anstatt sich zu versteigen und eine bittere Enttäuschung zu erleben.«

Wütend verließ Clara den Salon. Es war offensichtlich, dass die Countess sie nicht ernstnahm, denn sie betrachtete sie schlichtweg als minderwertig. Doch damit festigte sie nur ihre Entschlossenheit, sich ihr Glück, wenn nötig, zu erkämpfen. Sie würde nicht klein beigeben, und sie würde sich nicht anmerken lassen, wie sehr sie die herablassende Behandlung sie verletzte.

Als sie beim Essen neben Alexander Platz nahm, genoss sie den heimlichen Triumph, zu wissen, dass es der Countess innerlich gewiss Verdruss bereitete, sie an der Seite Ihres Sohnes zu sehen. Die indes ließ sich nichts anmerken und bewahrte Contenance.

Bald schon zeigte sich der Grund für ihre scheinbare Gelassenheit.

»Ich habe erfreuliche Neuigkeiten«, verkündete Lady Wiltmore in die Runde. »Wir werden übermorgen Abend bei Lord und Lady Townshend zu Gast sein. Heute Vormittag erreichte mich ihre Einladung.« Sie warf Clara einen spöttischen Blick zu, bevor sie fortfuhr. »Da ich die Mädchen selbst begleite, brauchen wir Ihre Dienste nicht, Miss Dallaway. Sie können Ihren freien Abend genießen.«

»Danke, Mylady«, gab Clara zurück, bemüht, unbewegt zu klingen. Sie wollte ihr nicht die Genugtuung geben.

»O Mama, ich freue mich!«, rief Lady Sarah. »Es wird bestimmt lustig. Ob Lady Louisa wieder für uns singen wird?«

Lady Sarahs Begeisterung gab Clara dennoch einen Stich, doch sie gab sich Mühe, ihre Gesichtszüge zu kontrollieren. Es war ihr nicht übelzunehmen, dass sie für Lady Louisa schwärmte und sie gern zur Schwägerin gehabt hätte, schließlich war die nur zwei Jahre älter als Sarah selbst und die beiden hatten viel gemeinsam. Außerdem war sie eine hübsche Erscheinung und machte einen sympathischen Eindruck. Es gab an ihr überhaupt nichts auszusetzen, außer dass sich die Countess nun einmal in den Kopf gesetzt hatte, dass Alexander sie ehelichen sollte. Clara versuchte daher,

Sarahs Begeisterung für die junge Dame nicht als Verrat zu empfinden.

»Gewiss, Sarah. Ich bin sicher, dass wir in den Genuss kommen werden, Lady Louisa singen zu hören«, entgegnete Lady Wiltmore, der es sichtlich Genuss bereitete, diese Unterhaltung vor Clara zu führen.

Als die Damen sich erhoben, um in den Salon zu wechseln, nutzte Alexander die entstehende Unruhe und steckte Clara heimlich ein Zettelchen zu. Sie ließ Lady Wiltmore und die Mädchen ein Stück vorausgehen und entfaltete eilig die Notiz, in der er sie bat, ihn in der Bibliothek zu treffen.

Clara öffnete die Tür zur Bibliothek und trat ein. Alexander wartete bereits und zog sie in seine Arme.

»Ich kann nicht lange bleiben«, flüsterte sie. »Deine Mutter scheint etwas zu ahnen. Sie hat mich heute ins Kreuzverhör genommen.«

Alexander zog die Augenbrauen zusammen.

»Ist das so? Was hat sie gesagt?«

»Sie gab mir zu verstehen, dass ich mir keine Hoffnung auf dich machen solle, da sie andere Pläne für dich habe und dass ich mir die Enttäuschung ersparen solle.«

Alexander nahm ihr Gesicht zwischen seine Hände und sah sie ernst an.

»Du lässt dich von ihr hoffentlich nicht einschüchtern. Bitte glaube mir, dass ich dich aufrichtig liebe.«

»Das möchte ich gern«, entgegnete sie. »Doch es ist schwer, sich nicht entmutigen zu lassen.«

»Du machst dir Gedanken wegen Lady Louisa«, stellte Alexander fest. »Das musst du nicht. Gewiss, sie ist hübsch. Doch du bist anders.«

Dieser Vergleich versetzte Clara einen kleinen Stich.

»Bin ich etwa nicht hübsch?«

Er ergriff ihre Hände, brachte sie nacheinander an seine Lippen und lachte.

»Nein«, sagte er schließlich und Clara wollte ihm entsetzt die Hände entziehen, doch er hielt sie fest. »Du bist nicht hübsch, Clara, du bist schön.«

Sie runzelte die Stirn.

»Was soll da der Unterschied sein?«

»Es gibt viele hübsche Dinge, die man gerne betrachtet. Doch sie können den Blick nicht lange fesseln. Man sieht sich schnell satt. Schönheit strahlt von innen heraus und erschöpft sich nicht in einer hübschen Hülle. Sie geht tiefer und berührt die Sinne und den Geist. Schönes kann man wieder und wieder ansehen und entdeckt doch immer Neues, das einen fasziniert.«

Clara musste lächeln.

»Nun, wenn du es so betrachtest, will ich dir vergeben.«

Alexander zog sie an sich und küsste sie.

»Ich muss jetzt gehen«, flüsterte sie, als sich ihre Lippen voneinander lösten.

»Ich liebe dich«, sagte Alexander und drückte ihr noch einen zarten Kuss auf die Lippen.

22

Regenwetter

Am folgenden Tag regnete es in Strömen und die Bewohner von Lynham Hall waren dazu verdammt, den Tag im Haus zu verbringen. Am frühen Nachmittag fand sich die gesamte Familie daher im Salon ein, um sich gemeinsam die Zeit zu vertreiben.

Lady Wiltmore starrte finster hinaus in den Hof, wo sich das Wasser in großen Pfützen sammelte.

»Zu dumm. Dieser grässliche Regen wird die Straße in den reinsten Sumpf verwandeln. Hoffen wir, dass es bald aufhört. Am Ende müssen wir den Besuch bei Lord und Lady Townshend noch verschieben.«

Was Clara betraf, so hätte auch eine Sintflut niedergehen und die Straßen hinfortspülen mögen. Ihr behagte der Gedanke noch immer nicht, dass Alexander den ganzen Abend über Lady Louisas Reizen und dem Drängen seiner Mutter ausgesetzt sein würde. Gleichwohl sie Alexander vertraute, fürchtete sie dennoch um seine Standfestigkeit im Angesicht dieses Ansturms.

Mochte auch der Regen die Hoffnung wecken, der Besuch bei den Townsends könnte ausfallen, machte er es auch ungleich schwieriger für Clara und Alexander, einen ungestörten Moment zu finden, um allein zu sein. Die Anspannung zwischen Clara und Lady Wiltmore war schwer auszuhalten.

So bat Clara am späten Nachmittag darum, sich auf ihr Zimmer zurückziehen zu dürfen. Sie hatte einen Brief an Dotty begonnen, den sie noch fortführen wollte. Sie hatte noch nicht lange geschrieben, als es plötzlich an der Tür klopfte.

»Herein!«, rief Clara. Ihr Herz klopfte etwas schneller in der Hoffnung, Alexander könne sich für einen Moment fortgestohlen haben, um sie zu sehen.

Umso erstaunter war sie, dass es Cathy war, die sich durch die geöffnete Tür ins Zimmer schob.

»Nanu, Cathy. Wie schön, dass Sie mich besuchen. Kann ich etwas für Sie tun?« Clara steckte die Feder in den Halter und streute den Brief ab.

»Nun, ich ... ich wollt Sie um ein' Gefallen bitten, Miss Dallaway«, druckste Cathy.

»Aber natürlich. Wenn ich kann, helfe ich gerne.« Clara lächelte. Seit sie ihren stillschweigenden Frieden mit dem Mädchen geschlossen hatte, waren auch die übrigen Bediensteten wesentlich freundlicher zu ihr, was sie darauf zurückführte, dass sie in Cathy eine Fürsprecherin gewonnen hatte.

»Also ... nuja, ist mir etwas peinlich«, begann Cathy. »Na ja, Sie wissen ja nun Bescheid, Miss. Und ich dacht mir, ich kann Ihnen vertrauen.«

»Natürlich können Sie das«, versicherte ihr Clara.

»Tja, ich hab da so ein Problem. Der Mann ... Sie wissen schon, der aus dem Garten. Also, er hat gesagt, er will mich heiraten. Nu, ich hab ihm gesagt, ich werd drüber nachdenken.« Cathy verschränkte die Finger ineinander und hielt den Blick gesenkt.

»Und wie kann ich Ihnen da weiterhelfen?«, wunderte Clara sich. »Möchten Sie etwa meinen Rat dazu? Ich kenne den jungen Mann doch überhaupt nicht.«

»Nee, Miss.« Cathy schüttelte den Kopf. »Das isses nich. Ich kann ihn nicht heiraten. Er hat doch keinen Penny. Er ist doch nur ein Stallbursche. Es wird hinten und vorne nicht reichen.«

Clara nickte und zog die Stirn kraus.

»Verstehe. Auch wenn es eigentlich keine Rolle spielen sollte. Aber ich sehe immer noch nicht, wie ich Ihnen behilflich sein könnte.«

»Nuja, ich trau mich nich, ihm das zu sagen. Ich mag ihn ja wirklich, Miss. Aber das hat doch keinen Wert, nich? Wenn er arm ist wie ne Kirchenmaus. Doch ich trau mich nich, ihm das ins Gesicht zu sagen.«

Cathy hatte den Blick noch immer auf ihre verschränkten Finger gerichtet.

»Und Sie möchten, dass ich mit ihm spreche?«, wunderte Clara sich.

»Nö, Miss. Ich würd ihm gern einen Brief schreiben und alles erklären. Aber ich hab's einfach nicht so richtig gelernt.«

»Schreiben, meinen Sie?«

Cathy nickte.

»Ich dacht, vielleicht könnten Sie's für mich machen. Ich erzähl Ihnen einfach, was ich ihm sagen will, und Sie schreiben es für mich auf. Können Sie das machen?«

Cathy sah auf. Der Ausdruck auf ihrem Gesicht war bemitleidenswert. Es fiel ihr offenbar schwer, diese

Bitte vorzutragen, und Clara wollte ihr nur zu gerne helfen. Sie hatte schließlich nicht das Recht, über das Mädchen zu urteilen, wenn Sie dessen genaue Umstände nicht kannte. Was nützte es Cathy, wenn sie einen Mann heiratete, den sie liebte, der sie aber nicht würde ernähren können?

»Natürlich helfe ich Ihnen. Kommen Sie. Setzen Sie sich.« Clara holte den zweiten Stuhl aus der Ecke und rückte ihn an den Tisch. Dann zog sie einen neuen Briefbogen hervor und tauchte die Feder ein.

»Was soll ich schreiben?«

23

Vernichtende Worte

»Alexander, bitte bleib doch einen Augenblick«, hielt Lady Wiltmore ihren Sohn zurück, als die Familie sich in Vorbereitung auf das Abendessen zurückziehen wollte.

Alexander ließ seinen Vater und seine Geschwister vorausgehen und wandte sich ihr zu. Sein angespannter Gesichtsausdruck und die entschlossen mahlenden Kiefer ließen ahnen, dass er wusste, was sie mit ihm zu besprechen gedachte. Er schien sich innerlich auf ein hitziges Streitgespräch vorzubereiten.

»Mir ist dein besonderes Interesse an Miss Dallaway nicht entgangen, Alexander«, kam die Countess sogleich auf den Punkt. »Und ich möchte dich eindringlich davor warnen, eine solche Verbindung in Erwägung zu ziehen.«

»Mama, du kennst meine Haltung. Ich finde, der Wert eines Menschen offenbart sich in seinem Charakter und seinem Handeln, nicht in Abstammung und Größe des Vermögens.« Er sah sie mit schmal zusammengepressten Lippen herausfordernd an.

»Das ist mir bekannt, es war schließlich nicht zu überhören«, entgegnete Lady Wiltmore. »Und du kennst meine Position in diesen Dingen.«

»Ich kenne sie und ich teile sie nicht. Erkennen wir also an, dass wir unterschiedlicher Meinung sind, und lassen es dabei bewenden«, stellte Alexander knapp fest und wollte sich zum Gehen wenden.

»Alexander, bitte. Ich habe nur dein Bestes im Sinn. Das musst du mir glauben.« Die Countess legte die Wärme ihrer mütterlichen Fürsorge in ihre Stimme. »Ich möchte einfach nicht, dass du enttäuscht wirst, und ich denke, Lady Louisa wäre einfach die passendere Wahl. An Miss Dallaways untadeligem Charakter habe ich inzwischen erhebliche Zweifel.«

»Du schreckst wohl vor nichts zurück! Wie kommst du dazu, ihre Aufrichtigkeit in Zweifel zu ziehen! Was auch immer du sagst, um Miss Dallaway schlechtzumachen, ich werde Lady Louisa nicht heiraten! Kannst du das nicht endlich einsehen?«, schleuderte er ihr entgegen.

»Nun denn. Wenn das dein letztes Wort ist ...« Lady Wiltmore ging zu dem kleinen Tisch in der Ecke und entnahm dem Kästchen, das sich darauf befand, einen gefalteten Bogen Papier. »Ich hatte gehofft, dir den Kummer ersparen zu können, aber du lässt mir keine Wahl.«

Alexander sah sie mit gefurchter Stirn an.

»Setz dich, bitte.« Die Countess deutete auf einen der Sessel. »Ich möchte dir etwas erzählen und ich fürchte, du wirst es nicht gern hören.«

»Na schön.« Alexander setzte sich und reckte entschlossen das Kinn vor. »Doch ich glaube kaum, dass du mich davon abbringen wirst, die Frau zu heiraten, die ich liebe.«

Lady Wiltmore sah ihn ernst an und begann ihre Erzählung.

»Vor einiger Zeit wandte sich ein junger Mann an mich, der in unserer Beschäftigung steht. Er war verzweifelt, denn er hatte sich in eine Frau verliebt und hoffte, sie heiraten zu können. Offenbar erwiderte die betreffende Dame seine Gefühle, zögerte jedoch, da sie beide nicht über die notwendigen Mittel verfügten, eine Familie zu gründen. In absehbarer Zeit wird der junge Mann ein bescheidenes Vermögen erben und ihr ein gutes Auskommen bieten können. Doch offenbar wollte die junge Dame nicht so lange warten. In einem Brief lehnte sie seinen Antrag ab. Sie wolle keinen mittellosen Mann heiraten, schrieb sie darin. Der junge Mann war untröstlich und bat mich um Hilfe. Er ist ein sympathischer und anständiger Bursche und er schien aufrichtig verzweifelt. Ich wollte ihm gerne helfen und versprach ihm, mein Möglichstes zu tun und Erkundigungen einzuholen. Vielleicht würde sich jemand finden, der dem jungen Mann übergangsweise würde aushelfen können, und ich war bereit, ihm aus meinen Mitteln ebenfalls Unterstützung zukommen zu lassen.«

Alexander hatte ihr mit zusammengezogenen Brauen zugehört.

»Du sprichst von diesem Hauslehrer«, mutmaßte er.

»Mr Tomlin, richtig.«

»Und was hat das mit Miss Dallaway zu tun?« Ihr Sohn begann, ungehalten zu werden.

»Lass mich fortfahren«, entgegnete Lady Wilmore. »Es ergab sich, dass ich Mr Tomlin gute Neuigkeiten zu verkünden hatte. Die Rotherhams boten ihm eine Pfründe an und stellten ihm das Pfarrhaus auf ihrem Besitz zur Verfügung, bis er sein Erbe antreten und selbst für den Unterhalt würde aufkommen können. Er bedankte sich überschwänglich.«

»Ich weiß immer noch nicht, warum du mir diese Geschichte erzählst, Mama«, drängte Alexander.

»Du wirst es gleich wissen. Kurze Zeit später nämlich kam der junge Mann abermals zu mir. Er war niedergeschlagen und schämte sich schrecklich. Doch er teilte mir mit, er müsse das großzügige Angebot der Rotherhams dankend ablehnen. Seine Angebetete hatte den Antrag erneut abgelehnt. Offenbar hatte sie ein anderes, vielversprechenderes Ziel ins Auge gefasst.«

Alexander schien zu begreifen.

»Willst du etwa behaupten, bei der Dame handle es sich um Miss Dallaway?«

Auf seiner Schläfe konnte Lady Wiltmore eine Ader hervortreten sehen.

»Dieselbe«, gab die Countess kühl zurück. »Und ich kann es beweisen.«

Sie entfaltete das Papier, das sie in der Hand gehalten hatte, und reichte es Alexander.

»Mr Tomlin hatte mir bei unserem ersten Gespräch den Brief zu lesen gegeben, in dem sie seinen Antrag ablehnt. Du kannst es dort in ihrer eigenen Hand lesen.«

Alexander starrte auf die Zeilen in der vertrauten Handschrift auf dem ihm ebenfalls bekannten Papier.

Lieber G.

Es tut mir aufrichtig leid, dass ich deinen Antrag ablehnen muss, auch wenn ich dich von Herzen liebe. Denn wovon sollten wir leben? Wovon eine Familie ernähren?
So sehr ich mir wünschte, es wäre anders, weiß ich doch, dass es einfach nicht sein kann.
In Liebe
C.

Mit der Faust schlug Alexander auf den Tisch, so dass die Gläser, die darauf standen, gefährlich klirrten.

»Es tut mir wirklich leid, dass ich dir die Verletzung nicht ersparen konnte. Wie solltest du es auch ahnen?«

Lady Wiltmore legte ihm eine Hand auf die Schulter.

»Das gerissene Weibsstück hat dich eben getäuscht, wie es auch den armen Tomlin getäuscht hat.«

Alexander wehrte die Hand seiner Mutter ab.

»Verzeih mir, Mama, aber ich muss jetzt allein sein.«

Damit drehte er sich um und stapfte aus dem Raum.

Lady Wiltmore sah ihm nach und lächelte zufrieden.

Eines musste man Tomlin lassen. Er hatte nicht zu viel versprochen. Sein Plan war aufgegangen. Damit hatte er sich seine Belohnung mehr als verdient. Und sie war Miss Dallaway auf elegante Weise los. Eigentlich konnte die sich doch auch nicht beklagen. Die Unterstützung der Rotherhams und Mr Tomlins Erbe würden ihr ein gutes Auskommen sichern. Gewiss würde sie den Verlust verschmerzen, war es doch auch für sie die weit angemessenere Wahl.

Und wenn die Countess es geschickt anstellte, würde sie Alexander sicher bewegen können, sich einstweilen mit Lady Louisa zu trösten.

24

Plötzliche Abkehr

Der Regen hatte noch am Abend aufgehört und der Morgen begrüßte Clara mit herrlichstem Sonnenschein. Das gute Wetter machte ihre Hoffnung zunichte, die Gesellschaft bei den Townshends könnte womöglich nicht wie vorgesehen stattfinden. Andererseits verschaffte ihr der geplante Besuch einen freien Tag, da die Familie bereits am Nachmittag aufbrechen musste, und Lady Sarah und Lady Georgiana mit Vorbereitungen beschäftigt sein würden.

Womöglich ergab sich so — dem Sonnenschein sei dank — noch die Gelegenheit eines heimlichen Zusammentreffens mit Alexander.

Im Haus war er nirgends zu finden und Clara entschied, allein einen Spaziergang im Garten zu unternehmen. Vielleicht hatte sie Glück und würde ihm dort zufällig über den Weg laufen.

Sie sah Frederick und Robert auf dem Rasen Seil springen und hielt auf den kleinen Brunnen mit dem Cupido zu. Dort schlug sie den Weg durch den Rosengarten ein, schlenderte vorbei an den Beeten üppig blühender Rosen und genoss den Duft, den sie verströmten. Sie umrundete den Teich und lief schließlich vorbei an den hohen Buchsbaumhecken, bis sie den Wandelgang erreichte, hinter dem die Zufahrt zum Anwesen lag. Sie liebte es, unter dem üppig herunterhängenden Goldregen hindurchzulaufen und lächelte vergnügt, als sie plötzlich auf dem Weg, der zum Tor führte, einen einzelnen Reiter entdeckte. Sie kniff die Augen zusammen und beschattete sie mit ihrer Hand.

Freudig beschleunigte sie ihre Schritte, als sie Alexander erkannte.

»Lord Guilsborough!«, rief sie, für den Fall, dass jemand in der Nähe war und sie hörte.

Alexander hielt, wendete kurz das Pferd und sah in ihre Richtung. Clara hob die Hand und winkte. Sie lief schneller. Doch Alexander ließ das Pferd abermals wenden, schnalzte mit der Zunge, gab dem Tier die Sporen und preschte davon.

Irritiert blieb Clara stehen. Sie sah sich nach allen Seiten um. Womöglich war Alexander nicht allein gewesen und wollte keinen Verdacht erregen. Doch es war weit und breit niemand zu sehen oder auch nur zu hören.

Seltsam. Ob er sie womöglich nicht erkannt hatte? Oder wollte er sich einen Scherz mit ihr erlauben? Unschlüssig blieb sie noch eine Weile stehen und wartete, ob er noch einmal zurückkäme, doch nichts geschah.

Verwirrt drehte sie um und machte sich auf den Rückweg.

So sehr sich ihre Gedanken anstrengten, sie konnte sich keinen Reim darauf machen, warum Alexander eben getan hatte, als kenne er sie nicht. Sie spürte einen Kloß im Hals und ein ungutes Prickeln im Nacken.

Als sie das Haus erreichte, versuchte sie, den Gedanken wegzuwischen und sich einzureden, es sei sicher nur ein Missverständnis gewesen, das sich bald aufklären werde.

Um ungestört zu sein und mit niemandem sprechen zu müssen, beschloss sie, sich ins Schulzimmer zurückzuziehen und dort zu lesen. Schon während sie die Stufen hochstieg, war sie schon fast sicher, dass es keinen Grund gab, sich Gedanken zu machen. Gewiss gab es eine ganz harmlose Erklärung für sein Verhalten und er würde ihre Sorgen bald zerstreuen.

Als sie die Tür öffnete, sah sie Gregory Tomlin am Pult sitzen und lesen. Sie wollte die Tür leise wieder schließen, als er aufsah.

»Miss Dallaway. Kommen Sie doch herein.«

»Ich wollte nicht stören, ich werde besser gehen«, sagte Clara kühl. Sie nahm ihm seine Predigt neulich immer noch übel.

»Bitte! Begraben wir doch unseren Streit. Ich möchte mich gern bei Ihnen entschuldigen. Es war ungehörig von mir, mich in Ihre persönlichen Angelegenheiten einzumischen.« Er sah ehrlich zerknirscht aus.

»Ich wollte keineswegs andeuten, Sie seien nicht in der Lage, Ihre eigenen Entscheidungen zu treffen. Es ist nur so, dass ich besorgt um Sie bin. Machen Sie mir bitte keinen Vorwurf daraus, dass Sie mir nach wie vor am Herzen liegen.«

»Nun gut, ich nehme die Entschuldigung an«, sagte Clara und nahm ihr Buch vom Tisch. Es war der Band, den Alexander ihr in der Bibliothek gegeben hatte.

Heute würde sie endlich Gelegenheit haben, ihn zu Ende zu lesen.

»Ich wollte nur mein Buch holen«, sagte Clara. »Ich wünsche Ihnen noch einen schönen Tag, Mr Tomlin.«

Auch wenn ihr Ärger auf den Hauslehrer sich verflüchtigt hatte, legte sie in diesem Augenblick keinen Wert darauf, Zeit mit ihm zu verbringen. Noch immer hatte sie die merkwürdige Begegnung mit Alexander im Garten nicht vollständig verdaut. Sie würde sich zum Lesen in ihr Zimmer zurückziehen und später versuchen, Alexander zu finden, um ihm eine Erklärung zu entlocken.

»Ach, Miss Dallaway«, hielt Tomlin sie zurück.

»Ja, bitte, Mr Tomlin?«

»Ich möchte, dass Sie wissen, dass Sie jederzeit zu mir kommen können, wenn Sie Hilfe oder jemanden zum Reden brauchen.« Er sah sie treuherzig an. In Clara regte sich das schlechte Gewissen. Womöglich hatte sie ihm Unrecht getan, zornig auf ihn zu sein. Es war nicht seine Schuld, dass sie seine Gefühle nicht erwiderte, und eigentlich hatte er sich doch stets als guter Freund erwiesen. Sie nickte und lächelte.

»Vielen Dank, Mr Tomlin. Das ist sehr freundlich von Ihnen.«

Als Clara schließlich das Buch beendet hatte, beschloss sie, es in die Bibliothek zurückzubringen und bei der Gelegenheit zu schauen, ob Alexander im Haus anzutreffen war. Er musste längst von seinem Ausritt zurück sein, schließlich wollte die Familie bald zu Lady Townshends Abendgesellschaft aufbrechen. Tatsächlich sah sie ihn aus dem Salon kommen, gerade als sie die Halle durchquerte. Er sah elegant aus in dem tannengrünen Abendanzug mit weißer Weste und cremefarbenen Hosen, und unter dem Arm trug er einen Chapeau-bras. Offenbar hatte er sich bereits für die Gesellschaft umgezogen. Sie hob die Hand, um ihm zu winken, doch er sah nur kurz auf und verschwand dann im Flur. Clara lief ihm, alle Vorsicht außer Acht lassend, hinterher.

Fast hatte sie ihn eingeholt.

»Alexander! So warte doch!«, flüsterte sie, doch er blieb nicht stehen. Sie beschleunigte ihre Schritte, griff nach seinem Ärmel und hielt ihn fest. Er schwang herum. Sein zornerfülltes Gesicht erschreckte sie.

»Warum läufst du vor mir davon?«, wisperte sie atemlos.

»Das solltest du selbst am besten wissen!« Er entwand sich ihrem Griff.

»Alexander, bitte! Ich weiß nicht, was auf einmal in dich gefahren ist«, verzweifelte Tränen traten in ihre Augen.

»Wie konnte ich mich so täuschen!«, rief er zornig. »Ich komme mir unglaublich dumm vor, dass ich geglaubt habe, du liebtest mich. Dabei warst du nur darauf aus, dir einen gutsituierten Mann abzugreifen.«

»Alexander, ich verstehe nicht, wieso du mich derart verletzt. Bitte sag, was geschehen ist. Warum sagst du so hässliche Dinge über mich?« Sie wollte nach seiner Hand fassen, doch er wehrte sie ab.

»Fass mich nicht an, du falsches Biest! Wie du lügst, ohne dabei rot zu werden«, spie er.

Tränen liefen über ihre Wangen und es schnürte ihr die Kehle zu.

»Du musst mir glauben! Ich liebe dich, Alexander«, presste sie hervor.

»Geh mir aus den Augen!«, sagte er scharf, drängte sich an ihr vorbei und verschwand in die Richtung, aus der er gekommen war.

Clara schlug die Hände vors Gesicht und heftige Schluchzer schüttelten ihren Körper. Sie konnte nicht begreifen, was soeben geschehen war. Schnell, bevor sie noch jemand in diesem Zustand antreffen würde, hastete sie zurück durch den Flur und die Treppe hinauf in ihr Zimmer, wo sie sich vollkommen verstört auf ihr Bett fallen ließ.

Der Ausdruck von Verachtung in Alexanders Gesicht hatte sich nachhaltig in ihr Gedächtnis gebrannt. Was mochte geschehen sein, dass er glauben konnte, sie habe ihn in irgendeiner Weise getäuscht? Hatte womöglich Lady Wiltmore ihm zugesetzt? Doch dieser Sinneswandel war so abrupt und so absolut. Und Clara wusste überhaupt nicht, was er ihr vorwarf. Sie hatte schließlich nichts Unrechtes getan. So sehr sie sich auch das Hirn zermarterte, sie konnte sich nicht erklären, warum Alexander plötzlich zu glauben schien, sie habe ihm etwas vorgemacht.

Tränen liefen über ihre Unterarme und durchnässten das Kopfkissen.

Er wollte ja nicht einmal mit ihr sprechen. Wie sollte sie sich verteidigen, ohne zu wissen, was er ihr vorwarf? Und ausgerechnet jetzt würde er bei Lady Louisa und den Townshends sein. Lady Wiltmore würde nichts unversucht lassen, und Clara konnte nichts tun, außer zu weinen und zu warten.

25

Eine Landpartie

Am Morgen erwachte Clara mit Kopfschmerzen. Ihre Augen fühlten sich müde und verquollen an, und es brauchte ihre ganze Willenskraft, um aufzustehen und dem neuen Tag ins Auge zu blicken. Sie konnte sich nicht vorstellen, wie es ihr gelingen sollte, den Aufruhr in ihrem Inneren zu verbergen. Vor allem aber wusste sie nicht, wie sie Alexander begegnen sollte, nachdem er sie als Lügnerin beschimpft und ihr unterstellt hatte, es auf seinen Titel und sein Vermögen abgesehen zu haben.

Als sie sich einige Zeit später vor dem kleinen Salon einfand, um mit Lady Wiltmore und den beiden jungen Damen das Frühstück einzunehmen, wartete sie einen Augenblick vor der Tür, um sich zu sammeln. Sie atmete tief durch, setzte ein Lächeln auf und trat ein.

Lady Wiltmore und die Mädchen schienen bester Laune zu sein. Clara gab sich alle Mühe, sich nichts anmerken zu lassen, doch ihr entging nicht der Ausdruck des Triumphs im Gesicht der Countess.

Sie setzten sich, und Hobson servierte Brötchen mit Butter und Marmelade und dazu Tee. Clara konnte kaum etwas herunterbringen und knabberte lustlos an ihrem Brötchen.

»O Miss Dallaway, Ihnen scheint heute Morgen der rechte Appetit zu fehlen«, bemerkte Lady Wiltmore mit einem selbstgefälligen Lächeln auf den Lippen, welches Clara ahnen ließ, dass sie bei Alexanders plötzlicher Abkehr eine nicht unerhebliche Rolle gespielt hatte. »Sie werden uns doch am Ende nicht krank werden?«

Unter dem Tisch ballte Clara die Hand, die in ihrem Schoß ruhte, zu einer Faust. Sie wollte ihrem Gegenüber die Freude über diesen Sieg auf keinen Fall gönnen.

»Es geht mir gut, vielen Dank, Mylady«, entgegnete sie knapp.

»Sie sehen tatsächlich etwas blass aus, Miss Dallaway«, bemerkte Sarah mit einem besorgten Ausdruck im Gesicht. »Das wäre zu schade, denn Mama hatte eine wundervolle Idee. Wir wollten Ihnen gerade davon erzählen.«

Clara fühlte, wie sich ihr Magen zusammenkrampfte und ihr leicht übel wurde. Ein Vorschlag, den Lady Wiltmore für eine wundervolle Idee hielt, verhieß für sie wenig Gutes.

»Das Wetter verspricht heute herrlich zu werden. Nicht zu warm, und es geht ein leichter Wind. Genau richtig für eine Landpartie und ein Picknick. Frische Luft und Sonne werden den jungen Leuten guttun«, erklärte Lady Wiltmore. »Damit die Bildung nicht ins Hintertreffen gerät, schlage ich vor, Sie unterweisen die jungen Damen bei der Gelegenheit in Konversation und Französisch.«

»Ist das nicht eine grandiose Idee?«, rief Lady Sarah begeistert.

»Das wird herrlich werden!«, stimmte ihre Schwester Georgiana freudig zu.

»Die Jungen werden ebenfalls mitkommen. Doch keine Sorge. Miss Williams und Mr Tomlin werden Sie begleiten. Sie werden also keine Mühe mit den beiden haben.«

»Wird Alexander uns nicht begleiten?«, wollte Georgiana wissen. Claras Herz pochte. Womöglich ergab sich so eine Gelegenheit, noch einmal mit Alexander zu sprechen, ihn irgendwie zu überzeugen, dass sie ihn keineswegs getäuscht hatte, und weder sein Titel noch sein Vermögen für sie eine Rolle spielten.

»Nein. Euer Bruder ist heute am frühen Morgen zu Freunden nach Leicester aufgebrochen. Er plant, längere Zeit dortzubleiben.«

Die Enttäuschung sank wie ein Gewicht auf Claras Schultern. Leicester. Das hieß, keine Möglichkeit, ihn zu sehen. Vermutlich war genau das der Grund für seinen plötzlichen Aufbruch. Offenbar erschien ihm keine Mühe zu groß, ihr aus dem Wege zu gehen.

Entsprechend wenig Begeisterung konnte Clara für den geplanten Ausflug aufbringen. Doch sie wollte die Vorfreude der Mädchen nicht verderben und gab sich die allergrößte Mühe, es nicht zu zeigen. Vielleicht war es gut, ein wenig Ablenkung zu haben, um sich nicht zu sehr in Grübeleien zu verlieren.

Als alles gepackt und verstaut war, bestieg Clara mit den Mädchen die Kutsche, Miss Williams, Mr Tomlin und die beiden jungen Herren folgten in einer zweiten.

Sie fuhren etwa eine Meile Richtung Guilsborough und erreichten Coton, wo sie ausstiegen und zu einem Spaziergang über die Felder aufbrachen, während das Gepäck abgeladen und das Picknick vorbereitet wurde.

Ausgelassen stürmten die beiden Jungen voran, und die arme Miss Williams hatte Mühe, mit ihren Schützlingen Schritt zu halten. Lady Sarah hatte ihre Schwester untergehakt und folgte den dreien, sodass Clara und Mr Tomlin die Nachhut bildeten.

Die Sonne schien, und es ging ein leichter Wind, sodass es nicht zu warm war. Am nahezu wolkenlosen Himmel konnten sie Lerchen und Bussarde sehen, und die Luft war erfüllt vom Summen und Schwirren zahlreicher Insekten. Es war, als bemühe sich die Natur nach Kräften, Claras Stimmung zu heben, doch die fühlte sich leer und niedergeschlagen.

»Sie sind auffallend schweigsam, Miss Dallaway. Ich hoffe, Sie sind mir nicht doch noch böse«, stellte Tomlin fest, nachdem sie eine Weile stumm neben ihm hergelaufen war.

»O nein, Mr Tomlin. Verzeihen Sie«, entgegnete sie. »Ich war bloß in Gedanken.«

»Wenn ich mir die Bemerkung erlauben darf, Sie wirken betrübt.« Er sah sie von der Seite her an. »Wenn es irgendetwas gibt, womit ich Sie aufmuntern oder Ihnen helfen kann ...«

Clara lächelte.

»Vielen Dank, Mr Tomlin. Es ist nichts als eine kleine melancholische Verstimmung, die an solch einem herrlichen Tag sicher rasch verfliegen wird.«

Der junge Hauslehrer gab sich sichtlich Mühe, Clara mit unterhaltsamen Geschichten von ihrem Kummer abzulenken, und tatsächlich musste Clara feststellen, dass sie sich schon etwas besser fühlte. Der strahlende Sommertag und die ansteckende Fröhlichkeit der jungen Herrschaften taten ihr Übriges.

Als sie nach etwas über einer Stunde wieder in Coton eintrafen, war das Picknick bereits vorbereitet. Mrs Pearson hatte sie reichlich mit Pasteten, Obst, Küchlein und Tee versorgt, und nachdem sie das Frühstück nahezu verschmäht hatte, stellt Clara fest, dass der Spaziergang und die frische Luft ihren Appetit zurückgebracht hatten. Unter freiem Himmel schmeckten die mitgebrachten Köstlichkeiten noch einmal so gut und für den Augenblick gelang es Clara, ihren Kummer zu verdrängen.

Die Mädchen hatten auf dem Spaziergang eifrig Blumen und Kräuter gesammelt, die sie pressen und ihrem Herbarium hinzufügen wollten. Während Clara mit ihnen ihre Funde sichtete, hörte Mr Tomlin Robert und Frederick lateinische Vokabeln ab. Schließlich hatten sie Lady Wiltmore das Versprechen gegeben, den Unterricht nicht ausfallen zu lassen.

»Diese blauen hier finde ich besonders hübsch.« Lady Sarah wies auf eine Pflanze mit blauen Blüten.

Clara nahm sie hoch. »Das ist Natternkopf«, erklärte sie und legte die Blume zurück in den Korb.

»Es ist herrlich hier, nicht wahr?« Sarah blinzelte in die Sonne. »Viel besser, als im Schulzimmer zu sitzen. Schade nur, dass Alexander nicht dabei ist.«

»Wir könnten doch noch einmal ein Picknick machen, wenn er zurück ist«, fand Georgiana.

»O ja! Und dann laden wir Lady Louisa ein«, schlug Sarah vor. »Sie ist mir eine richtige Freundin geworden.«

»Stellen Sie sich nur vor, Miss Dallaway«, rief Georgiana, »Mama sagte gestern, wir dürfen uns Hoffnung machen, sie bald zur Schwägerin zu haben.«

Claras Herz krampfte sich zusammen.

»Georgiana, sei nicht so schrecklich indiskret«, wies Sarah sie zurecht. »Noch ist schließlich nichts sicher.«

»Aber so gut wie«, gab Georgiana trotzig zurück. »Zufällig habe ich gestern gehört, wie Mama Alexander gefragt hat, ob er sie heiraten wird und er sagte, er denke darüber nach.«

Clara biss sich auf die Innenseite der Unterlippe, um die Tränen zurückzudrängen, die ihr in die Augen stiegen. Gregory Tomlin hob den Kopf und sah mit besorgter Miene zu ihr herüber. Offenbar hatte er Georgianas Worte gehört.

»Sprich noch ein wenig lauter«, zischte Sarah. »Man hat dich noch nicht in Kettering gehört. Solange es nicht offiziell ist, spricht man über so etwas nicht. Das weißt du genau. Nicht wahr, Miss Dallaway? Sie geben mir doch gewiss recht.«

»Ja, ja, natürlich. Das ist sehr indiskret und gehört sich nicht«, sagte Clara leise, um Haltung bemüht, obwohl ihr danach war, davonzulaufen oder zu schreien.

Gregory Tomlin sah noch immer zu ihr herüber. Sein Ausdruck verriet Anteilnahme und Bedauern. Es rührte Clara und erfüllte sie mit einer warmen, freundschaftlichen Zuneigung für ihn. Letzten Endes hatte er mit seiner Warnung recht behalten. Und im Grunde hatte sie es doch auch von Anfang an gewusst, dass eine

Beziehung mit Alexander, dem Sohn eines Earls, dem Erben eines Titels und eines großen Vermögens, für eine Frau in ihrer Situation unerreichbar bleiben musste. Wobei sie sich noch immer nicht erklären konnte, was Alexanders Zorn heraufbeschworen hatte. Ein Gedanke drängte sich plötzlich in ihren Kopf.

Womöglich hatte er nie vorgehabt, eine ernsthafte Beziehung mit ihr einzugehen. Wenn es für ihn von Anfang an nur ein Spiel gewesen war, ein Zeitvertreib, an dem er die Lust verloren hatte? Dann war es auch möglich, dass er die Vorwürfe gegen sie einfach erfunden hatte, um sie möglichst rasch loszuwerden. Auf die Weise musste er sich nicht lange mit ihr auseinandersetzen und konnte Lady Louisa heiraten, so wie er es immer geplant hatte.

Clara ballte die Hände zu Fäusten, dass sich ihre Nägel in die Handfläche gruben. Mit Mühe gelang es ihr, sich zu kontrollieren.

»Ich glaube, das war genug Latein für einen so schönen Sommertag«, postulierte Mr Tomlin. »Wir haben der Pflicht genüge getan. Master Robert, Master Frederick, warum überreden Sie nicht Ihre Schwestern zu einer Partie Federball?«

»O ja! Sarah, Georgiana, kommt!«, rief Robert und sprang sogleich auf, um die Schläger zu holen.

Während die vier nach einem geeigneten Platz für ihr Spiel suchten, schenkte Clara Mr Tomlin ein Lächeln.

»Vielen Dank«, murmelte sie, so dass Miss Williams es nicht hörte. Der Hauslehrer nickte.

»Wollen wir noch ein paar Schritte gehen?«, fragte er die beiden Damen. »Nur ein Stück den Hügel hinauf und zurück.«

»Nein, danke, Mr Tomlin.« Miss Williams lachte. »Ich bin ehrlich gesagt froh, für einen Augenblick meine Ruhe zu haben. Die jungen Herren halten mich auf Trab. Ich werde, wenn Sie nichts dagegen haben, hierbleiben und die Stille der Natur genießen.«

»Das sei Ihnen von Herzen gegönnt«, sagte Tomlin.

»Ich werde Sie begleiten«, sagte Clara und erhob sich. »Ein wenig Bewegung wird mir nach dem guten Essen nicht schaden.«

»Darf ich?« Tomlin bot Clara den Arm und da der Pfad, der sich hügelan wand, recht uneben war, nahm sie dankend an.

»Verzeihen Sie bitte, Miss Dallaway. Doch ich konnte nicht überhören, was Lady Georgiana sagte, und nahm an, Sie könnten ...«

»Sie müssen sich nicht entschuldigen, Mr Tomlin«, unterbrach Clara ihn. »Im Gegenteil. Ich bin Ihnen zu Dank verpflichtet. Sie haben eine recht unangenehme Situation für mich etwas erträglicher gemacht. Und Sie hätten allen Grund, über mich zu spotten.«

Tomlin sah sie überrascht an. »Warum sollte ich das tun?«

»Nun, Sie haben mich gewarnt, nicht wahr?«, entgegnete Clara zerknirscht. »Doch ich habe es nicht hören wollen.«

»Glauben Sie mir, es wäre mir lieber, wenn ich in dieser Sache unrecht gehabt hätte«, sagte Mr Tomlin. »Sie liegen mir am Herzen, und ich hätte Sie hundert Mal lieber glücklich gesehen. Es schmerzt mich, dass Sie nun enttäuscht und verletzt sind.«

»Danke, Mr Tomlin.« Clara lächelte. »Es tut mir leid, dass ich so brüsk auf Ihre Warnung reagierte. Sie haben sich mir als echter Freund erwiesen.«

»Sie wissen nicht, wie glücklich es mich macht, Sie das sagen zu hören«, er strahlte und verlangsamte seine Schritte. Sie hatten fast die Kuppe erreicht. Er drehte sich um und blickte hinunter ins Tal.

»Ich weiß, der Augenblick ist unpassend. Daher erwarte ich von Ihnen keine Antwort. Doch ich möchte Ihnen versichern, dass sich an meinen Gefühlen für Sie nichts geändert hat. Durch eine glückliche Fügung fiel mir vor kurzem eine bescheidene Pfründe zu. Ich könnte mir vorstellen, Sie wären froh, Ihren Dienst auf Lynham Hall aufgeben zu können. Denken Sie in aller Ruhe darüber nach, Miss Dallaway. Ich werde warten.«

26

Heimkehr

»Clara!«, rief Evelyn. Sie musste im Garten gearbeitet und die Kutsche gehört haben und war ihr den Hügel abwärts entgegengelaufen. Sie umarmte und küsste Clara. »Du hast mir so gefehlt!«

Es war ein merkwürdiges Gefühl, plötzlich wieder hier in Surrey zu sein und ihrer Schwester gegenüberzustehen. Rose Cottage hatte sie bisher nur einmal kurz besucht, und es war ebensowenig ihr Zuhause, wie es Lynham Hall gewesen war. Und doch hatte sie das Gefühl, wieder heimgekommen zu sein.

»Ihr habt mir auch gefehlt!« Clara drückte Evelyn an sich. »Beschmutz dir nicht das Kleid! Meine Schürze ist voll Erde, ich habe im Garten gearbeitet«. Evelyn lachte. »Aber nun lass dir gratulieren! Ich bin so gespannt auf deinen Mr Tomlin. Oh, ich habe gewusst, dass du ihn heiraten wirst. Schon als du ihn das erste Mal in deinem Brief erwähntest. Sag, wird er uns bald besuchen?«

»Er muss noch einige Dinge regeln. Bis das Pfarrhaus bereit ist und wir heiraten können, werde ich hier bei euch bleiben.«

»Komm, lass uns hineingehen. Die Beete können warten.« Evelyn hakte Clara unter und lief mit ihr den Pfad hinauf, der zwischen grünen Wiesen von der Straße hinauf nach Rose Cottage führte. Als sie durch das Gartentor traten, trafen sie auf Mrs Dallaway, die Clara — entgegen ihrer Gewohnheit — ebenfalls in die Arme zog und fest an sich drückte.

»Kind! Ich freue mich so, dich bis zur Hochzeit bei uns zu haben! Komm doch ins Haus. Thomas wird dein Gepäck holen.«

Schon bei ihrem ersten Besuch der neuen Heimstatt war Clara Rose Cottage klein vorgekommen. Verglichen mit Lynham Hall, erschien es ihr nun nahezu winzig. Das zweigeschossige graue Wohnhaus mit den zwei halbrunden Erkern und seinen gemauerten Schornsteinen an beiden Seiten des Daches war umgeben von einem kleinen Garten mit Gemüsebeeten, Blumenrabatten und Beerensträuchern und hätte neben Lynham wie ein Puppenhaus gewirkt. Doch es sah gemütlich und wohnlich aus.

Es tat gut, aus der Augusthitze in die kühle Diele zu kommen. Die Hausdame Annesley war aus der Küche herbeigeeilt und begrüßte Clara herzlich.

»Ich werde gleich Tee bringen, Miss Dallaway. Gestern habe ich Teebrötchen gebacken und wir haben Rosenmarmelade gekocht. Sie werden sicher hungrig sein von der Reise.«

»O Annesley, ich weiß nicht, wie ich in Ravensthorpe ohne Ihre Backkünste überlebt habe«, lachte Clara.

In Oakham hatten sie zwar eine Köchin gehabt, doch Annesley hatte es sich nicht nehmen lassen, Kuchen und Gebäck für den Tee selbst zuzubereiten. Nichts wäre geeigneter gewesen, um Rose Cottage in ein Zuhause zu verwandeln, wie eine Teestunde mit den duftenden Köstlichkeiten der alten Hausdame. Es mochte bescheiden sein mit seinen schmucklosen, weißgetünchten Wänden, den gescheuerten Holzdielen und den niedrigen Decken, doch Clara war froh, wieder bei ihrer Familie zu sein, und nicht mehr als Gouvernante arbeiten zu müssen. Die Gedanken an Lynham Hall und dessen Bewohner wollte sie in den entferntesten Winkel ihrer Erinnerung schieben.

Am Abend war es draußen noch immer warm. Clara stand am geöffneten Fenster, sah hinaus in das vom Mondlicht beschienene Gärtchen, das so still und romantisch aussah, und lauschte einen Augenblick dem Konzert der Grillen.

»Wir sollten das Fenster offenlassen. Die Luft ist noch so herrlich draußen«, stellte sie fest. Durch die dicken Wände war es in den Zimmern noch immer kühl, und Clara schlüpfte rasch unter die Decke. Kurz nachdem sie die Kerze gelöscht hatte, hörte sie ein Rascheln und das Knarzen der Dielenbretter vor ihrem Bett.

»Rutsch bitte ein Stückchen«, flüsterte Evelyn, und Clara machte ihrer Schwester Platz.

»Weißt du noch? Früher bin ich oft zu dir ins Bett gekrochen, wenn ich nicht einschlafen konnte.«

»Ja, und ich hatte meine liebe Not, mir deine Arme und Füße aus dem Gesicht zu halten, so hast du dich im Schlaf gedreht und gewälzt.« Clara lachte.

»Aber jetzt erzähl. Ich will alles genau hören. Wie hat er um deine Hand angehalten? Was hat er gesagt? War es sehr romantisch?« Evelyn fasste unter der Decke nach ihrer Hand und drückte sie.

»Da gibt es nicht viel zu erzählen. Er war sehr höflich und freundlich, und ich habe Ja gesagt«, gab Clara knapp zurück.

»O Clara, das klingt grauenhaft nüchtern. Zier dich nicht so und erzähl mir alles. Wie ist er denn, dein Tomlin?«

»Nun, er ist ein kluger und tüchtiger Mann. Ich kann mich glücklich schätzen«, erwiderte Clara.

Sie spürte, wie Evelyn sich neben ihr anspannte und sich auf die Seite drehte. Im Halbdunkel des Zimmers sah Clara nur das Weiße ihrer Augen aufleuchten, die sie unverwandt anschauten. »Annehmbar«, sagte sie schließlich. »Ich dachte bereits, dass dein Brief erstaunlich sachlich klang und hatte es auf die Eile zurückgeführt. Nun beschleicht mich das Gefühl, du bist nicht vollkommen glücklich mit deiner Wahl.«

»Mehr als annehmbar«, widersprach Clara. »Er ... er ist ein guter Freund, er ist lieb und aufmerksam, und ich kann ihm vertrauen. Der Rest wird sich finden.«

»In dem allerersten Brief, den ich von dir aus Ravensthorpe erhielt, hast du mir geraten, meinem Herzen zu folgen und mich nicht damit zufrieden zu geben, was die Vernunft diktiert. Möchtest du deinen eigenen Rat jetzt bezweifeln?« Evelyn setzte sich auf und lehnte sich mit dem Rücken gegen das Holz des hohen Kopfteils.

»Ich habe meine Meinung einfach geändert«, wehrte Clara ab. Sie hatte keine Lust, sich zu rechtfertigen, und erst recht wollte sie nicht über Alexander nachdenken.

»Einfach so?« Evelyn ließ nicht locker.

»Nun, ich bin eben zu der Überzeugung gekommen, dass ich womöglich zu hohe Erwartungen habe. Liebe braucht Zeit, um zu wachsen. Die lodernde Flamme der

Leidenschaft — so etwas gibt es doch nur in der Literatur.«

»Also, ich gebe zu, dass der erste Funke unter Umständen nicht genügt, um das Feuer zu entfachen, aber wenn es sich entzündet hat, dann erfasst es einen ganz und eh man sich versieht, steht man lichterloh in Flammen ...«

Clara runzelte die Stirn.

»Gibt es da etwas, das du mir erzählen möchtest?«

Evelyn lachte leise.

»Eigentlich wollten wir dich überraschen. Aber ich wäre wohl noch geplatzt, wenn ich es dir nicht erzähle. Ich habe mich ebenfalls verlobt.«

Clara setzte sich erstaunt auf. Ihre Augen hatten sich an das Zwielicht gewöhnt, und sie konnte sehen, dass Evelyn strahlte.

»Du bist verlobt? Ja, aber um Himmels Willen, warum hast du mir nichts erzählt? Und die viel entscheidendere Frage ist: Mit wem?«

»Nun, du weißt, dass Sir Nicholas uns in den vergangenen Wochen oft besucht hat. Und — ich weiß selbst gar nicht genau, wie es kam — ich habe einfach begonnen, ihn mit anderen Augen zu sehen. Er ist solch ein warmherziger und guter Mensch, so charmant. Und ... wusstest du, dass seine Augen im Sonnenschein leuchten wie Karamell?« Evelyn zog die Knie an die Brust und legte die Arme darum. »O Clara, ich bin durch die Hölle gegangen. Ich war mir sicher, dass er mich nicht mehr will, nach alldem, was mit seinem Bruder vorgefallen ist.«

»Und dann?«, drängte Clara.

»Dann hat er mir letzten Sonntag seine Gefühle gestanden. Mir eröffnet, dass er sich vom ersten Augenblick in mich verliebt hat, und wie hilflos er sich gefühlt hat, als ich auf das falsche Spiel seines Bruders hereinfiel. Ich bin so glücklich, dass ich vergessen könnte, zu atmen.«

Clara legte ihr den Arm um die Schulter und drückte sie.

»Ich freue mich für euch. Sir Nicholas ist ein wundervoller Mann, und ich wünsche euch alles Glück der Welt.«

»Wie oft habe ich mir in den herrlichsten Farben ausgemalt, wie es sein wird, wenn ich mich verliebe. Doch mit der Realität kann die schönste Liebesgeschichte nicht mithalten«, schwärmte Evelyn. »Dieses Gefühl im Bauch, Clara, wenn ich ihn ansehe und wenn wir uns verstehen, ohne ein Wort zu sagen. Findest du nicht auch, dass es schöner ist als alles, was man sich je erträumt hat?«

Clara grub die Zähne in die Unterlippe. Evelyns Worte hatten sie zurückgeworfen an jenen Abend im Billardzimmer, an dem Alexander sie zum ersten Mal geküsst hatte. Wie die Luftblasen in einem Wasserkessel blubberten all die Empfindungen und Erinnerungen, die sie wegzuschieben versucht hatte, mit Macht an die Oberfläche zurück. Tränen drängten sich in ihre Augen. Was Evelyn beschrieb, hatte sie nur für Alexander empfunden. Und obwohl es widersinnig erscheinen mochte, war dieses Gefühl noch immer da. Auch wenn er es offenbar nicht erwiderte. Konnte es sein, dass sie ihn noch immer liebte?

»Clara, du weinst ja.« Evelyn lehnte sich vor und nahm ihre Hände. »Habe ich etwas Falsches gesagt?«

Enttäuschung und Kummer machten sich in tiefen Schluchzern Luft. Evelyn nahm Clara in die Arme und wiegte sie.

Als sie sich beruhigt hatte, begann Clara, zu erzählen. Evelyn hörte geduldig zu und tröstete sie.

»Ich kann Gregory nicht heiraten«, sagte Clara schließlich bestimmt. »Es war unaufrichtig, seinen Antrag aus enttäuschter Liebe anzunehmen. Auf einer solchen Täuschung kann man keine Ehe aufbauen.«

»Liebst du ihn denn noch immer?«, fragte Evelyn in die entstehende Stille.

»Alexander?« Clara versuchte, darüber nachzudenken. »Ich fürchte, ich habe darauf im Augenblick keine Antwort. Allerdings weiß ich mit Bestimmtheit, dass ich für Gregory nicht das empfinde, was ich für ihn empfinden sollte. Deine Worte über Nicholas haben mir das deutlich ins Bewusstsein gebracht.«

»Du weißt, dass ich dir in dieser Sache nicht raten kann. Es ist eine Entscheidung, die du allein treffen musst«, stellte Evelyn fest. »Doch ich glaube, das hast du bereits getan, nicht wahr?«

»Ich werde Gregory gleich morgen schreiben«, sagte Clara. »Fast glaube ich, der Gedanke, als alte Jungfer zu enden, hat für mich seinen Schrecken verloren. Lieber bleibe ich für den Rest meines Lebens allein, als es damit zu verbringen, eine Illusion aufrecht zu erhalten.«

»Bist du dir auch ganz sicher?«, hakte Evelyn nach. »Glaubst du nicht, dass du womöglich nur kalte Füße bekommst?«

»Nein. Ich bin mir sicher. Es wäre nicht fair, Gregory zu heiraten, solange ich noch Gefühle für einen anderen habe. Ich muss ihm schreiben, bevor er sich umsonst auf den langen Weg macht.« Clara wunderte sich selbst, wie klar ihr in diesem Moment alles vor Augen stand und wie ruhig sie sich im Innern fühlte, nachdem sie diese Entscheidung getroffen hatte.

»Wenn du so empfindest, solltest du es tun. Im Übrigen wirst du nicht allein sein«, bestärkte Evelyn sie. »Du hast mich. Und Nicholas. Und die Kinder. Nicholas liebt dich wie eine Schwester, und ich bin sicher, er wird darauf bestehen, dass du keine neue Anstellung suchst, sondern zu uns kommst und bei uns lebst.«

Clara drückte die Hand ihrer Schwester.

»Es ist nicht das, was ich mir für mein Leben erträumt habe, doch es ist auch nicht das Schlechteste. Aber jetzt lass uns schlafen.«

»Gute Nacht, Clara«, flüsterte Evelyn, als sie zurück in ihr eigenes Bett schlüpfte. »*Es wird gewiss alles gut werden.* Das hast du zu mir gesagt damals, erinnerst du dich? Du hast recht behalten. Und jetzt sage ich es dir: Es wird gewiss alles gut werden.«

27

Besucher auf Rose Cottage

Etwas mehr als eine Woche war vergangen, seit Clara Gregory geschrieben und ihn gebeten hatte, die Verlobung zu lösen. Sie saß mit Evelyn auf der Bank vor dem Haus und trank Tee.

»Ich habe noch immer ein schrecklich schlechtes Gewissen ihm gegenüber«, sagte Clara. »Doch gleichzeitig fühle ich mich geradezu befreit. Ist das falsch von mir?«

Evelyn schüttelte den Kopf.

»Es wäre nicht richtig gewesen, ihn aus reiner Dankbarkeit zu heiraten, weil er für dich da war.«

Clara nahm einen Schluck aus ihrer Tasse. Sie räusperte sich.

»Es fällt mir schwer, das zuzugeben. Aber in gewisser Weise wollte ich es Alexander heimzahlen, indem ich einen anderen heirate.«

»Dann wäre es erst recht ein Fehler gewesen«, entgegnete Evelyn.

»Ich fühle mich furchtbar deswegen«, gestand Clara.

»Ich wollte einfach nicht als bemitleidenswerte alte Jungfer dastehen, sollte ich ihm je im Leben wieder begegnen — womöglich noch mit seiner Frau.«

»Deswegen musst du dich nicht schlecht fühlen, Clara. Es ist menschlich. Er hat dich sehr verletzt. Und letzten Endes hast du dich richtig entschieden. Du musst dir nicht vorwerfen lassen, unaufrichtig gewesen zu sein.«

»Das ist wahr. Ich kann auch keine Schande mehr darin sehen, allein zu bleiben. Außerdem ist es höchst unwahrscheinlich, dass sich unsere Wege je wieder kreuzen werden«, meinte Clara. Sie sah zu Boden. »Es ist seltsam. Aber der Gedanke macht mich trotz allem noch traurig.«

»O Clara, das tut mir so leid!« Evelyn legte die Hand auf ihren Arm. »Gib die Hoffnung noch nicht auf. Vielleicht wirst auch du noch den Richtigen finden.«

Clara schüttelte den Kopf.

»Ich bin sicher, ich werde darüber hinwegkommen. Und ich weiß gar nicht, ob ich überhaupt noch heiraten möchte. Ich glaube, ich habe für ein Leben genug Anträge abgelehnt.« Sie musste lachen. Und obwohl Evelyn sie zunächst betroffen ansah, konnte diese auch nicht länger ernst bleiben.

»O Clara, darüber sollten wir nicht lachen!«, prustete sie.

»Du musst dir meinetwegen wirklich keine Sorgen machen«, beruhigte Clara sie. »Natürlich bin ich traurig, über das, was geschehen ist. Doch das wird vergehen, und es bedeutet nicht, dass ich unglücklich bin. Ich kann mir ein schlechteres Leben denken. Du hast recht. Ich habe dich und ich habe Nicholas und ich werde zwei Neffen haben. Und wer weiß ... vielleicht in einiger Zeit noch eine Reihe Nichten und Neffen mehr.«

Evelyn errötete, doch das Lächeln auf ihrem Gesicht zeugte davon, dass ihr die Vorstellung durchaus gefiel.

»Hör doch mal!« Sie legte den Finger über die Lippen und die Schwestern lauschten. »Das ist eine Kutsche. Seltsam, wer mag das sein? Ich erwarte Nicholas erst in zwei Tagen wieder. Er hat noch in London zu tun.«

»Lass uns nachsehen«, rief Clara und lief zum Gartentor, von wo aus man die Straße einsehen konnte, die unten am Fuß des Hügels, auf dem Rose Cottage lag, an der Farm der Youngs vorbeiführte.

Unten an der Straße hatte ein Vierspänner gehalten, auf dessen Tür ein Clara nur allzu vertrautes Wappen prangte.

»Das ist das Wappen von Lord Wiltmore!«, rief sie.

»Vielleicht ist es Mr Tomlin und er kommt, um dich umzustimmen«, vermutete Evelyn.

Der Diener öffnete den Verschlag und jemand stieg aus der Kutsche. Clara schlug erschrocken die Hand vor den Mund.

»Ist er das?«, wollte Evelyn wissen. »Er sieht gut aus.«

Der Mann, der aus der Kutsche gestiegen war, schlug den schmalen Pfad ein, der hügelan zu Rose Cottage führte.

»Er erscheint mir etwas zu gut gekleidet für einen Hauslehrer«, sagte Evelyn mehr zu sich selbst und umfasste plötzlich Claras Handgelenk. »Ach du liebe Güte, Clara! Ist das etwa ...«

»Alexander«, flüsterte Clara. Die Farbe war aus ihrem Gesicht gewichen und sie starrte entgeistert auf den Weg. Alexander hatte das Gartentor fast erreicht.

Claras Herz schlug bis zum Hals. Sie drehte sich um und lief zurück zum Haus.

»Miss Dallaway! Bitte laufen Sie nicht weg!«, rief Alexander.

»Clara! Clara, so bleib doch!«, versuchte auch Evelyn, sie zurückzuhalten.

Clara schlug die Tür hinter sich ins Schloss und lehnte sich mit klopfendem Herzen eine Weile gegen das Holz. Alexander war hier! Was mochte er bloß wollen? Mit den Handflächen stieß sie sich vom Holz ab und lief in die Wohnstube, um vorsichtig durch die Gardine in den Garten hinaus zu lugen.

»Was ist los, Clara? Wo ist Evelyn?« Mrs Dallaway erhob sich und kam nun ebenfalls zum Fenster.

»Wer ist der Gentleman, mit dem Evelyn am Tor spricht?«

»Lord Guilsborough«, entgegnete Clara leise.

»Der Viscount?« Mrs Dallaways Frage klang etwas schrill. »Der Sohn des Earls of Wiltmore? Ja, Himmel, Clara, was bringt den hierher?«

Mit zusammengezogenen Brauen sah sie ihre Tochter an. »Evelyn sollte ins Haus kommen. Sie sind einander noch nicht einmal vorgestellt worden. Sir Nicholas würde sicher nicht wollen, dass sie mit einem fremden Gentleman ...«

»Mach dir keine Gedanken, Mama«, beruhigte Clara sie. »Er geht.«

Clara sah zu, wie Evelyn den Gartenpfad zum Haus lief. Kurz später hörte sie die Tür schlagen und Evelyns Schritte auf den Dielen.

»Clara?«, rief sie. »Clara, bist du hier?«

Evelyn steckte den Kopf durch die Tür.

»Warum bist du davongelaufen? Du hättest wenigstens anhören sollen, was er dir zu sagen hat.«

»Was geht hier vor? Ich verlange eine Erklärung!«, rief Mrs Dallaway und sah zwischen den Mädchen hin und her.

»Ich werde es dir später erklären, Mutter«, beschwichtigte Clara sie.

»Er beschwor mich, dich zu überreden, dass du ihn anhörst.« Evelyn sah Clara eindringlich an. »Und er erschien mir ernsthaft aufgewühlt. Vielleicht solltest du ihm Gelegenheit geben, sich zu erklären. Er wird bei der Kutsche warten.«

»Annesley!«, rief Clara.

Die Haushälterin kam aus der Küche herbeigeeilt.

»Bitte seien Sie doch so gut und laufen Sie zur Straße. Teilen Sie dem Gentleman bei der Kutsche mit, dass ich nicht wünsche, ihn zu sprechen.«

»Ist recht, Miss Dallaway. Gern.« Annesley knickste und lief hinaus.

»O Clara! Willst du ihm nicht wenigstens eine Chance geben?«, rief Evelyn und hob die Hände.

»Ich ... ich kann einfach nicht.« Clara schüttelte den Kopf. Tränen verschleierten ihren Blick. »Er hat mich so tief verletzt. Noch einmal würde ich so einen Sturz nicht ertragen. Bitte verzeiht, aber ich muss jetzt erst einmal allein sein.«

»Wird mir jetzt endlich jemand erklären, was hier vor sich geht!«, schimpfte Mrs Dallaway.

»Wenn Clara erlaubt, werde ich dir alles erzählen«, beschwichtigte Evelyn.

»Danke. Ich werde auf unser Zimmer gehen«, sagte Clara leise und verließ den Raum.

28

Ein Hilfegesuch

Lady Beresford hatte soeben das Frühstück beendet und es sich im Salon mit ihrer Lektüre bequem gemacht. Obwohl sie die Konzerte, Bälle und Partys schätzte, war sie froh, dass sie nach der letzten Parlamentssitzung am 24. Juli London den Rücken gekehrt hatten und nach Kent zurückgekehrt waren. So hatte jede Jahreszeit ihren ganz speziellen Reiz. Die Marchioness hatte erst wenige Seiten ihres Romans gelesen, als Wilkins einen Besucher ankündigte. Sie nahm die Karte vom Tablett.

»Höchst merkwürdig«, murmelte sie und betrachtete sie stirnrunzelnd. »Bitten Sie seine Lordschaft herein und bringen Sie etwas Tee, Wilkins.«

Sie erhob sich und sah gespannt zur Tür, durch die nun ein hochgewachsener blonder Mann in einem vornehmen haselnussbraunen Anzug mit schwarzem Samtkragen und gestreifter cremefarbener Weste trat. Das auffallendste Merkmal an ihm waren seine besonders hellen blauen Augen. Sie hatte den Viscount zuletzt vor einigen Jahren auf einem Ball gesehen, zu dem er seine Eltern begleitet hatte, und sie konnte sich nicht vorstellen, warum er sie jetzt aufsuchte.

Er verneigte sich.

»Mein lieber Lord Guilsborough. Was bringt Sie nach Kent?«

»Lady Beresford. Ich danke Ihnen, dass Sie mich empfangen. Sicher fragen Sie sich, in welcher Angelegenheit ich Sie sprechen möchte.« Er wirkte verunsichert und schien etwas Dringendes auf dem Herzen zu haben.

»Nehmen Sie doch Platz, Mylord.« Sie deutete auf den freien Sessel. Dann lächelte sie aufmunternd. »Ich nehme an, Sie werden es mir gleich verraten.«

»Vielen Dank, Mylady.« Der Viscount nahm auf der äußersten Kante des Sessels Platz und räusperte sich. »Wenn Sie erlauben, würde ich Sie gern um Ihre Hilfe in einer Angelegenheit bitten.«

Dorothy Beresford legte den Kopf schräg und sah ihn skeptisch an.

»Ich wüsste nicht, womit ich Eurer Lordschaft helfen kann.«

»Es geht um Ihre Verwandte, Miss Dallaway«, begann Alexander und betrachtete seine Hände, die auf den Knien lagen. »Da Sie sich damals bei meiner Mutter um die Stelle als Gouvernante für Miss Dallaway bemüht haben und Rose Cottage auf dem Land Ihres Gatten, des Marquess of Beresford, liegt, darf ich annehmen, dass Sie sich recht nahestehen?«

»Mit dieser Annahme liegen Sie richtig, Lord Guilsborough. Darf ich erfahren, was der Grund für Ihre Frage ist?«, wollte die Marchioness wissen.

»Nun, ich möchte offen sprechen. Es ist so, dass ich während ihres Aufenthalts auf Lynham Hall eine große Zuneigung zu Miss Dallaway gefasst habe und ...«

»Ich fürchte, ich verstehe nicht, Mylord. Ist Ihnen bewusst, dass Miss Dallaway verlobt ist?«, unterbrach ihn Lady Beresford. Dieser Besuch wurde ja immer kurioser.

Lord Guilsborough nickte. Er wartete, bis Wilkins, der das Tablett mit dem Tee gebracht hatte, den Raum verließ, und fuhr dann fort.

»Es ist mir durchaus bewusst, dass ich mit meinem Ersuchen einige Regeln der Etikette verletze. Doch wenn Sie mich anhören wollen, Mylady, dann werden Sie hoffentlich verstehen, warum ich die dringende Notwendigkeit sah, mich an Sie zu wenden und um Ihre Mithilfe in dieser Angelegenheit zu bitten.«

Lady Beresford lächelte und schenkte Tee ein.

»Nun gut, Mylord. Dann werde ich vorerst schweigen und mir anhören, was Sie zu sagen haben. Sie finden mich aufs Äußerste gespannt. Ich muss sagen, Sie entbehren nicht eines gewissen Sinnes für Dramatik.«

Der Viscount räusperte sich und begann zu erzählen. »Wie ich bereits sagte, habe ich zu Miss Dallaway während ihrer Zeit in unserem Hause eine tiefe Zuneigung gefasst. Ich darf annehmen, dass sie diese erwiderte. Als ich Miss Dallaway meine Absicht erklärte, sie zu heiraten, bat sie sich Bedenkzeit aus, da sie den Widerstand meiner Familie befürchtete.« Er nahm einen Schluck Tee und fuhr fort.

»Tatsächlich. Wie befürchtet, suchte meine Mutter das Gespräch mit mir, um mich vor dieser Verbindung zu warnen. Sie erzählte, Clara — Verzeihung, Miss Dallaway — habe zuvor den Antrag eines anderen Mannes abgelehnt, da sie eine vorteilhaftere Verbindung ins Auge gefasst habe.«

»Sie sprechen von Mr Tomlin«, schloss Lady Beresford. »Und Clara soll ihn abgelehnt haben, weil sie auf Ihr Vermögen und den Titel spekulierte?«

»Richtig«, bestätigte der Viscount.

»Verzeihen Sie meine Direktheit, Mylord. Ich kenne Clara und ich weiß, dass es ihr vollkommen fernliegt, derart zu taktieren. Wenn Sie Clara lieben und sie auch nur ein bisschen kennen, hätte Ihnen doch klar sein müssen, dass dies niemals der Wahrheit entsprechen kann.« Eine Zornesfalte hatte sich auf Dorothy Beresfords Stirn gebildet.

»Sie haben vollkommen recht, mich zurechtzuweisen, Mylady. Ich hätte es besser wissen müssen. Doch hören Sie, wie es dazu kam, dass ich meiner Mutter in dieser Sache Glauben schenkte. Sie erzählte mir, Tomlin habe sie noch vor meiner Rückkehr nach Lynham Hall aufgesucht und um Unterstützung gebeten, weil er zu heiraten gedächte. Die Auserwählte — Miss Dallaway — habe seinen Antrag abgelehnt, da sie keinen mittellosen Mann heiraten wolle. Meine Mutter versprach, ihm zu helfen, und konnte die Rotherhams überreden, ihm eine Pfründe zu überlassen, bis er selbst für den Unterhalt für sich und Clara würde sorgen können. Doch kurze Zeit später — nach meinem Erscheinen — habe Tomlin sie erneut aufgesucht und das Angebot der Rotherhams dankend abgelehnt. Clara habe ihn trotz deren großzügiger Unterstützung abermals zurückgewiesen. Denn sie habe offenbar ein lohnenswerteres Ziel anvisiert ...«

»Das erklärt noch immer nicht, warum Sie diese Geschichte geglaubt haben. Warum haben Sie Clara nicht danach gefragt?«

Lord Guilsborough zog einen gefalteten Bogen Papier aus der Rocktasche und reichte ihn der Marchioness.

»Meine Mutter präsentierte mir diesen Brief aus Tomlins Besitz, den er ihr gezeigt habe.«

Lady Beresford entfaltete den Bogen und überflog die Zeilen.

»Ich verstehe nicht. Wie kann das sein? Das ist Claras Handschrift! Mein lieber Guilsborough, womöglich habe ich Ihnen Unrecht getan und kenne meine eigene …«

»Mitnichten, Mylady. Doch Sie sehen, warum mich dieser Brief täuschte. In meiner Wut habe ich fürchterlich verletzende Dinge zu Clara gesagt. Ich kann Ihnen gar nicht sagen, wie leid es mir tut. Darum kam ich nach Surrey, um mich ihr zu erklären und sie um Verzeihung zu bitten.«

»Doch sie wollte nicht mit Ihnen sprechen«, schlussfolgerte Lady Beresford. »Und Sie hoffen, ich könne ein gutes Wort für Sie einlegen. Doch nun erklären Sie mir, wie Ihre Mutter in den Besitz dieses Schreibens kam, das recht eindeutig aus Claras Hand stammt.«

»Eines unserer Hausmädchen suchte mich auf, um ihr Gewissen zu erleichtern. Tomlin hatte sie bedrängt, ihm zu helfen, einen Keil zwischen Miss Dallaway und mich zu treiben. Er wusste, dass das Mädchen Cathy ein Verhältnis mit einem der Stallburschen hatte, und er drohte ihr, es meiner Mutter zu erzählen. Sie musste fürchten, ihre Stellung zu verlieren, und ließ sich von ihm überreden, bei seinem Plan mitzumachen. Sie bat Clara, diese Zeilen in Ihrem Namen zu schreiben. Cathy ließ Clara glauben, sie selbst wolle den Antrag eines

Mannes ablehnen und schäme sich, weil sie nicht gut schreiben könne.«

»Und die schrieb den Brief für das Mädchen und unterzeichnete — mit C. für Cathy«, schloss Lady Beresford.

»Der Brief war in Claras eigener Hand und auf ihrem Papier verfasst worden. Für mich gab es keinen Grund, die Echtheit der Zeilen anzuzweifeln. Doch in meinem Zorn zog ich mich zurück und machte Clara Vorhaltungen. Hätte ich sie doch angehört. Sie hätte alles bald aufklären können.« Der Viscount fuhr sich mit der Hand über den Nacken.

Dorothy Beresford schmunzelte.

»Reden war noch nie eine Stärke der Männer, lieber Guilsborough. Doch ich verstehe langsam Ihr Dilemma. Dieser Tomlin ist offenbar ein ganz durchtriebener Bursche. Das oberste Gebot der Stunde wird erst einmal sein, Clara davon abzubringen, diesen Kerl zu heiraten. Das werde ich höchstpersönlich übernehmen.«

»Bevor Sie irgendetwas in dieser Richtung unternehmen, Lady Beresford. Wissen Sie, ob Clara glücklich ist mit ihrem Entschluss?« Er knetete seine Hände. »Ich meine ... vielleicht wäre es in dem Fall besser, wenn Clara von alldem nichts erfährt. Ich würde ihrem Glück niemals im Wege stehen wollen und bin in dieser Angelegenheit wohl kaum frei von selbstsüchtigen Motiven.«

Lady Beresford lächelte. Nun war ihr vollkommen klar, weswegen Clara sich in den Viscount verliebt hatte.

»Es ehrt Sie, Mylord, dass Sie Claras Glück über Ihr eigenes stellen, und es beweist mir, dass Sie sie wirklich lieben. Doch ich kenne Clara und bin mir vollkommen sicher, dass sie die Wahrheit würde wissen wollen.« Sie lehnte sich in ihrem Sessel vor und sah den Viscount prüfend an. »Doch verraten Sie mir eines, Guilsborough. Angenommen, es gelingt Ihnen, Clara zurückzugewinnen. Glauben Sie, Ihre Mutter wird das einfach so hinnehmen?«

»Sie wird. Es war ihr äußerst unangenehm, als ich sie zur Rede gestellt habe, und auch mein Vater war schockiert, als er von ihrer Intrige hörte. Mein Vater, der Earl, ist Miss Dallaway recht zugetan. Er stünde einer Verbindung nicht im Wege«, erklärte Lord Guilsborough. »Und meine Mutter wird einsehen müssen, dass ich nicht glücklicher sein könnte als mit Clara. Sie war überzeugt davon, in meinem besten Interesse zu handeln, und sie legt es mit Sicherheit nicht darauf an, mich ihr zu entfremden. Ich habe ihr in aller Deutlichkeit klargemacht, dass sie mich verliert, wenn sie Clara nicht mit Respekt behandelt.«

»Dann wähnen Sie mich ab sofort Ihre Komplizin in dieser Angelegenheit.« Lady Beresford zwinkerte dem Viscount zu. »Wir sollten so bald wie möglich aufbrechen. Verzagen Sie nicht, lieber Guilsborough, es wird gewiss alles gut werden.«

29

Die alles entscheidende Frage

Clara starrte Lady Beresford an. Sie hatte die Hand vor den Mund geschlagen und lauschte den Worten der Marchioness ebenso fassungslos wie Mrs Dallaway und Evelyn.

Als Dotty geendet hatte, bemerkte Clara, dass alle Blicke erwartungsvoll auf sie gerichtet waren. Alle schienen nur darauf zu warten, wie sie die Neuigkeiten aufnehmen würde.

»Ich weiß nicht, was ich zu alldem sagen soll«, brachte sie schließlich hervor. »Tomlin soll das alles mit Lady Wiltmore eingefädelt haben? Und er hat die arme Cathy erpresst, damit sie mich den Brief schreiben lässt? Dann hat Lady Wiltmore das Picknick organisiert, um Tomlin und mir Gelegenheit zu geben, uns anzunähern.«

Sie versuchte immer noch zu begreifen, was sie eben gehört hatte, und während sie noch darüber nachdachte, was all das zu bedeuten hatte, musste sie plötzlich laut losprusten.

Entgeistert sahen die drei Damen sie an.

Claras Lachen ging langsam in Schluchzer über. Das war alles zu viel auf einmal. Sie war von diesen Gefühlen vollkommen überfordert.

»Und ich habe mich so schrecklich gefühlt, weil ich Gregory geschrieben habe, dass ich ihn nicht heiraten kann und ihn bitte, die Verlobung zu lösen«, schniefte sie. »Wie überaus ironisch, nicht wahr?«

Mrs Dallaway, die von Claras Entschluss noch nichts gewusst hatte, riss überrascht die Augen auf.

»Du hast die Verlobung gelöst?«

»Gott sei dank, Kind!«, rief Dotty aus und klatschte in die Hände. »Dann wirst du diesen charakterlosen Halunken nicht heiraten.«

»Mir ist klargeworden, dass ich für ihn nicht empfinde, wie ich für einen Ehemann empfinden sollte«, erklärte Clara. »Diese Gefühle habe ich nur für einen. Und ich habe mich fürchterlich gefühlt, dass ich ihm das antue. Es ist mir unglaublich schwergefallen, ihm diesen Brief zu schreiben. Wenn ich geahnt hätte ...«

Sie schüttelte den Kopf.

»Aber warum nur hat Guilsborough nicht mit mir gesprochen? Und warum hat er seinen Schwestern gegenüber erklärt, er wolle Lady Louisa Townshend heiraten?«

»Darüber solltest du mit ihm selbst sprechen«, sagte Dotty und erhob sich.

»Ist er etwa hier?« Clara fühlte, wie ihr Herz zu jagen begann.

»Er wartet an der Straße in der Kutsche. Ich werde Brooks nach ihm schicken«, entgegnete Dotty und rief nach ihrem Diener, der bei Annesley in der Küche wartete.

»Brooks, laufen Sie doch bitte zur Straße und sagen Sie dem Viscount, er möchte kommen.«

Clara war aufgesprungen und stürmte hinaus.

»Lassen Sie nur Brooks, bemühen Sie sich nicht!«

Mit klopfendem Herzen lief sie durch den Garten und zum Tor hinaus auf den Weg, der hinunter zur Straße und zur Farm der Youngs führte.

In einigen Metern Entfernung sah sie Alexander, der den Hügel hinaufkam. Offenbar hatte er die Ungewissheit nicht länger ausgehalten. Bei seinem Anblick machte ihr Herz einen Hüpfer. Ohne einen klaren Gedanken im Kopf, begannen ihre Beine wie von selbst zu rennen.

Alexander sah auf.

»Clara!«, rief er.

Sie flog ihm entgegen und stürzte in seine ausgebreiteten Arme. Fest drückte Alexander sie an seine Brust.

»O Clara! Ich bin so froh. Kannst du mir vergeben? Dann wirst du Tomlin nicht heiraten?«

Das Chaos der Gefühle in Clara brach sich in tiefen Schluchzern Bahn.

»Da musst du noch fragen?«, schniefte sie und musste gleichzeitig lachen. »Wonach sieht es denn aus?«

Alexander schlang die Arme fest um ihre Mitte, wirbelte sie herum und presste seine Lippen auf ihre. Atemlos küssten sie sich, bis Clara sich schließlich der Umarmung entwand.

»Sag, hättest du wirklich Lady Louisa geheiratet?«, fragte sie.

»Ich gebe zu, ich habe kurz mit dem Gedanken gespielt. Ich war verletzt und wütend und konnte nicht klar denken. Deswegen bin ich zu meinem Freund Dudley nach Leicester gefahren. Ich wollte einen klaren Kopf bekommen und in Ruhe über alles nachdenken.«

Alexander lächelte, griff nach Claras Hand und zog sie wieder in seine Arme.

»Du weißt doch. Ich habe gesagt, ich werde keine Frau heiraten, die nicht liest. Und ich stehe zu meinem Wort.«

»Und was wäre geschehen, wenn Lady Beresford dir nicht geglaubt hätte?«, wollte Clara wissen.

»Ich hätte versucht, dir zu schreiben. Doch wenn du mir nicht geglaubt hättest, hätte ich es akzeptieren müssen. Auch wenn Tomlin die Großzügigkeit seiner Gönner in keiner Weise verdient.« Er strich Clara zärtlich eine Locke aus der Stirn. »Es hätte mir das Herz gebrochen. Doch ich maße mir nicht an, eine solche Entscheidung für dich zu treffen.«

»Was wird denn nun mit ihm?«, fragte Clara.

»Mein Vater wird ihm nahelegen, sich eine andere Stellung zu suchen. Die Rotherhams werden ihr Angebot wohl zurückziehen, wenn sie hören, dass die Heirat nicht zustandekommt. Ich denke, den Rest der Geschichte werden wir für uns behalten.« Er nahm ihr Gesicht zwischen seine Hände und küsste zärtlich ihre Lippen. »Er hat dich verloren. Damit ist er schon bestraft genug.«

Clara lächelte und schmiegte sich an ihn.

»So ist es gut, denke ich. Ich bin nicht auf Rache aus. In gewisser Weise glaube ich, er hat sich eingeredet, dass er mich vor einer Enttäuschung schützt und letztlich zu meinem Besten handelt. Geben wir ihm Gelegenheit, sich zu bessern«, fand Clara.

»Gleiches gilt für meine Mutter«, stimmte Alexander zu.

»Es fällt leicht, nachsichtig zu sein, wenn man so glücklich ist«, bemerkte Clara lächelnd.

»Da gebe ich dir absolut recht.«

Er ergriff ihre Hand, machte einen kleinen Schritt zurück und sank auf ein Knie. Mit ernstem Ausdruck sah er zu ihr auf.

»Clara, ich weiß, ich habe einen großen Fehler gemacht. Ich hätte dir vertrauen und mit dir sprechen müssen. Ich war schrecklich dumm. Und ich könnte verstehen, wenn du Nein sagst. Doch ich möchte dich trotzdem noch einmal fragen: Clara Dallaway, willst du meine Frau werden?«

In Claras Kopf wirbelten noch immer tausend Gedanken, doch der einzige, den sie klar zu fassen bekam, war, dass sie Alexander noch immer liebte.

»Ja«, sagte sie. »Ja, ich will!«

Er zog sie wieder an sich, schlang seine Arme um sie und küsste sie liebevoll.

»Ich bin so froh, dass du mir vergeben hast«, flüsterte er und hielt sie fest in seinem Arm.

»Aber was wird deine Mutter sagen? Sie wird mich nie akzeptieren.«

»Sie wird«, sagte Alexander mit Bestimmtheit. »Wenn sie erst sieht, wie glücklich du mich machst.«

Zärtlich strich er mit der Hand über ihre Wange.

»Ich bin auch glücklich«, flüsterte sie.

»Meinen Vater hast du jedenfalls schon für dich gewonnen, und ich denke, mit der Zeit wird auch meine Mutter sich überzeugen lassen. Außerdem wirst du sie nicht oft sehen müssen. Denn ich werde Welford für uns herrichten lassen, mein Anwesen in Guilsborough.«

»O Alexander, bitte verzeih mir, wenn ich mich noch nicht richtig freue. Ich werde noch eine Weile brauchen, bevor ich das alles glauben kann.«

»Dann sind wir schon zwei.« Alexander lächelte und nahm ihre Hände in seine. »Auch ich kann mein Glück noch nicht recht fassen. Ich habe nicht zu hoffen gewagt, dass du mir verzeihen würdest.«

Clara schlang ihre Arme um seinen Hals, und ihre Lippen fanden sich zu einem leidenschaftlichen Kuss. Seine Hände ruhten sanft auf ihrer Taille, und Clara fühlte sich so erleichtert, als schwebe sie ein winzig kleines Stück.

»Nun fehlt zu unserem Glück nur noch das Einverständnis deiner Mutter«, sagte er, als sie sich voneinander lösten.

»Das sie dir nur zu gern geben wird«, erwiderte Clara. »Komm, lass uns ins Haus gehen, damit sie dich kennenlernen kann.«

Während sie durch den Garten zum Haus liefen, hielt Alexander ihre Hand, die er erst wieder losließ, als sie die Tür erreicht hatten.

30

Hochzeit in Welford

»Du siehst wunderschön aus. Wie eine Elfenprinzessin«, sagte Evelyn und zupfte die Schleppe an Claras Kleid zurecht. Es bestand aus Brüsseler Spitze über weißem Satin und einer passenden Haube, ebenfalls mit Spitze und zwei Straußenfedern. Darüber trug sie einen mit Schwanenfedern gesäumten Mantel aus Satin. Obwohl die Oktobersonne kräftig vom Himmel strahlte, war es im Schatten der Pfarrkirche in Welford recht kühl.

»Nicht mehr lange und du wirst selber zum Altar schreiten, liebe Evelyn.« Clara lächelte. »Und wenn ich zu eurer Feier komme, werde ich schon eine alte, verheiratete Frau sein.«

Evelyn lachte.

»Wollen wir?« Der Earl of Wiltmore lächelte, als er ihr den Arm bot.

»Vielen Dank, dass Sie das heute für mich tun, Mylord.« Clara strahlte. Sie spürte, wie Tränen der Rührung in ihre Augen stiegen.

»Selbstverständlich, liebe Clara. Es ist traurig, dass Ihr seliger Vater Sie nicht selbst zum Altar führen kann, und ich bin nur ein jämmerlicher Ersatz. Gewiss sieht er Ihnen vom Himmel aus zu und ist sehr stolz auf Sie. Und ich bin ebenso froh, eine verständige und gutherzige Tochter hinzuzugewinnen.«

»Hören Sie auf, Mylord, ich werde noch in Tränen aufgelöst vor den Altar treten.« Clara lachte und wischte sich mit dem Handschuh über die Augen.

Lady Sarah, Lady Georgiana und Evelyn reihten sich hinter den beiden ein und folgten ihnen durch das hölzerne Portal in den schattigen Innenraum.

Es war eine bescheidene, familiäre Feier und nur wenige Freunde und Verwandte waren in der kleinen Pfarrkirche versammelt. Doch natürlich war auch Sir Nicholas Harding gemeinsam mit Mrs Dallaway und Evelyn angereist. Clara lächelte ihm kurz zu, als sie an ihm vorbeischritt.

Das Licht, das durch die Fenster in den Altarraum einfiel, hatte etwas Überweltliches, und Clara fühlte sich, als ob sie den Mittelgang hinunter schwebte. Sie war so glücklich, dass es ihr sogar vollkommen einerlei war, dass der Anstand es verlangte, Onkel Ambrose und Susanna einzuladen.

Vor dem Altar sah sie Alexander neben seinem Freund Dudley aus Leicester, seinem Trauzeugen.

In seinem schwarzen Anzug, dem weißen Hemd mit der Seidenkrawatte, der blassgelb bestickten Weste und den sandfarbenen Hosen sah Alexander überaus vornehm aus, und Clara konnte kaum glauben, dass sie diesen schmucken jungen Mann in wenigen Augenblicken ihren Ehemann nennen würde.

Auch seine Augen glänzten verdächtig, als er Clara mit seinem Vater zum Altar schreiten sah.

Lächelnd legte Lord Wiltmore Claras Hand in die seines Sohnes und nahm seinen Platz in der vordersten Kirchenbank ein.

Clara versuchte, eine würdevolle Miene aufzusetzen, doch sie konnte gar nicht anders, als zu strahlen. Sie warf einen verstohlenen Blick hinüber zur vordersten Bankreihe, in der Lady Wiltmore neben ihrem Gatten saß, ein Taschentuch und ein Fläschchen Riechsalz in der Hand. Als ihre Blicke sich trafen, flog für einen Augenblick ein Lächeln über die Lippen der Countess, und sie tupfte sich mit dem Taschentuch die Nase. Letztlich war es gekommen, wie Alexander es vorausgesehen hatte: Lady Wiltmore hatte sich allmählich an den Gedanken gewöhnt, eine nicht ganz standesgemäße Schwiegertochter zu bekommen. An ihrem Sinneswandel waren Lady Sarah und Lady Georgiana möglicherweise nicht ganz unbeteiligt gewesen. Noch vor kurzem hatte Clara es nicht für möglich gehalten, jemals eine solch glückliche Braut werden zu können.

Das Leben ging doch manchmal seltsame Wege.

Epilog

Ein Jahr später ...

Die Aussegnung erfolgte durch Mr Robert Primrose in der Gemeindekirche St Mary the Virgin in Welford, in der sie ein Jahr zuvor geheiratet hatten. Clara freute sich über die Aussicht, endlich der Langeweile und Einsamkeit des Wochenbetts zu entkommen. Mit feierlicher Miene trat sie vor und kniete nieder.

»So es dem allmächtigen Gott in seiner Güte gefallen hat, dir sichere Niederkunft zu gewähren und dich vor der großen Gefahr der Geburt zu bewahren; so sollst du daher Gott von Herzen danken«, rezitierte der Pfarrer.

Clara senkte den Blick und faltete die Hände, während der Pfarrer den Psalm mit ihr sprach.

»Das ist mir lieb, dass der Herr meine Stimme und mein Flehen hört. Denn er neigte sein Ohr zu mir; darum will ich mein Leben lang ihn anrufen. Stricke des Todes hatten mich umfangen, und Ängste der Hölle hatten mich getroffen; ich kam in Jammer und Not.«

Als Clara schließlich aus der feierlichen Stille der Kirche trat, sog sie tief die kühle Herbstluft in ihre Lungen. Die kräftige Oktobersonne ließ die Farben der Blätter leuchten, und erfüllte sie mit einer unbändigen Freude. Sie beschloss, den Kutscher mit dem Wagen voraus-

zuschicken, und die anderthalb Meilen nach Welford
zu Fuß zu gehen.

Als sie in den Weg einbog, der durch die Felder Richtung ihres Anwesens führte, sah sie Alexander, der im
Schatten der Ulme an der Wegkreuzung wartete. Er
hatte das für ihn so typische schelmische Lächeln aufgesetzt und schüttelte den Kopf.

»Ich wusste, dass du es nicht würdest lassen können,
zu Fuß zu gehen.«

»Bist du mir böse?« Clara lief zu ihm und drückte ihm
einen Kuss auf die Lippen.

Alexander lachte.

»Warum sollte ich? Wenn du dich kräftig genug
fühlst, spricht sicher nichts dagegen. Ich dachte nur, als
treusorgender Ehemann könnte ich dir entgegengehen
und dich begleiten.«

Lächelnd bot er ihr den Arm.

»Darf ich Ihnen mein Geleit antragen, Lady Guilsborough?«

»Sehr gern, Mylord. Das ist sehr freundlich von
Ihnen.«

Lachend hakte Clara sich bei ihm unter und sie
schlenderten gemeinsam den von Hecken gesäumten
Weg entlang in Richtung Welford.

»Es riecht bereits richtig nach Herbst, findest du
nicht?«, bemerkte Clara. »Nach feuchter Erde und
Laub.«

»Wie an unserem Hochzeitstag«, entgegnete Alexander. »Als wir aus der Kirche kamen und du wirklich
und wahrhaftig meine Frau warst, dachte ich, ich
könnte nicht glücklicher sein. Und jetzt muss ich alles

zurücknehmen, denn du hast mir unseren kleinen Philip geschenkt.«

»Ein echtes Wunder, so ein winziger Mensch, nicht? Er ist dir wie aus dem Gesicht geschnitten.«

Alexander legte zärtlich den Arm um ihre Schulter und drückte sie an sich.

»Heute Morgen kam Nachricht von Mama. Papa und sie werden morgen zum Tee kommen.«

Clara lachte. »Schon wieder?«

»Sie sind recht vernarrt in ihren ersten Enkel«, entgegnete Alexander. »Wer kann es ihnen verdenken? Er ist ein prächtiger kleiner Kerl. Und Mama scheint sich mit ihrer Schwiegertochter arrangiert zu haben, oder täusche ich mich?«

»Nein, du täuschst dich nicht. Jedenfalls ist sie mir gegenüber stets freundlich und höflich«, bestätigte Clara.

»Siehst du, ich habe dir gesagt, sie würde zur Vernunft kommen.«

»Werden Sarah und Georgiana sie begleiten?«, wollte Clara wissen.

»Nein, aber sie werden natürlich zur Taufe kommen. Sarah wird sicher keine Gelegenheit auslassen, dir in epischer Breite von den Details ihrer Verlobung zu erzählen.« Alexander schmunzelte.

»Ich freue mich für sie. Lord Jeffrey Weston ist eine ausgezeichnete Wahl. Ich finde ihn sehr sympathisch«, fand Clara.

»Wenn du es sagst, bin ich zufrieden. Schließlich hast du einen hervorragenden Geschmack, was Männer angeht.«

Clara lachte und drückte seinen Arm.

»O ja, vor allem wenn sie so bescheiden sind wie du.«

In der darauffolgenden Woche war auf Welford alles in heller Aufregung, denn es wurden die ersten Gäste zu Philips Tauffeier erwartet, die am nächsten Morgen stattfinden sollte. Clara konnte kaum abwarten, nach der langen Zeit, die sie nicht hatte reisen können, Familie und Freunde wiederzusehen.

Als erstes rollte der Vierspänner des Marquess of Beresford in den Hof und bald darauf führte Mr Clarke die Gäste in den Salon, wo Alexander sie begrüßte.

»Lord Beresford, Lady Beresford, wir freuen uns außerordentlich, Sie auf Welford begrüßen zu dürfen. Ich hoffe, Sie hatten eine angenehme Reise.«

Wie immer hielt Lady Beresford nichts von Formalitäten.

»Lieber Guilsborough! Ich bitte Sie, wir sind doch unter uns und müssen uns nicht ums Protokoll scheren«, lachte Dotty, zog Clara an sich und drückte sie herzlich.

»Clara, Kind. Ich freue mich so, dich zu sehen. Noch dazu zu einem so freudigen Anlass! Ich kann es kaum abwarten, den kleinen Philip zu sehen.«

»Miss Lewis wird ihn gleich bringen, sobald er aufwacht.«

Lord Beresford lächelte entschuldigend und zuckte resigniert mit den Schultern.

»Sie wissen, Guilsborough, Lady Beresford hält es nicht so genau mit der Etikette.«

»Umso besser, lieber Beresford. Ich mache mir auch nichts aus unnötigen Formalitäten« Alexander lachte.

»Sir Nicholas Harding, Lady Harding und Mrs Dallaway sollten auch in Kürze eintreffen«, verkündete Lord Beresford. »Wir trafen bei unserem letzten Halt im

Highgate House in Creaton Magna zusammen. Sie wollten ebenfalls bald aufbrechen.«

In der Tat trafen die beiden kurze Zeit später ein, und Clara folgte Dottys Beispiel, indem sie die Etikette vergaß und ihre Schwester und Mutter drückte und küsste und ihrem geliebten Schwager herzlich die Hand schüttelte.

»Sag, Evelyn, wie geht es meiner kleinen Frances? Jetzt, wo ich selbst so einen kleinen Schatz habe, weiß ich erst, wie schwer es dir fallen muss, sie zurückzulassen. Doch ich freue mich über die Maßen, dass du gekommen bist.«

»Ohja, ich vermisse die Kleine jetzt schon. Doch wir werden schließlich nicht lange fort sein, und ich weiß die Kinder in guten Händen. Die Gouvernante und die Kinderfrau sind unersetzlich, und die Kinder lieben sie abgöttisch«, entgegnete Evelyn. »Und nichts in der Welt würde mich davon abhalten können, meinen kleinen Neffen gebührend zu begrüßen.«

Es dauerte auch nicht lange, da brachte Miss Lewis den Kleinen, der schon recht munter dreinblickte und sich sofort von den neugierigen Damen der Familie umringt sah.

Nach und nach trafen auch die übrigen Gäste ein, und Clarke servierte Tee und Gebäck, während das Gepäck auf die Zimmer gebracht wurde.

Alexander und Clara warfen sich vielsagende Blicke zu. Denn Lady Wiltmore mokierte sich, dass sie damit geschlagen war, ein neues Hausmädchen finden zu müssen. Cathy habe ihren Dienst quittiert, um zu heiraten. Für sie beide waren dies keine überraschenden Neuigkeiten. Schließlich würde Cathy doch noch ihren

Liebsten heiraten, dem Alexander auf Welford eine gut bezahlte Stellung als Stallknecht verschafft hatte.

Den beiden sollte das Glück nicht verwehrt bleiben, das ihnen so reichlich beschieden war.

Clara blickte in das winzige runde Gesichtchen ihres Sohnes und dachte an ihren Bruder und ihren Vater. Ihr gefiel die Vorstellung, dass sie von oben auf sie herunterblickten und sie so glücklich im Kreise aller ihrer Lieben sahen. Mit dem kleinen Finger wischte sie eine Träne aus ihrem Augenwinkel. Über die Köpfe der Gäste hinweg sah sie zu Alexander hinüber. Beide lächelten, als sich ihre Blicke trafen.

Ja, das Schicksal hatte es letzten Endes doch mehr als gut mit ihr gemeint.

Danksagungen

Ich möchte mich ganz herzlich bei meinen Autorenkolleginnen von der Romance Alliance bedanken, insbesondere bei Katherine Collins, Daniela Blum (sowie ihrem Telefon-Joker), Bettina Kiraly, Evelyn Boyd, Jessie Weber und Linne van Sythen, die mir mit Rat und Tat zur Seite gestanden und mir durch manches Motivationsloch geholfen haben. Ihr seid die Besten! Darüber hinaus danke ich meiner Kollegin Angelika Lauriel, die immer ein offenes Ohr für mich hat und mit der ich herrlich herumspinnen kann, und der großartigen Anna Herzig, die mich unglaublich motiviert hat. Außerdem gilt ein dickes Dankeschön meinem Mann, der mir so oft zum Arbeiten den Rücken freigehalten hat.